KB000538

# 데이트 어 라이브 앙코르 8

DATE A LIVE ENCORE 8

# 데이트 어 패러렐 case-1 프린세스】

"그럼 지금부터, 이츠카 시도 주최, 프린세스☆콘테스트를 개최해버리겠습니다!"

귀여운 드레스를 입은 마나가 그렇게 선언하자, 회장에 모인 관객들이 환호했다.

"설명해버리죠! 프린세스☆콘테스트란 주변국의 공주님들을 한자리에 모신 후, 그중에서 이 나라의 왕자인 제 오라버니의 아내가 될 분을 뽑는 의식입니다! 여러분께서는 왕비에게 필요한 총명함, 미모, 그리고 자비심으로 경쟁을 펼치게 됩니다! 자, 오라버니! 한 말씀 해주시죠!"

마나는 그렇게 말하면서 특별석에 앉아있는 시도에게 코멘트를 요청했다. 머리에 왕관을 쓴 시도는 미간을 찌푸리면서 굳은 표정으로 대꾸했다.

"아니, 이런 방법으로 결혼 상대를 고르는 건 솔직히 좀……."

"마나도 그렇게 생각하지만요, 그렇다고 이제 와서 공주님들을 쫓아내버릴 수도 없다고요! 그런고로, 프린세스 입장!"

마나의 외침에 맞춰 팡파르가 울려 퍼지더니 화려한 드레스를 입은 공주들이 원형 무대에 나타났다.

"자, 오라버니. 저분은 야토가미 왕국의 토카 공주님이에요. 저쪽에 계신 분은 이자요이 왕국의 미쿠 공주님, 그리고 야마이 왕국의 쌍둥이 공주님도…… 아, 토키사키 왕국의 망나니도 왔군요. 뭣."

마나는 언짢은 어조로 독설을 뱉었지만, 곧 마음을 다잡듯 헛기침을 했다.

"자, 그럼 즉시— 시합, 개시!"

"—뭐?"

마나가 힘찬 목소리로 그렇게 외치자, 시도는 눈을 동그랗게 떴다. 하지만—.

『—우오오오오오오오오!』

공주들은 딱히 놀라지 않으며 손에 쥔 석장을 치켜들더니, 힘차게 기합을 내지르며 대결을 펼쳤다.

아니, 그것만이 아니었다. 어깨에 걸친 망토나 베일로 상대의 시선을 가리고, 티아라나 왕관을 부메랑처럼 던지며— 몸에 착용한 모든 것을 이용해 전투를 시작했다. 프린세스☆콘테스트라는 명칭과는 어울리지 않는 광경이었다.

"자, 잠깐만, 마나! 왜 갑자기 배틀로얄이 시작된 건데?! 총명함 같은 걸 겨루는 게 아니었어?"

"예, 보세요, 오라버니. 오리가미 공주님의 저 영특한 움직임을 말이에요. 인체의 급소를 숙지하고 있지 않다면, 저런 움직임을 취하지 못할 거예요."

"아, 아름다움은……."

"코토리 공주님의 저 한 점의 낭비도 없는 발놀림을 보세요. 싸우는 모습이 저렇게 아름다울 수도 있군요."

"자비심……."

"자, 오라버니. 무쿠로 공주님의 방금 행동을 보셨나요? 상대를 쓸데없이 괴롭히지 않고 일격에 결판을 내다니— 정말 자비롭지 않나요?"

"……."

마나가 만족한 듯이 고개를 끄덕이자, 시도는 생각 자체를 관뒀다.

그러는 사이, 공주가 한 명, 또 한 명 탈락했고—.

"하아아아아아앗!"

"흐읍—!"

마지막까지 남은 토카 공주와 오리가미 공주가 크로스카운터를 교환하며 동시에 무대에서 격침됐다.

"아, 무승부군요!"

마나는 그 모습을 보더니 손에 든 책을 펼쳤다.

"으음, 규정에 따르면 승자가 없을 경우에는 참가한 공주 전원을 측실로 들이고, 나중에 다시 정실을 정하는 의식을 치러야 한다는군요!"

"……뭐?"

"참고로 그 승부 방식은 도망치는 왕자를 가장 먼저 잡은 왕녀가 승자인 술래잡기, 라네요!"

"뭐어어어어어어어어어?!"

흥분이 가시지 않은 회장에서, 시도의 목소리가 메아리쳤다.

# 데이트 어 패러렐 case-2 검도부】

"一한 판! 그만!"

촤악! 하는 기분 좋은 소리와 함께, 심판의 목소리가 검도장에 울려 퍼졌다.

이츠카 시도는 투구 너머로 둔탁한 충격을 느끼면서 인사를 한 후, 숨을 내쉬며 투구를 벗었다.

"……크으. 또 졌네."

시도가 분하다는 듯이 그렇게 말하자, 방금까지 그와 싸웠던 학생이 투구를 벗으면서 다가왔다.

"무슨 소리를 하는 것이냐. 시도는 착실하게 강해지고 있다. 나도 이제 방심하지 못하겠구나."

검도부 선배— 야토가미 토카가 씨익 웃으며 그렇게 말했다.

시도는 그 미소를 보고 가슴이 두근거렸지만, 곧바로 헛기침을 하며 얼버무렸다.

"선배한테는 한 번도 못 이겼지만요. ……대체 어떻게 하면 그렇게 강해질 수 있는 거예요?"

"매일같이 거르지 않고 수련을 하는 거지."

"그건 그렇지만…… 선배는 평범한 연습 말고 따로 하는 게 있나요?"

"음? 그게 말이지……."

토카는 그렇게 말하면서 손에 쥔 죽도, 산달폰을 시도에게 건네줬다.

"어? 선배, 이게 뭔가—요오오오?!"

시도는 말을 하다가 그대로 털썩 주저앉았다.

이유는 단순했다. 토카가 건네준 죽도가 마치 강철 덩어리처럼 무거웠던 것이다.

"그것만이 아니지."

토카는 가벼운 어조로 그렇게 말하더니, 입고 있던 방어구를 벗어서 시도에게 건네줬다.

그것도 어마어마하게 무거웠다. 시도는 그것들을 찌찌찌 바닥에 내려놓은 후, 몸에서 샘솟은 땀을 닦았다.

"이, 이런 걸 입고 싸운 거예요? ……내 머리, 안 쪼개졌네……."

"상대에게 부상을 입힐 수는 없으니, 가격한 순간에 죽도를 뒤로 빼면서 충격을 줄이는 다. 참고로 교복과 신발, 가방, 실내복도 전부 이렇게 무겁지."

"……."

시도는 표정을 굳히고 땀을 삐질삐질 흘렸다.

설마 이렇게까지 실력 차이가 날 줄이야.

하지만 시도는 이 정도로 포기할 남자가 아니었다. 그는 결의를 다지듯 주먹을 말아 쥐었다.

"저…… 선배처럼 강해지고 싶어요! 저도 선배와 같은 훈련을 해도 될까요?!"

"진심이냐? 내가 이런 말을 하는 것도 좀 그렇지만, 정말 힘들 거다."

"그래도 강해질 수만 있다면……!"

"으음. 그러냐. 그럼 말리지 않겠다."

토카는 그렇게 말하더니, 로커로 가서 빵 같은 것을 가지고 왔다.

"방어구는 전용 물품을 준비하는 데 시간이 걸리지. 그러니 오늘은 이걸 먹는 것만 해봐라."

"이게 뭐죠……?"

시도는 그것을 넘겨받더니, 「아닛?!」 하고 외치며 경악했다.

평범한 빵처럼 보인 그것은 강철 아령만큼 무거웠다.

"훈련용 콩고물빵이다! 내 주식이지."

"훈련용이라니…… 빵까지 무거운 건가요? 그것보다, 이거 먹을 수 있나요?"

"물론이지. 뭐, 무리해서 먹을 필요는 없다."

"……윽! 아, 아뇨. 잘 먹겠습니다……!"

시도는 각오를 다지며 빵을 한 입 베어 물었다. 묵직한 물질의 식감이 입에 퍼져 나갔다. 시도는 턱이 빠질 것만 같았지만 억지로 씹은 후, 삼켰다. 맛은 평범한 콩고물빵과 다름없다는 점이 그나마 다행이면서도 위화감을 자아냈다.

"오오, 잘 먹는구나! 그럼 내일은 방어구를 만들어주는 가게를 소개해주마!"

"아, 아라써요……."

시도는 위가 내부에서 압박되는 듯한 감각을 견디며, 고개를 끄덕였다.

다음날. 시도는 정체불명의 복통 때문에 학교를 쉬었고, 이 훈련은 한동안 미뤄지게 됐다.

# 【데이트 어 패러렐 case-3 낙원】

푸른 하늘, 하얀 모래사장, 밀려왔다 물러가는 파도소리─.

"으음……."

야토가미 콘체른의 영애인 토카는 아름다운 해안을 응시하며 비치 체어 위에서 기지개를 켰다.

"흠…… 꽤 기분 좋은 장소구나. 마음에 들었다. ─시도."

"예."

토카가 그렇게 말하자, 옆에 시립해 있던 양복 차림의 소년─ 시도가 살며시 고개를 끄덕이며 종이에 쌓인 빵을 내밀었다.

어릴 적부터 토카를 섬긴 시도는 그녀가 원하는 것을 말하지 않아도 알 수 있었다.

"탄바산 검은콩과 와산본 설탕으로 만든 최고급 콩고물빵입니다."

"음, 맛있구나."

토카는 빵을 한 입 먹고, 만족감이 섞인 숨결을 토했다.

정말 우아한 여름휴가다. 도심의 시끄럽고 바쁜 일상에서 벗어나, 몸과 마음이 릴랙스─.

"……음?"

바로 그때, 토카가 미간을 찌푸렸다.

이유는 단순했다. 토카 앞에 한 쌍의 남녀가 나타난 것이다.

"……오리가미, 뭘 하고 있는 것이냐?"

그렇다. 그들은 바로 토비이치 재벌의 영애인 오리가미와─ 그녀의 집사인 이츠카 시도였다.

"데이트."

"그걸 묻는 게 아니다. 대체 왜 네가 시도와 같이 있는 거지?!"

"너와는 상관없어."

"뭐, 뭐어?!"

"자, 잠깐만, 둘 다 진정해."

토카와 오리가미가 말다툼을 벌이는 가운데, 이번에는 혼죠 프로덕션의 사장인 니아가─ **여러 명의 시도에게 들린 채** 나타났다.

"니, 니아! 멋대로 시도를 늘리지 마라!"

"뭐~? 괜찮잖아~. 토~카랑 오리링도 늘리는 게 어때? 완전 끝내주거든~?"

니아는 그렇게 말하며 웃음을 흘렸다. 그러자 토카는 언짢다는 듯이 미간을 찌푸렸다.

하지만 그들만이 아니었다. 해변에는 요시노나 코토리, 미쿠 등 다른 재벌의 영애들도 있었는데, 다들 시도를 대동하고 있었다.

"이잇…… 너희들! 시도를 멋대로 부리지 마라!"

토카의 외침이 해변에 울려 퍼졌다.

"─아가씨, 아가씨."

"음……."

자신을 부르는 목소리에 토카는 머리에 쓰고 있던 VR고글을 벗었다.

그렇다. 너무 바빠서 휴가를 보낼 수가 없던 토카는, 하다못해 가상공간에서 여름휴가를 만끽하기 위해, VR리조트에서 놀고 있었던 것이다.

"시도, 무슨 일이지?"

"이제 곧 공부할 시간입니다."

"으음…… 꼭 지금 해야 되는 것이냐? 오리가미와 니아, 그리고 다른 이들이 나한테 허가도 받지 않고 시도의 모습을 한 NPC를 부리고 있어서 말이다. 내가 혼쭐을 내주려던 참이다."

"저, 저의 NPC인가요? 그보다 대체 어떻게 혼쭐을……."

"음. 각자가 키운 시도를 이용해 시도 배틀을 할 거다. 속성의 상성이 승패를 가르는 중요한 포인트지."

"그, 그렇습니까."

"안심해라! 시도는 나만의 집사니까 말이다!"

토카가 씨익 웃자, 시도는 난처하다는 듯이 쓴웃음을 지었다.

# DATE A LIVE ENCORE 8

Beginning of Nightmare,DoubleNATSUMI,BraveTOHKA,EditorKOTORI,
GeisyaMUKURO,SpiritSHIORI,End of Nightmare

## CONTENTS

DATE

# 데이트

A

# 어

LIVE

# 라이브

ENCORE

# 앙코르 8

글 : 타치바나 코우시
그림 : 츠나코
옮긴이 : 이승원

THE SPIRIT

# 정령(精靈)

인계(隣界)에 존재하는 특수 재해 지정 생명체. 발생 요인, 존재 이유 둘 다 불명.
이쪽 세계에 모습을 드러낼 때, 공간진(空間震)을 발생시켜 주위에 심각한 피해를 끼친다.
또한, 엄청난 전투 능력을 보유하고 있음.

WAYS OF COPING1

## 대처법1

무력을 통한 섬멸.
단, 위에서 말했듯 매우 강대한 전투 능력을 보유하고 있기 때문에 달성 가능성이 극도로 낮음.

WAYS OF COPING2

## 대처법2

──데이트를 해서, 반하게 만든다.

# 오리가미
# 데이트 어 라이브
# 앙코르 8

DATE A LIVE ENCORE 8

Spirit No.1
Height 152 Three size B75/W55/H79

# 개막은 어둠 속에서

Beginning of Nightmare

DATE A LIVE ENCORE 8

"─키히히, 히히."

칠흑 같이 어두운 세계에서 한 소녀가 홀로 웃음을 흘리고 있었다.

별다른 의도가 담긴 웃음은 아니었다. 환희와 향락의 표현이라고 할 만큼 명랑하지 않았으며, 위압과 선동의 의미가 담겼다고 할 만큼 악랄하지도 않았다.

애초에 지금 이 어둠의 세계에서 의식을 유지하고 있는 건 단 한 명 뿐이다. 그 웃음소리를 듣고 함께 웃는 자도 없거니와, 두려움에 사로잡히는 자도 존재하지 않았다.

하지만, 소녀는 웃음을 흘렸다. 웃을 수밖에 없었다. 그 웃음은 오랫동안 꾸며온 모략이 결실을 맺으려 할 때 터뜨릴 듯한 ─ 혹은, 이제부터 결실을 맺을 거라 확신하고 있는 듯한 ─ 그런 희열과 기대에 찬 웃음이었다.

"――."

소녀는 한참을 웃은 후, 마치 악단을 이끄는 지휘자와 같이 천천히 두 팔을 들어올렸다.

그러자 그 동작에 맞춘 것처럼, 어둠에 뒤덮인 세계가 맥동했다.

끝없이 펼쳐져 있는 듯한 지면이 솟아오르더니, 그녀를 받들려는 듯이 거대한 성이 생겨났다. 우뚝 솟은 철벽과 수많은 첨탑으로 이뤄진, 호화로우면서도 장엄한 어둠의 성이었다.

이 성은 땅속에 묻혀 있었던 것이 아니다. 그녀의 명에 따라 지금 이 순간, 이 세계에 형성된 것이다.

그렇다. 이 공간에서 그녀가 할 수 없는 일이라는 건 존재하지 않았다. 모든 삼라만상이 그녀의 의지에 따라 구현되며, 모든 삼라만상이 그녀의 소망에 따라 변모한다.

거대한 건조물도, 흉포한 짐승도, 웅대한 자연도―.

그리고, 정령과 인간마저도······.

"―그럼 여러분, 좋은 꿈 꾸세요."

지배자는 그렇게 말하며 또 한 번 웃음을 흘렸다.

# 나츠미 더블

DoubleNATSUMI

DATE A LIVE ENCORE 8

한산한 교외에 위치한, 『사립 정령 여학원』.

한 남녀가 학교의 복도를 걷고 있었다.

한 사람은 꼬불꼬불한 머리카락을 하나로 모아 묶고, 꼬질꼬질한 체육복을 입은 조그마한 체구의 소녀였고, 그런 소녀의 뒤를 따라 걷고 있는 다른 한 사람은 정장 차림에 익숙하지 않아 보이는 소년이었다.

그들은 바로 이 정령 여학원의 **교사**인 나츠미 선생님, 그리고 **교육실습생**인 이츠카 시도였다.

"그래서 너는 오늘부터 3주 동안 한 반을 맡게 됐는데……."

나츠미 선생님은 나른한 어조로 그렇게 말하며 고개를 갸웃거렸다.

"……괜찮아? 내 말 이해했어? 한 번 더 설명할까? 태클을 걸 거면 지금 걸어줬으면 좋겠는데 말이야."

그리고 이어서 걱정 섞인 어조로 그렇게 물었다.

"예? 아, 괜찮아요. 제가 뭘 해야 할지는 알고 있거든요. 그리고 제 꿈은 교사가 되는 거라서요. 이번 교육실습을 엄청 고대했어요."

"……아, 그래? 그럼 괜찮지만…… 솔직히 말해 나는 자신이 없어. 왜 하필이면 내가 교사인 건데?"

"선생님?"

나츠미 선생님은 영문 모를 말을 늘어놓았다. 그에 시도는 애매한 미소를 지으며 고개를 갸웃거렸다.

"……뭐, 좋아. 그것보다, 여기가 네가 맡을 2학년 4반이야."

나츠미 선생님이 전방에 있는 교실의 학급 표찰을 손가락으로 가리켰다. 시도는 그것을 보고 말라버린 목을 축이려는 듯이 침을 삼켰다.

"……그럼 일단 들어가서 학생들과 인사를 나눠. 그리고 나서 내가 다시 너를 소개할게."

"아, 예."

"너무 긴장하지 마. 다들……."

나츠미 선생님은 말을 멈추더니, 크흠 하고 헛기침을 했다.

"……일부를 제외하면 다들 착한 애들이야."

"일부는 착한 애가 아닌 거예요?!"

시도가 깜짝 놀란 어조로 그렇게 말하자, 나츠미 선생님은 시도가 아직 뭘 모른다는 듯이 하하 하고 메마른 웃음을 흘렸다.

"집단이란 건 원래 그런 거잖아? ……게다가 이 반에는 『그 녀석』이 있거든……."

"『그 녀석』?"

그 의미심장한 말에 시도가 미간을 살짝 좁히자, 나츠미 선생님은 벌레라도 씹은 듯한 표정을 지으며 고개를 저었다.

"……아니, 뭐, 아마 괜찮을 거야. 그 녀석은 항상 나만 걸고넘어지거든."

"……예?"

시도는 또다시 고개를 갸웃거렸지만…… 이제부터 담당하게 될 학생들에 대해 괜한 선입관을 가지는 건 좋지 않다고 생각해 더는 묻지 않았다.

그는 마음을 다잡으려는 듯이 넥타이를 고쳐 맨 후, 교실 문에 손을 댔다.

그리고 숨을 들이마신 뒤 문을 열고, 자신의 첫 학생들을 향해 걸음을 옮겼다.

"안녕—."

하지만…….

"우왓?!"

교실에 들어서려던 순간, 시도는 뭔가에 발이 걸린 바람에 그대로 균형을 잃었다.

그는 그대로 앞으로 쓰러져 말캉말캉한 무언가에 얼굴부

터 다이빙했다.

"으으…… 뭐가 어떻게 된 거야……."

"꺄아~!"

시도가 고개를 들려고 한 순간, 요염한 목소리가 위쪽에서 들려왔다.

고개를 들자, 한 소녀의 단정한 얼굴이 눈에 들어왔다.

자신의 얼굴을 감싸고 있는 부드러운 감촉과 따뜻한 체온…… 시도는 그제야 자신이 이 소녀의 가슴에 얼굴을 묻고 있다는 사실을 이해했다.

"어! 어엇?! 미, 미안해! 일부러 그런 건……!"

시도는 허둥지둥 몸을 일으키고 소녀에게 손이 닿도록 사과했다. 그러자 그녀는 가슴을 강조하려는 듯이 어깨를 움츠리더니, 일부러 볼을 붉히며 입을 열었다.

"으으, 시집도 못 가게 됐어요~. 책임…… 져주실 거죠?"

"뭐…… 어엇?!"

시도가 화들짝 놀라자, 주위에서 놀리는 듯한 목소리가 들려왔다.

"크크, 사고를 쳤구나! 실습 첫날부터 말이다!"

"음란, 파렴치 교사가 탄생했군요."

"그, 그럴 수가……?!"

시도가 허둥대고 있자, 뒤편에서 걸어온 나츠미 선생님이 차분한 태도로 몸을 웅크리더니, 입구 아래에 설치되어 있던 낚싯줄을 들어보였다.

"하아…… 또 이딴 짓을 벌인 거냐. 카구야, 유즈루. 너희 짓이지?"

"으윽!"

"낭패. 뜨끔."

시도를 놀리던 쌍둥이가 화들짝 놀라며 어깨를 부르르 떨었다. 아무래도 저 두 사람이 시도를 넘어뜨리려고 함정을 설치한 것 같았다.

그렇다면…….

"……미쿠. 너도 한패지? 장난 그만 치고 자리로 돌아가."

"예~."

나츠미 선생님의 지적에 방금 미쿠라고 불린 학생은 손을 흔들며 김빠진 듯한 목소리로 그렇게 대답하더니 자기 자리로 돌아갔다.

"으, 으음……."

"……아, 신경 쓰지 마. 자주 있는 일이거든. 교육실습생이 온다는 걸 알고 다들 좀 들떴나 봐. 하아, 발랑 까진 걸레들이 정말……."

나츠미 선생님은 한숨을 내쉬며 그렇게 말하더니, 시도의 엉덩이를 가볍게 두드렸다.

그에 시도는 마음을 다잡으려는 듯이 헛기침을 한 다음, 교탁을 향해 걸어갔다.

그리고 교실을 둘러보면서 학생들 전원에게 들릴 정도의 큰 목소리로 입을 열었다.

"으음…… 그럼 자기소개부터 할게요. 교육실습생인 이츠카 시도라고 합니다. 오늘부터 한동안 여러분의 반을 담당하게 되었어요. 아직 미숙한 부분이 많지만, 최선을 다할 테니 잘 부탁드립니다."

"""잘 부탁해요~!"""

시도가 인사를 하자, 학생들 또한 힘차게 인사를 했다.

확실히 장난을 좋아하는 학생이 몇 명 있는 것 같기는 하지만, 기본적으로 다들 착한 아이 같았다.

시도가 그런 생각을 하고 있을 때, 그의 맞은편에 앉아 있던 학생이 손을 들었다.

검은색 리본으로 머리카락을 둘로 나눠 묶은, 성실해 보이는 소녀였다. 정령 여학원의 교복을 입고 있으며, 검은테 안경을 쓰고 있었다.

겉모습만 보면 중학생 같지만…… 뭐, 그냥 몸집이 작은 것뿐이리라. 그리고 보면 나츠미 선생님도 그녀와 비슷한 또래 같아 보였다.

"응? 왜 그러니? 그러니까, 이름이……."

"학급반장인 이츠카 코토리예요."

"이츠카 양"

"그냥 코토리라고 불러주세요. 오빠…… 아니, 선생님과

성이 같아 헷갈릴 수도 있으니까요."

소녀— 코토리가 크흠 하고 헛기침을 하며 그렇게 말했다. 방금 「오빠」라고 말한 것 같은데…… 뭐, 시도도 학창 시절에 선생님을 「엄마」라고 불렀던 적이 있는 것처럼, 단순한 말실수일 것이다.

"그것보다, 저희도 자기소개를 하고 싶은데요. 그래도 될까요?"

"아, 응. 그래주면 좋겠어. 부탁할게."

시도가 그렇게 말하자, 코토리는 고개를 끄덕이며 몸을 일으켰다.

"그럼 저부터 할게요. 아까도 말씀드렸다시피, 제 이름은 이츠카 코토리예요. 이 반의 반장이죠. 좋아하는 건 막대사탕과 오빠예요. 혹시 모르는 게 있으면, 뭐든 물어봐주세요."

코토리는 그렇게 말하더니, 안경을 고쳐 쓰는 듯한 시늉을 했다.

"그래, 잘 부탁해. 흐음, 코토리는 오빠와 사이가 좋나 보네."

시도가 그렇게 말하자, 아까 카구야, 유즈루라 불린 쌍둥이가 어깨를 으쓱했다.

"아니, 코토리는 외동이야."

"해설. 코토리에게 있어 『오빠』란, 백마 탄 왕자님 같은 존재예요. 상상 속의 오빠죠."

"그, 그렇구나……."

시도는 식은땀을 흘리며 대답했다. ……뭐, 감수성이 예민한 시기의 소녀들 중에는 그런 이가 있을지도 모른다. 교사로서 그런 면을 받아줘야겠다는 생각이 들었다.

그러고 보니 아까 코토리가 시도를 그 호칭으로 불렀는데…… 왠지 이 일을 더 파고들었다간 성가신 일이 벌어질 것 같았기에, 그냥 눈치채지 못한 척 했다.

"으, 으음, 다음은……."

시도가 교실을 둘러보자, 이번에는 칠흑빛 머리카락을 지닌 소녀가 힘차게 자리에서 일어났다.

"야토가미 토카다! 좋아하는 건 콩고물빵! 잘 부탁한다, 시도 선생!"

"응, 잘 부탁해. 기운이 넘치는 학생인걸."

시도가 방긋 웃으면서 그렇게 말한 후, 다른 학생들도 차례차례 자리에서 일어나 자기소개를 했다.

"이 몸은 구풍의 왕녀, 야마이 카구야!"

"선언. 구풍의 왕녀, 유즈루예요."

판박이처럼 똑같이 생긴 쌍둥이가 그렇게 말하면서 꽤 멋들어진 포즈를 취했다. 아까 저 두 사람이 친 함정에 걸렸던 시도는 허탈한 미소를 지었다.

"좋아하는 건…… 장난이려나?"

"크큭! 용케도 알았구나!"

"미소. 앞으로도 방심하지 마세요."

"······충고 고마워."

시도가 쓴웃음을 흘리자, 이번에는 왼편에 앉아 있던 조그마한 체구의 소녀가 그 몸집에 어울리지 않을 정도로 풍만한 가슴을 흔들며 몸을 일으켰다.

"호시미야 무쿠로라고 하느니라. 좋아하는 건 고구마 양갱이지. 잘 부탁하마."

"으, 응······. 잘 부탁해."

시도가 그 박력에 압도당하고 있자, 이번에는 무쿠로의 옆에 앉아 있던 소녀가 자리에서 일어나더니 왼손에 낀 토끼 모양의 퍼핏인형과 함께 고개를 꾸벅 숙였다.

"으음······ 요시노라고 해요. 잘 부탁드려요······."

『요시농은 요시농이라고 해~! 잘 부탁해, 선생님~!』

"잘 부탁····· 어, 요시농?"

시도가 고개를 갸웃거리자, 나츠미 선생님이 설명했다.

"요시농은 요시노의 친구야. 학교 측에서 착용을 허락했으니까 신경 쓰지 마. ······그런데, 어때?"

"예? 뭐가 말이에요?"

"······요시노 말이야, 요시노. 귀엽지? 조물주에게 사랑을 듬뿍 받아서 태어난 기적의 결정체지? 하지만 그게 전부가 아냐. 겉모습도 아름답지만, 진정으로 아름다운 건 그녀의 마음이거든. 말똥구리도 피해서 지나가는 나를 신경 써 줄 정도야. 하지만 착각하면 안 돼. 요시노가 상냥한 건 그녀가 여신이기 때문이지, 너한테 마음이 있어서 그런 게 아니거든? 전 우주 슈퍼 가디스인 요시노에게 네가 끌리는 것도 이해는 되지만, 만약 허튼 수작을 부린다면 네 삼족을 멸할 거야."

"서, 선생님. 진정하세요."

다른 학생을 설명할 때와는 목소리에 담긴 열량이 너무 달랐다. 시도는 나츠미 선생님을 진정시키기 위해 그렇게 말했다.

그러자 나츠미 선생님은 그제야 요시노가 부끄러워하고 있다는 것을 눈치챈 건지, 거북한 듯이 헛기침을 했다.

"뭐, 그럼 계속 해볼까. 그럼 다음은……."

"예~! 저! 저예요~!"

시도의 말에 한 학생이 힘차게 손을 들었다. 아까 시도가 안겼던 바로 그 소녀였다.

"현역 여고생 아이돌 이자요이 미쿠예요! 좋아하는 건 여자애! 싫어하는 건 남자예요!"

활기찬 목소리로 그렇게 말한 미쿠는 자신의 멋진 몸매를 강조하듯 몸을 살짝 비틀었다.

여러모로 신경 쓰이는 점이 있기는 하지만, 일단 시도는 그 신랄한 자기소개를 듣고 쓴웃음을 지었다.

"남자를 싫어하는구나. 이거 큰일인걸……."

"아! 걱정하지 마세요! 달링 선생님은 특별대우니까요~!"

"달링……?"

"예~! 제 마음 속에서 달링 선생님은 여자애 쪽에 가까우니까요! 2학년 4반에 잘 오셨어요~! 웰컴 투 더 미쿠 월드!"

"……으, 응. 그래?"

사실 시도는 『달링』이라는 호칭에 의문을 나타낸 것이었지만, 미쿠가 반론을 허락하지 않는다는 듯이 말을 연달아 늘어놓는 바람에 그렇게 대꾸할 수밖에 없었다.

바로 그때였다.

"……어?"

다음 학생을 향해 고개를 돌린 시도는 그제야 눈치챘다.

책상 위에 촬영 장비를 잔뜩 늘어놓고, 시도를 향해 비디오카메라의 렌즈를 들고 있는 여자아이가 있다는 사실을 말이다.

"……저, 저기……?"

"토비이치 오리가미야. 그냥 오리가미라고 불러도 돼. 혹은 오리링이나 마이 스위트 하트도 괜찮아."

시도가 출석부를 쳐다보며 토비이치 오리가미에게 말을 걸자, 그녀는 담담한 어조로 그렇게 말했다.

"그, 그럼 오리가미. 대체 지금 뭘 하고 있는 거야……?"

"기록 중이야."

"기록?"

익숙한 단어가 흔치 않은 용법으로 쓰인 탓에 시도가 당혹스러워하자, 오리가미가 말을 이었다.

"—×월 ×일, 08시 40분. 아버지와 어머니는 이렇게 만났어요. 치요가미, 당신도 언젠가 이런 멋진 만남이 있을 거예요. 미래의 당신에게, 이 엄마가 조언을 하나 해주겠어요. —『클로로포름은 즉효성이 아니다』."

"저기, 그게 무슨 기록인데?! 대체 누구를 위한 기록이냐고!"

시도가 비명에 가까운 목소리로 그렇게 외쳤지만, 오리가미는 대답을 하지 않았다. 그저 지그시 시도를 기록하고 있었다. 공포에 사로잡힌 시도는 그냥 고개를 돌렸다.

"그, 그럼 남은 학생은……."

희미하게 떨리는 목소리로 주위를 둘러보던 시도의 볼에 갑자기 경련이 일었다.

도저히 고등학생으로 보이지 않는 여성이 있었기 때문이다.

다른 학생들과 마찬가지로 이 학교의 교복을 입고 있었지만, 치마 차림인데도 다리를 쩍 벌린 채 의자에 앉아 있었고, 은색 350㎖ 캔을 한 손에 쥐고 있었다. 왠지 얼굴이 약간 발그레했고, 눈도 풀린 것 같았다. 여고 교실보다 술집 카운터가 어울릴 듯한 모습이었다.

"에헤헤~. 안~녕~. 니아라고 해요~."

"저게 무슨 여고생이야?!"

시도는 지금까지 참고 또 참았지만, 마치 여고생 코스프레를 한 듯한 니아의 모습에 무심코 고함을 질렀다.

그러자 니아는 불만을 표시하듯 입술을 쑥 내밀었다.

"너무하네~. 나는 여고생이거든~? 상처입기 쉽단 말이야~. 유리 멘탈인 10대라고~."

"그건 10대 입에서 나올 단어가 아냐! 그리고 여고생을 자처할 거면 교실에서 맥주를 퍼마시지 말라고!"

"어? 아냐아냐~. 오해했나 보네~. 이거어어언~ 탄산이 들어간 보리차야아아아~."

"혀가 꼬이기 시작했거든?! 그것보다 탄산이 들어간 보리차는 대체 뭐야?!"

"그게~, 나는 만화연구부 소속인데…… 이걸 안 마시면 손이 떨려서 펜을 제대로 놀릴 수가 없어."

"그거, 알코올 중독 증세 아냐?!"

시도가 고함을 지르자, 니아는 태연자약한 어조로 아하하~ 하고 웃었다.

……왠지, 더 말을 해봤자 입만 아플 것 같았다. 땅이 꺼져라 한숨을 내쉰 시도는 교실을 둘러본 후, 나츠미 선생님을 힐끔 쳐다보았다.

"저기…… 이 반 학생은 이걸로 전부인가요?"

"으음…… 뭐, 엄밀하게 말하자면 한 명 더 있지만, 그 녀석은—."

나츠미 선생님이 인상을 쓰면서 말을 이으려던 순간, 교실 뒷문이 덜컹 소리를 내며 열렸다.

"하암…… 좋은 아침~."

그리고 졸려 보이는 한 여성이 하품을 하면서 교실 안으로 들어왔다.

끝내주는 몸매를 대충 걸친 교복으로 감싼 미녀였다. 고등학생으로 보이지 않는…… 니아와는 다른 의미에서 고등학생처럼 보이지 않는 여성이었다. 그녀의 온몸에서 풍겨 나오는 색기가, 그녀를 20대 중반 가량의 누님 같아 보이게 했다.

나츠미 선생님은 그 학생을 보더니 언짢은 듯이 눈썹을 찌푸렸다.

"……지각이야, **나츠미**."

나츠미 선생님이 그렇게 말하자, 방금 나츠미라 불린 학생은 웃음을 흘리며 손을 내저었다.

"너무 딱딱하게 굴지 마~. 이 정도는 오차범위 안이잖아. ……어머?"

나츠미는 그제야 시도를 발견한 건지, 눈썹 끝이 희미하게 흔들렸다.

"어머나? 그쪽은 누구? 드디어 언니에게 좋은 사람이 생긴 거야? 학생들에게 자랑하고 싶은 심정은 이해하지만, 직장까지 데려오는 건 좀 그렇지 않아?"

"바, 바보 같은 소리 하지 마!"

나츠미 선생님은 얼굴을 새빨갛게 붉히며 고함을 질렀다. 그런 그녀를 본 나츠미가 아하하 하고 웃음을 터뜨렸다.

"농담이야, 농담. 그 소문 자자한 교육실습생이지? 잘 부탁할게."

"으, 응…… 잘 부탁해."

나츠미가 윙크를 하자, 시도는 식은땀을 흘리며 그렇게 대답했다.

상대는 고등학생, 자신은 교육실습생이지만, 왠지 연상의 누나 같은 관록과 여유가 상대방에게서 느껴졌다.

하지만 시도는 더 신경 쓰이는 점이 있었다. 그는 고개를 갸웃거리며 나츠미 선생님을 쳐다보았다.

"……『나츠미』?"

그렇다. 방금 나타난 학생은 이 반의 담임인 나츠미 선생님과 이름이 같았던 것이다.

시도의 의문에 나츠미 선생님은 귀찮다는 듯이, 그리고 언짢다는 듯이 미간을 찌푸리더니, 낮은 목소리로 속삭이듯 말했다.

"……아니, 뭐, 그러니까…… 내 여동생 풍미가 약간 감도는 여자야."

"뭔가 되게 애매모호한 소리군요……."

시도는 식은땀을 흘리며 그렇게 말했지만, 왠지 이 일에 대해서는 깊이 추궁하지 않는 편이 좋을 것 같았다. ……뭐, 아마 여동생일 것이다. 이름이 같아서 헷갈릴 수 있겠다고 생각한 시도는 선생님 쪽을 『나츠미 선생님』, 학생 쪽을 『나츠미』라고 마음속으로 부르자고 정했다.

"나츠미 선생님한테 여동생이 있었군요. 게다가ㅡ."

"ㅡ,"

시도가 별 생각 없이 그렇게 말하자, 나츠미 선생님은 날카로운 눈길로 그를 노려보았다.

"……게다가? 게다가, 뭐? 『이렇게 아름다운 여동생이』? 아, 그래. 칭찬 고마워. 저 아름다운 여동생의 언니가 이런 짜리몽땅한 애라 참 미안해. 하지만 나와 먼저 만나서 다행인 줄 알아. 동생과 먼저 만나서 『실은 언니가 있어』 같은 말을 듣는다면, 어마어마한 미인을 상상할 거 아냐? 멋대로 미인 언니를 상상해 놓고, 멋대로 실망하지 말란 말이야. 젠장젠장젠장……!"

"서, 선생님, 아무도 그런 말 안 했어요……!"

시도가 나츠미 선생님의 어깨를 잡고 흔들자, 그녀는 퍼뜩 정신이 든 것처럼 눈을 치켜떴다.

그 모습을 본 여동생 나츠미가 손가락으로 머리카락을 말면서 하아 하고 한숨을 내쉬었다.

"또 언니의 독주회가 시작됐네. 한 번 시작되면 오래 가는데 말이야~."

"시, 시끄러워! 애초에 네가ㅡ."

"선생님, 진정하세요! 선생님!"

시도는 또 흥분하려고 하는 나츠미 선생님을 허둥지둥 말렸다.

　나츠미 선생님은 여전히 화가 풀리지 않은 것 같지만, 지금 조례 중이라는 걸 떠올렸는지 계속 어깨를 들썩이면서도 시도를 향해 이렇게 말했다.

　"……아무튼, 이걸로 전원 출석이야."

　"아, 예. 으음…… 그럼 여러분, 잘 부탁드립니다."

　"""잘 부탁드려요~!"""

　시도의 말에 학생들은 한 목소리로 대답했다.

　……이리하여, 불안요소가 여러 개 존재하는 가운데, 교육실습생인 이츠카 시도의 정령 여학원에서의 실습이 막을 올렸다.

◇

　"─자, 그럼 다음 페이지로 넘어가겠어요."

　조례를 마치고 몇 시간 후…….

　시도는 다시 2학년 4반 학생들 앞에 서서, 처음으로 수업을 진행했다.

　시도의 담당과목은 현대 국어로, 지금은 미야자와 켄지의 『주문이 많은 요리점』을 다루고 있었다. 두 사냥꾼이 산에서 레스토랑을 발견하는데, 사실 그곳은 손님에게 요리를 대접하는 곳이 아니라, 손님을 요리해서 먹어치우는 곳이었다— 라는 게 이 작품의 줄거리였다.

시도는 이 날을 위해 몇 번이나 교과서를 읽었으며, 머릿속으로 수업을 몇 번이나 시뮬레이션해봤다. 그리고 이 수업의 감독 역할로서, 이 반의 정식 담임인 나츠미 선생님이 교실 뒤쪽에서 수업을 참관하고 있었다. 하지만 시도의 마음을 가득 채운 긴장감은 사라지지 않았다.

그도 그럴 것이, 진짜 학생들 앞에서 수업을 하는 건 이번이 처음인 것이다. 학생들의 시선이 자신에게 쏠리는 감각이 기쁘게 느껴지면서도, 한편으로 중압감으로 작용했다.

"……."

……아니, 일부 학생들의 시선이 좀 이상하다는 느낌이 들었다.

뭐랄까, 열심히 수업에 참가하고 있는 학생들 중 일부가, 『주문이 많은 요리점』에 등장하는 포식자의 눈빛을 연상케 하는 시선으로 자신을 쳐다보고 있는 듯한 느낌이 들었다.

시도는 교과서에서 시선을 떼며 고개를 들었다. ……오리가미가 들고 있는 카메라의 렌즈, 호흡이 거칠어진 미쿠, 안경을 번뜩이며 쳐다보고 있는 코토리, 장난을 꾸미며 히죽거리고 있는 듯한 야마이 자매, 호색한 미소를 짓고 있는 니아, 그리고 혀로 입술을 핥고 있는 나츠미와도 시선이 마주쳤다.

일부가 아니었다. 거의 대부분이었다.

하지만 수업을 중단할 수는 없었다. 시도는 등을 타고 식은땀이 흐르는 것을 느끼면서도, 그녀들의 시선을 무시하며 수업을 계속했다.

"으, 으음…… 그럼 다음 부분을, 누가—."

"저요~, 내가 읽을래~."

"응? 그럼 니아가 읽어보렴."

시도는 손을 흔들며 어필하고 있는 니아를 지명했다.

그러자 니아는 휘청거리면서 몸을 일으키더니, 교과서를 읽기 시작했다.

"……으음~ 『우윳빛 점액으로 범벅이 된 시도의 손가락이 마치 음탕한 문어처럼 꿈틀거리며 니아의 은밀한 곳을 유린했다. 니아는 온몸을 엄습한 태풍 같은 쾌락에 몸부림쳤다. 「아아, 안 돼, 이러지 마.」 하지만 시도는 사디스틱한 미소를 지으며—』."

"스토오오오오오오옵?!"

니아가 느닷없이 음란하고 퇴폐적인 이야기를 늘어놓자, 시도는 반사적으로 외쳤다.

"니, 니아, 너 지금 뭘 읽고 있는 거야?!"

"응? 두 사냥꾼이 몸에 크림을 바르는 장면인데?"

"켄지는 그런 글을 쓴 적 없어!"

충격적이게도 각색 버전이었다. 시도는 무심코 비명에 가까운 고함을 질렀다.

그런 시도를 본 나츠미와 미쿠, 그리고 다른 정령들이 꺄아꺄아~ 하고 새된 환성을 질렀다. 착한 아이 그룹인 토카와 무쿠로는 영문을 모르겠다는 듯이 고개를 갸웃거렸지만, 요시노는 볼을 붉히며 고개를 숙였다. 몸이 안 좋은 걸까.

"아, 아무튼, 같은 부분을 다른 사람이 다시 읽어봐. 으음……."

시도는 일부러 헛기침을 크게 하며 그렇게 말한 후, 다른 학생을 지명해 수업을 이어나갔다.

『주문이 많은 요리점』은 내용이 그렇게 길지 않았다. 몇몇 학생이 차례차례 이어서 읽자, 이야기는 곧 끝을 맞이했다. 하마터면 레스토랑에 무리지어 살고 있던 살쾡이들에게 잡아먹힐 뻔했던 사냥꾼들이, 죽은 줄 알았던 사냥개 덕분에 목숨을 부지한 채 도망치는 데 성공했다……는 게 이 이야기의 결말이었다.

"자…… 그럼 이 이야기를 읽어보고 느낀 감상을 말해줄래?"

시도가 그렇게 말하며 교실을 둘러보자, 한 소녀가 반듯한 자세로 손을 들었다. 오리가미였다.

"아, 그럼 오리가미가 말해보렴."

"―작전이 너무 서툴러. 나라면 손님이 가게에 들어온 순간, 문을 잠가서 퇴로를 봉쇄한 후 가스를 이용했을 거야."

"그건 살쾡이 측의 견해잖아?!"

시도가 화들짝 놀라며 눈을 치켜뜨자, 나츠미를 비롯한

다른 정령들이 오리가미의 말에 동의한다는 듯이 고개를 끄덕였다.

"맞아. 결국 그 바람에 놓치고 만 거잖아."

"훗, 동감이다. 정말 못난 놈들이구나."

"이해. 우쭐한 나머지 성가신 수단을 동원했다간 호의적인 반응을 보이는 상대도 놓치고 말 거라는, 작금의 결혼 문제에 대한 교훈을 담고 있는 우화가 아닐까요."

"""아하~."""

유즈루가 그런 견해를 내놓자, 학생들은 납득했다는 듯이 고개를 끄덕였다. 하나같이 육식동물에 가까운 것 같았다. 그 모습을 본 시도의 이마에 식은땀이 맺혔다.

"아, 맞다. 선생님, 질문 하나만 해도 돼? 방금 이야기를 듣고 궁금증이 하나 생겼거든."

바로 그때, 나츠미가 에로틱하게 다리를 꼬면서 손을 들었다.

그 몸놀림 자체는 문제가 있는 것 같지만, 적극적으로 수업에 참가하려 하는 자세는 칭찬받아 마땅했다. 시도는 소매로 이마에 맺힌 식은땀을 닦으면서 고개를 끄덕였다.

"아, 물론이지. 혹시 이해가 안 되는 부분이라도 있는 거니?"

시도의 물음에 나츠미는 만면에 미소를 지으면서 질문을 했다.

"선생님은— 애인 있어?"

그야말로, 폭탄 같은 질문을 말이다.

""".......!"""

술렁…….

교실 안의 분위기가 달라지자, 시도는 마른 침을 삼켰다.

질문 자체는 별것 아니었다. 실습 온 교생이 흔히 받는 질문이라 해도 과언이 아니다. 있다고 말하든, 없다고 말하든, 어차피 며칠간 놀림 당할 뿐이다.

하지만— 시도가 지닌 생물로서의 본능이, 원시적인 감각이, 경종을 울리고 있었다.

이 학교, 이 순간에 있어서, 그것은 치명적인 질문이라는 느낌이 엄습한 것이다.

어떤 대답을 하느냐에 따라 목숨이 위험해질지도 모른다는 생각마저 들었다.

"그, 그게……."

시도는 학생들의 시선을 받으며 머리를 긁적이더니—.

"……없, 어."

그냥 솔직하게 대답하기로 했다.

""".......""".

그 순간, 다들 안도한 듯한 표정을 지었지만— 이내 긴장감이 교실 안을 가득 채웠다.

하지만 그 와중에 아쉬움 섞인 한숨을 내쉬고 있는 소녀가 한 명 있었다. 바로 미쿠였다.

"그렇군요~."

"그, 그래. 그런데 왜 그렇게 아쉬워하는 거야?"

"아쉬워하는 게 아니에요~. 달링 선생님과 애인 분의 커플 덮밥 같은 건 눈곱만큼도 상상 안 했어요~."

"……."

미쿠의 발언을 들은 순간, 시도는 자신의 얼굴이 경악과 전율에 의해 일그러지는 것을 느꼈다. 하지만 미쿠는 곧바로 환한 표정을 지으며 손뼉을 쳤다.

"아! 하지만~, 달링 선생님이 지금 솔로라면 저한테도 기회가 있다는 거네요!"

"뭐? 아, 그건……."

미쿠의 말에 시도가 대답을 하기도 전에 교실 곳곳에서 목소리가 들려왔다.

"에이~, 미쿠한테만 기회가 있는 게 아니거든?"

"그러하니라! 구풍의 왕녀의 허락도 구하지 않고 그런 허무맹랑한 소리를 늘어놓지 마라!"

"동의. 가능성은 무한대예요."

"—치요가미에게. 이건 사투의 기록이란다. 이 엄마의 용맹한 모습을 잘 보렴."

"다, 다들 수업 중에 무슨 소리를 하는 거야?! 오빠가 난

처해하고 있잖아!"

"반장도 은근슬쩍 오빠라고 부르고 있네~."

"으음…… 저기…… 저, 저도…… 조금…… 신경 쓰여요."

"음. 나리 선생님은 어떤 여성을 좋아하느냐? 이 자리에 있는 이들 중에서 한 명을 뽑자면 말이니라."

"오오! 시도 선생, 알려다오!"

문제아 그룹만이 아니라 착한 아이 그룹까지도 이런 말을 늘어놓았다.

"아니, 저기……."

난처한 상황에 처한 시도가 나츠미 선생님에게 도움을 청하기 위해 그녀를 쳐다보았다. ……하지만 나츠미 선생님은 자기한테 떠넘기지 말라는 듯이 고개를 돌렸다.

그야말로 사면초가의 상황이었다. 몸을 쑥 내밀고 이런저런 말들을 늘어놓는 학생들의 공세에 시도는 당황했다.

시도 또한 신체 건강한 남자다. 나이 차이가 얼마 나지 않는 그녀들에게 그런 감정을 전혀 품고 있지 않다면 그건 거짓말이리라.

하지만, 실습생이라고는 해도 시도는 현재 교사이며, 그녀들은 학생이다. 그 선은 넘어서는 안 된다. 하물며 그녀들 중에서 가장 자신의 타입인 소녀를 고르는 건, 교사로서 해선 안 되는 행위다.

"……아."

바로 그때, 시도의 뇌리에 어떤 묘안이 떠올랐다.

시도는 학생들을 진정시키려는 듯이 손바닥을 들어 보이더니, 말을 이었다.

"다들, 고마워. 농담이라도 정말 기뻐. 하지만, 이 선생님은…… 사실 연상을 좋아해!"

""""어……?!""""

시도의 선언에 소녀들은 경악에 찬 표정을 지었다.

니아와 나츠미와 미쿠는 한순간 기뻐했지만, 이내 「아, 그러고 보니 나는 지금 선생님보다 어리다는 설정이잖아!」라고 말하는 듯한 표정을 지었다.

그런 그녀들의 반응을 본 시도는 마음속으로 성취감을 느꼈다. ……시도는 딱히 연상을 좋아하지는 않지만, 누구도 상처 입히지 않고 상황을 수습할 수 있는 최선의 대답일 것이다.

하지만, 그런 시도의 생각은 짧았다. 그가 수업을 계속하기 위해 분필을 손에 쥔 순간, 학생들의 시선이 서서히 교실 뒤편으로 향한 것이다.

"달링 선생님은 연상 취향……."

"그렇다면……."

"……어?"

학생들의 시선이 자신을 향하자, 교실 뒤편에 있던 나츠미 선생님은 얼굴을 새빨갛게 붉히면서 당황한 듯한 반응을 보였다.

그렇다. 겉모습은 중학생 같지만, 나츠미 선생님은 어엿한 어른이었다. 시도의 말을 그대로 받아들인다면, 이 자리에 있는 이들 중 유일하게 시도의 스트라이크존 한가운데에 있는 레이디인 것이다.

"어어어어어어어어……?! 뭐가 어떻게 된 거야?! 내가 왜 휘말린 건데……?! 저기, 이런 건 너희끼리 알아서 처리해주면 안 될까……?!"

"죄, 죄송해요……! 일이 이렇게 될 줄은 꿈에도……!"

시도가 나츠미 선생님에게 허겁지겁 사과하자, 학생들은 「오오……」 하고 낮은 탄성을 흘리며 흥미롭다는 반응을 보였다.

"아하…… 이런 거리감을 선호하는구나……."

"로리 누나…… 그런 것도 좋아하나 보네."

"고, 공부가 됐어요……."

학생들은 진지한 눈길로 나츠미 선생님을 뚫어져라 쳐다보았다. 나츠미 선생님은 거북해 죽겠는지, 새빨개진 얼굴을 두 손으로 가리며 몸을 배배 꼬았다.

바로 그때, 마치 타이밍을 재기라도 한 것처럼 수업 종료를 알리는 종소리가 울려 퍼졌다.

"……윽! 그럼 수업은 이만 끝내겠어! 차렷, 인사!"

시도는 구원이라도 받은 듯한 심정으로 재빨리 인사를 한

다음, 도망치듯 교실을 나섰다. 그와 동시에 나츠미 선생님도 교실 뒤편의 문을 통해 복도로 도망쳤다.

교실 안에서 학생들이 두 사람의 관계를 미심쩍어하는 듯한 발언이 들렸지만, 다시 교실에 들어가서 변명을 해봤자 상황이 더 악화될 뿐이라는 생각이 들었다. 결국 시도는 나츠미 선생님과 함께 교무실을 향해 걸었다.

"……저기……."

"……왜?"

그런 와중에 시도가 거북해하면서 말을 걸자, 나츠미 선생님은 고개를 반대편으로 돌린 채 퉁명한 목소리로 대답했다.

"……죄, 죄송해요. 일이 이렇게 될 줄은 몰랐어요……."

"……뭐, 괜찮아. 다들 농담이라고 생각할 거야. ……그러는 너야말로, 나 같은 못난이와 사귄다고 남들 입방아에 오르게 됐잖아? 참 안 됐네."

"예? 아, 저기, 나츠미 선생님은 충분히 귀엽다고 생각하는데요."

"……윽?! 뭐?!"

시도의 말에 나츠미 선생님은 마치 부모의 원수라도 본 것처럼 그를 노려보았다. 그리고 도망치듯 복도를 내달렸다.

교육실습생 시도는 수업 종료를 알리는 종소리 덕분에 궁지에서 벗어났다.

하지만 그의 평화는 몇 분도 채 이어지지 않았다.

이유는 단순했다. 시도가 방금 마친 수업이 바로 4교시였던 것이다.

즉, 아까 종소리는 수업 종료를 알리는 것이자, 점심시간의 시작을 알리는 것이기도 했다.

시도는 교무실 급습을 감행한 학생들에게 납치— 아니, 함께 점심을 먹자는 제안을 받아, 다시 2학년 4반 교실로 끌려갔다.

참고로 이 교실은 학생들에 의해 몇 분 전과는 전혀 다른 형태로 바뀌어 있었다. 책상이 원형으로 배치되어 있었으며, 다 같이 식탁에 둘러앉은 듯이 식사를 하는 것이다.

책상 앞에는 학생들과 시도, 그리고 덩달아 끌려온 나츠미 선생님이 앉았다. 그들은 책상 위에 도시락을 올려놓았다.

"자…… 그럼, 잘 먹겠습니다."

"""잘 먹겠습니다!"""

시도가 손바닥을 맞대며 그렇게 말하자(처음에는 나츠미 선생님에게 식사 전 인사를 부탁하려고 했지만, 그녀는 필사적으로 거절했다), 학생들도 뒤따라 한 목소리로 인사를 했다.

"음…… 오, 오오?!"

그때, 시도가 펼친 도시락을 본 토카가 갑자기 크게 외쳤다. 시도는 그 목소리에 놀라 토카를 쳐다보았다.

"어? 왜 그래?"

"그게…… 엄청 풍성한 도시락 같아서 말이다. 으음…… 정말 맛있어 보이는구나."

토카는 그렇게 말하며 군침을 꿀꺽 삼켰다. 그와 동시에 그녀의 배에서 꼬르륵 하는 소리가 났다.

"하하, 고마워. 저기, 맛이라도 좀 볼래?"

"아! 그래도 되겠느냐?!"

"응, 물론이지."

시도가 도시락을 내밀자, 토카는 눈을 반짝이면서 그것을 감상하듯 응시한 후, 젓가락으로 닭튀김 하나를 집어 들었다.

그것을 한입에 입에 넣고 우물우물 씹던 토카가 눈을 번쩍 떴다.

"마, 맛있다! 이게 대체 뭐냐……. 평범한 닭튀김이 아닌 거냐?!"

"훗, 눈치챘군. 튀김옷에 레몬즙과 바질을 섞었어. 산뜻한 맛이 더해지니 꽤 괜찮지 않아?"

시도가 의기양양한 어조로 그렇게 말하자, 토카는 경악에 찬 표정을 지었다.

"뭐?! 설마 이걸, 시도 선생이 직접······?!"

"""······!"""

토카가 그렇게 말한 순간, 다른 학생들이 시도의 도시락을 일제히 쳐다보았다.

"으음······ 이걸, 직접 만든게냐?"

"우와, 맙소사. 저기, 선생님. 이벤트 직전에만 우리 집에서 밥시스턴트 안 할래?"

"······선생님, 저도 한 입만 먹어봐도 될까요?"

코토리가 검은테 안경을 고쳐 쓰면서 그렇게 물었다.

"아, 응. 물론이지."

토카에게는 줬으면서 다른 학생에게 안 주는 것도 좀 그랬다. 시도는 남들의 박력에 압도당하면서 그렇게 대답했다.

그러자 다음 순간, 사방팔방에서 젓가락이 뻗어 나오더니, 학생들이 시도의 수제 도시락을 맛봤다.

"우와, 맛있어······."

"전율. 이걸 남자가 만들었다는 건가요."

"흐음······ 꽤 하네."

학생들은 그런 말을 하면서 시도가 만든 도시락을 칭찬했다. 시도는 학생들의 말을 듣고 내심 기뻤다.

하지만 문제는 학생들의 숫자였다. 열 명이나 되는 소녀들에게 유린당한 도시락통에는 내용물이 거의 남아 있지 않았다.

"아하하…… 성장기라 그런지 다들 먹성이 좋네."

시도가 꽤 가벼워진 도시락을 쳐다보며 쓴웃음을 짓고 있자, 누군가가 그에게 슬며시 다가왔다. 오리가미였다.

"선생님. 나도 먹고 싶어."

"어, 못 먹은 거야? 큰일이네. 이제 거의 안 남았는데……."

시도가 당혹스러운 표정을 지으며 그렇게 말하자, 오리가미는 문제될 게 없다는 듯이 고개를 저었다.

"괜찮아. 벨트나 손목시계처럼 금속으로 된 걸 풀고, 온몸에 크림을 바르기만 하면 돼."

"『주문이 많은 요리점』……?!"

생각지도 못한 복선이었다. 그리고 역시 오리가미는 살쾡이 쪽이었다.

"잠깐만! 오리가미도 아까 닭튀김을 먹었지 않느냐! 내가 두 눈으로 똑똑히 봤다!"

"쳇."

그때 토카가 언성을 높이자, 오리가미는 살며시 혀를 차면서 자기 자리로 돌아갔다.

그런 오리가미와 교대하듯, 이번에는 요시노와 무쿠로가 미안한 표정을 지으며 시도에게 다가왔다.

"죄, 죄송해요……. 선생님의 도시락이 너무 맛있어서, 그만……."

"으음, 미안하구나……. 괜찮다면, 무쿠의 우엉조림을 나뉘주마."

두 사람은 그렇게 말하면서 자신들의 반찬을 시도에게 나눠줬다. 다른 학생들 또한 자신의 반찬을 하나씩 집어서 시도의 도시락통에 넣어줬다.

잠시 후, 시도의 도시락통은 처음보다 더 다양한 종류의 반찬들로 꾸며졌다.

"오오…… 아까보다 더 호화로워졌는걸."

시도는 웃음을 터뜨리며 그렇게 말하더니, 자신의 새로운 도시락을 먹었다.

반찬이라는 것은 각 가정마다 맛이 다른 법이다. 요리가 취미인 시도로서는 다양한 맛을 즐길 수 있는 이 믹스 도시락이 더 좋았다.

"응, 맛있어. 왠지 득본 것 같네."

시도가 그렇게 말하자, 소녀들은 기쁜 듯이, 혹은 부끄러운 듯이 미소를 지었다.

"크크, 그렇지? 그렇지?"

"겸손. 아마 다 같이 먹어서 맛있게 느껴지는 걸 거예요."

"하하, 그렇구나. 이렇게 다 같이 밥을 먹는 것도 좋은걸. 점심때마다 이렇게 같이 먹는 거야?"

시도가 고개를 갸웃거리면서 물었다. 그러자 학생들은 서로를 힐끔 쳐다본 후, 고개를 저었다.

"아냐. 평소에는 다들 따로 먹어."

"음. 이렇게 선생님과 함께 밥을 먹는 반도 있는 것 같다만, 나츠미 선생은 점심시간만 되면 모습을 감추지."

"그러하니라. 오늘은 나리 선생과 같이 있다가 우리에게 딱 잡힌 게지."

"······푸웁?!"

학생들의 말에 나츠미 선생님은 깜짝 놀랐는지 사레가 들렸다. 묵묵히 먹고 있던 샌드위치가 목에 걸린 건지, 가슴을 두드렸다.

"서, 선생님, 괜찮으세요?"

"······으, 응."

나츠미 선생님은 샌드위치를 겨우겨우 삼킨 후, 살며시 고개를 끄덕였다.

학생들의 시선이 그런 나츠미 선생님에게 집중됐다.

"그러고 보니 나츠미 선생은 평소에 어디 가는 것이냐? 매일은 아니더라도, 가끔은 오늘처럼 우리와 같이 밥을 먹지 않겠느냐?"

"뭐? 아, 그게, 저기······."

나츠미 선생님이 우물쭈물하며 대답을 못하자, 맞은편에 앉아 있던 나츠미가 채소 주스가 든 종이팩이 구겨지도록 내용물을 쪽 빨아들인 후에 어깨를 으쓱하며 입을 열었다.

"아, 그건 무리야. 언니는 학생이었을 때부터 항상 변소밥이었거든."

"……윽?!"

나츠미가 그렇게 말한 순간, 나츠미 선생님의 어깨가 부르르 떨렸다.

하지만 토카는 그 말이 무슨 뜻인지 이해하지 못한 건지, 고개를 갸웃거렸다.

"변소밥……? 그게 뭐지?"

"말 그대로야. 점심때가 되면 화장실에 틀어박혀서 혼자 밥을 먹는 거지. 나는 이해가 안 되는데, 남들과 같이 밥을 먹거나 자기가 밥 먹는 걸 남들이 보는 게 부끄럽대. 심지어 아무도 오지 않을 것 같은 낡은 건물의 화장실에 틀어박히니까. 우연히 그곳에 들어간 여학생들이 소리를 듣고 겁먹기도 해. 옛날에는 학교의 7대 불가사의 중 하나가 되기도─."

"우, 우와아아아아아아아앗?!"

나츠미 선생님은 동생의 말을 막으려는 듯이 나츠미의 안면에 먹다만 샌드위치를 던졌다.

"나, 나츠미 선생님?!"

"헉……!"

시도의 외침에 나츠미 선생님은 어깨를 부르르 떨었다. 아무래도 방금 그것은 무의식적으로 취한 행동 같았다.

"아…… 미, 미안해……."

나츠미 선생님이 기어들어가는 목소리로 그렇게 말한 순간, 이번에는 그녀의 안면에 샌드위치가 작렬했다. ─아무래도 나츠미가 복수를 한 것 같았다.

"……."

"……."

나츠미 선생님과 나츠미는 잠시 침묵하더니, 이윽고 동그랗게 놓인 책상을 밀어내며 성큼성큼 서로에게 다가갔다. 그 모습을 본 시도는 그녀들이 마치 투기장에 들어서는 검투사 같다는 생각을 했다.

"언니, 이건 좀 너무한 거 아냐?"

"……그래서 사과했잖아. 그리고 이건 네가 멋대로 쓸데없는 소리를 늘어놓은 바람에 벌어진 일이거든? 게다가 너도 복수를 했으니까, 2대1로 네 잘못이 더 많은 거 아냐?"

"쓸데없는 소리? 설명을 요구하기에 대답을 했을 뿐이거든? 거짓말을 한 거라면 몰라도, 어디까지나 사실을 말했을 뿐인데 이런 짓을 당한 걸 어떻게 납득하냔 말이야. 그리고 원인을 따지자면, 이렇게 재미있는 에피소드를 가지고 있는 화장실의 나츠미 씨에게 있는 거 아냐?"

"그, 그 별명을 입에 담지 마아아아아앗!"

아무래도 트라우마를 건드렸는지 나츠미 선생님이 고함을 지르면서 나츠미에게 달려들려고 했다.

"잠깐—."

두 사람이 싸우는 걸 두고 볼 수는 없다고 생각한 시도는 입에 거품을 물며 그녀들을 말리려 했다.

하지만, 시도보다 먼저 두 사람 사이에 끼어든 이가 있었다. 바로 카구야와 유즈루였다.

 "자, 멈추어라! 결투의 기운을 감지하고, 심판 야마이께서 바람처럼 등장했노라!"

 "제지. 이대로 몸싸움을 벌여봤자 아무것도 해결되지 않아요. 이 승부를 저희들, 야마이 자매에게 맡겨보지 않겠어요?"

 "……뭐?"

 "맡기라니…… 그게 무슨 소리야?"

 나츠미가 미심쩍어 하면서 그렇게 묻자, 야마이 자매는 동시에 고개를 끄덕이면서 말을 이었다.

 "즉, 룰에 입각해서 승부를 벌이라는 것이다!"

 "설명. 구체적으로 말하자면, 두 사람이 선호하는 종목을 적어서 이 상자에 넣은 다음, 제비뽑기를 하듯 하나를 고르는 거예요. 물론 주먹다짐처럼 법에 저촉되는 행위는 안 돼요."

 "그렇다. 그리고 진 사람은 순순히 잘못했다고 말하는 것이다! 이것이야말로 주당 8회는 온갖 방식으로 대결을 펼치는 야마이의 합리적 결투법이다!"

 거기까지 말한 카구야와 유즈루가 짜짠~! 하고 멋진 포즈를 취했다. 그녀들의 등 뒤에서 특촬물에서나 나올 법한 폭발이 일어났다. ……아니, 일어난 듯한 느낌이 들었다. 일부 학생들은 드문드문 박수를 치고 있었다.

 "흐음…… 그래, 좋아. 그렇게 하자. 그럼 메모지에 적으면 되지?"

그렇게 말한 나츠미가 가방 안에서 메모장을 꺼내더니, 두 장을 뜯어서 그중 한 장을 나츠미 선생님에게 내밀었다. 그러자 나츠미 선생님은 미간을 찌푸리며 당황한 듯한 반응을 보였다.

"……윽! 나, 나는 한다고 말한 적이……."

"어머, 그럼 내 부전승이네? 그렇다면 아까 하다 말았던 이야기를 끝까지—."

"……이익! 아, 알았어! 하면 될 거 아냐!"

나츠미 선생님이 반쯤 자포자기한 표정으로 메모지를 건네받았다.

두 사람은 잠시 불꽃 튀는 눈싸움을 벌인 뒤, 메모지에 뭔가를 적고 작게 접어 야마이 자매가 준비한 티슈곽에 넣었다.

"좋아! 드럼 롤 컴온!"

"흉내. 두두두두두두두두……."

"에잇!"

분위기를 고조시킨 야마이 자매는 티슈곽에서 메모지 한 장을 꺼내들었다.

"으음…… 어디어디~?"

"발표. 승부방식은…… 『오후의 수영 수업 때, 수영복 차림으로 시도 선생님의 하트를 거머쥔 쪽의 승리. 포상은 시도 선생님의 뽀뽀』예요."

""……뭐어?!""

시도와 나츠미 선생님은 그 승부방식을 듣자마자 동시에 경악하며 고함을 질렀다.

"잠깐…… 무슨 그딴 식으로 승부를 하는 거야?!"

"대체 왜 나까지 휘말린 건데?!"

하지만 야마이 자매는 들은 척도 하지 않았다. 또 멋들어진 포즈를 취하면서 자기 할 말만 계속 했다.

"호오? 승부 장소와 시간까지 지정하다니, 꽤 센스가 좋군."

"결정. 그럼 승부는 체육 시간에 하며, 장소는 수영장이에요."

"제발 부탁이니까 내 말 좀 들어!"

어찌된 영문인지 느닷없이 이 일에 휘말리고 만 시도는 비명을 질렀지만, 아무도 들은 척조차 하지 않았다.

여담이지만, 나츠미 선생님이 제안한 승부방식은 『숨바꼭질』이었다.

◇

"─빛나라! 제1회, 정령 여학원 스쿨 수영복 콜렉션!"

""""오오오오오오오오오오오~!""""

5교시, 체육.

한여름의 바다처럼 뜨거운 햇살이 쏟아지고 있는 수영장에서는 소녀들의 환성이 울려 퍼지고 있었다. 다들 교복에서 감색 학교 수영복으로 갈아입었으며, 주역들이 등장하기만을 이제나저제나 기다리고 있었다.

참고로 시도는 수영장 가장자리에 놓인 의자에 앉아 있었으며, 그 옆에는 마이크(대용인 접이식 우산)를 쥔 니아가 있었다.

"자, 드디어 막이 올랐습니다. 제1회 정령 여학원 스쿨 수영복 콜렉션. 사회 및 실황 중계는 저, 탄산이 들어간 보리차를 마신 후라 의사에게 수영을 금지당한 걸로 유명한 혼죠 니아가 맡겠습니다! 그리고 식사 직후에 수영을 하는 건 위험하니까, 정령이 아닌 애는 따라하면 안 돼~!"

니아가 왠지 익숙해 보이는 어조로 그렇게 말하자, 학생들이 박수를 쳤다.

"감사합니다~. 옆에는 해설을 담당하신 야마이 자매께서 와주셨습니다. 자, 본편에서는 그냥 넘어갔던 수영장 이벤트를 회수하려는 강한 의지가 느껴지는 이번 대결의 결과가 어떨 거라고 생각하십니까?"

"훗. 자매란 가장 가까운 친구이자 라이벌이지. 이런 식으로 대결을 벌이게 된 것도 필연일지도 모르니라."

"해설. 나츠미가 제안한 승부인 만큼 나츠미가 유리할 걸로 예상되지만, 심사위원이 연상을 선호한다고 자기 입으로 선언한 시도 선생님이라는 점을 고려하면 파란이 일어날 여지는 충분히 있어요."

"그렇군요! 자, 심사위원이신 소년 선생님께서는 그 점에 대해 어떻게 생각하십니까?"

"아니…… 그것보다 나 좀 풀어줬으면 하는데……"

"오호라, 다들 개성적이며, 다들 멋지다. 가슴이란 크기와 상관없이 전부 공평하게 존귀하다, 는 거군요. 멋진 명언을 들려주셔서 정말 감사합니다! 땡큐!"

"그런 소리 한 적 없거든?!"

자신의 발언을 날조당한 시도가 비명에 가까운 어조로 고함을 질렀지만, 니아는 들은 척도 하지 않았다. 그녀는 마이크를 힘차게 움켜쥐고 열띤 목소리로 외쳤다.

"자! 그럼 시작하겠습니다!

우선 선공! 너 진짜 고교생 맞아?! 어덜트한 색기를 흩뿌리고 다니는, 정령 여학원의 섹시 심벌! 몸매, 외모, 전부 망상의 산물이라 해도 과언이 아닐 만큼 완벽한 여자! 나아아아츠미이이이이잇!"

니아의 뜨거운 마이크 퍼포먼스에 맞춰 슈우우우우…… 하고 스모크가 피어나오더니, 수영복 차림의 나츠미가 수영장 가장자리로 걸어왔다.

"……윽."

그 모습을 본 시도는 무심코 숨을 삼켰다.

약간 과장스럽게 연출이 된 것 같기는 하지만, 지금은 어디까지나 수영 수업 중이며, 이곳은 학교다. 물론 나츠미가 입고 있는 것도 노출을 최대한 줄인 감색 학교 수영복이다.

하지만, 그 점이 거꾸로 그녀의 끝내주는 몸매를 강조하는 결과로 이어졌다.

피부에 딱 붙은 수영복과, 풍만한 가슴 때문에 쭉 늘어나 버린 가슴 언저리의 이름표…… . 그런 미스매치가 말로 형용하기 힘든 색기를 자아내고 있었다.

"—우후후. 이래도 연하에 흥미가 없다고 우길 거야?"

그렇게 말한 나츠미는 뇌쇄적인 포즈를 취하며 시도를 향해 요염한 미소를 지었다.

남자 고등학생이 봤다면 일주일 넘게 뇌리에서 사라지지 않을 듯한, 그런 선정적인 모습이었다. 실제로 시도의 심장도 아까부터 쉴 새 없이 뛰고 있었다. 고등학생이 아니라 교육실습생인데도 말이다. 정말 불가사의한 일이다.

"—자, 다음은 후공 차례입니다!

정령 여학원 7대 불가사의 중 하나가 드디어 그 베일을 벗는다! 공기저항을 최대한 줄인 그 빨래판 스타일은 일부 호사가의 열렬한 지지를 받고 있다는 소문이 있는데?! 툭하면 밉살스러운 소리를 늘어놓지만, 의외로 학생들을 잘 챙겨주는 면도 있어! 그리고 일전의 이벤트 때는 신세 많이 졌어요. 톤 붙이는 걸 도와주셔서 정말 고마워요! 나츠미이이이

서어어어어언생니이이이이이임!"

나츠미 때와는 다른 느낌의 소개가 끝난 후, 스모크를 가르면서 조그마한 체구의 여성이 모습을 드러냈다.

하지만 학생들의 환성은 곧 술렁거림으로 변했다.

나츠미 선생님은 옷을 갈아입을 때 이용하는 탈의용 목욕수건으로 몸을 완전히 감춘 채 나타난 것이다.

"나츠미 선생님……?"

시도가 의아하다는 듯이 미간을 찌푸리자, 나츠미 선생님은 언짢은 표정을 지으며 땅이 꺼져라 한숨을 내쉬었다.

"……나도 알아. ……하아, 정말, 될 대로 되어버려……."

나츠미 선생님은 체념한 듯한 어조로 그렇게 말하더니, 얼굴을 새빨갛게 붉히면서 떨리는 손길로 목욕수건을 벗었다.

""""오오……?!""""

그 순간, 학생들이 술렁거렸다.

딱히 나츠미 선생님에게 이상한 구석이 있거나, 그녀가 특별한 수영복을 입은 건 아니었다. 남들과 마찬가지로 감색 수영복을 입었을 뿐이다. 물론 교사가 학교 수영복을 가지고 있을 리가 없기에, 가슴의 이름표에는 수영복을 빌려준 요시노의 이름이 적혀 있었다.

하지만, 『머리카락을 단정하게 묶고 수영복을 입은 나츠미 선생님』이라는 점 자체가, 체육복을 입은 그녀만 봐왔던 학생들에게 어마어마한 충격을 안겨줬다.

"오, 오오……."

그리고 시도 또한 예외는 아니었다. 뜻밖의 인물의 뜻밖의 모습이 눈앞에 존재하자, 시도는 나츠미 선생님에게서 눈을 떼지 못했다.

그 광경을 본 니아가 깜짝 놀란 것처럼 「오오!」 하고 탄성을 터뜨렸다.

"이야……! 낫층 선생님의 작전이 제대로 먹혀들었군요!"

"작전……?"

토카가 영문을 모르겠다는 듯이 고개를 갸웃거리며 니아를 쳐다보았다. 그러자 니아는 「설명하지!」라고 말했다.

"잘 생각해봐. 확실히 학교 수영복은 페티시즘적인 매력으로 가득 찬 한여름의 괴물이긴 해. 게다가 낫층 여동생의 아토믹 바디와 합쳐진다면, 그 파괴력은 상상을 초월한단 말이야. 하지만, 우리가 평소에 입는 교복도 상당한 파워를 지닌 코스튬이야. 우리는 여고생이니까 말이지. 여고생! 안 그래?!"

니아는 그 부분을 강조한 후, 「하지만」 하고 말을 이었다.

"낫층 선생님이 평소에 입고 있었던 건 바로 체육복이야! 게다가 스포티한 느낌의 세련된 체육복이 아니라, 20세기 느낌이 풀풀 나는 촌스러운 체육복이잖아! 교복 80포인트와 수영복 100포인트 사이의 낙차는 20포인트에 지나지 않지만, 체육복 마이너스 30포인트와 수영복 100포인트 사이의 낙차는 130포인트나 돼! 낫츠 선생님은 이 순간을 위해, 항상 그 촌티 풀풀 나는 체육복을 입었던 거야……!"

"""오오……?!"""

니아의 해설을 들은 학생들이 경악과 존경이 뒤섞인 감탄사를 내뱉었다. 하지만 당사자인 나츠미 선생님은 「……저기, 사람을 멋대로 책사 캐릭터로 만들지 마……」라고 말하며 인상을 찡그렸다.

하지만 니아는 그 말을 들은 척도 하지 않으며, 시도를 향해 마이크 대용인 우산을 내밀었다.

"자, 소년 선생님! 그럼 판정을 내려주시죠!"

"어? 으, 으음……."

분위기에 완전히 휩쓸린 시도는 어깨를 부르르 떤 후에 대답했다.

"으음…… 두 사람 다, 엄청 매력적이라고 생각해."

"그렇다면……?!"

"두 사람 다 이긴 걸로 하면…… 안 될까?"

시도가 수영장 가장자리를 둘러보며 그렇게 말하자, 다들 박수를 쳤다. 아마 그녀들도 시도와 같은 생각을 하고 있는 것이리라.

이런 분위기를 눈치챈 니아는 몸을 한껏 뒤로 젖히며 크게 외쳤다.

"뭐, 좋습니다! 이 니아 님은 매사에 유연하게 대처하기로 정평이 나있으니까요! 제1회 정령 여학원 스쿨 수영복 콜렉션의 승자는, 낮층 자매!"

"""오오오오오오오오오오오오오오!"""

니아의 선언에 학생들에게서 힘찬 박수와 환성이 터져 나왔다.

나츠미는 잠시 어리둥절했지만, 곧 질렸다는 듯이 어깨를 으쓱했다.

하지만— 이 판정에 이의를 제기하는 이가 딱 한 명 있었다.

"……자, 잠깐만 있어봐……!"

—다름 아닌, 나츠미 선생님이었다.

"무, 무슨 소리를 하는 거야……?! 눈이 삔 거 아냐?! 누가 봐도 나츠미가 훨씬 매력적이잖아!"

"서, 선생님……."

"흥, 바보 아냐? 혹시 나를 동정하는 거야? 헛소리 하지마. 빨리 다시 판정을—"

"적당히— 하란 말이야!"

바로 그때였다.

나츠미가 휘두른 손날이 말을 늘어놓고 있는 나츠미 선생님의 정수리에 꽂혔다.

"아얏?!"

나츠미 선생님은 새된 비명을 지르더니 머리를 움켜잡고 그대로 몸을 웅크렸다.

"뭐…… 뭐뭐, 뭐하는 거야……."

"그건 내가 할 말이야. 결과가 나왔는데, 왜 그렇게 궁시렁 거리는 건데? 백번 양보해서 내 얼굴에 샌드위치를 던진 건 어쩔 수 없었다고 쳐. 하지만 자기를 칭찬해준 시도 선생님 한테 따지고 들면 어쩌자는 건데?"

"뭐, 뭐어……?! 그, 그야…… 명백하게 이상하잖아! 나보 다 네가 훨씬 예쁘고, 훨씬 멋진데……! 모든 면에서 네가 나 보다 훨씬 났거든?! 옛날부터 다들 그렇게 말했단 말이야!"

"……."

나츠미 선생님이 고함치듯 그렇게 외치자, 나츠미는 두 손 으로 그녀의 볼을 꼭 눌렀다.

"우, 우읍……?!"

"……이 참에 말하는 건데 말이야……. 언니의 그런 행동 이 얼마나 민폐인지 알기는 해?"

"뭐…… 뭐어? 그, 그게 무슨……."

"내 입으로 이런 소리를 하는 건 좀 그렇지만, 나는 확실 히 미인이야. 웬만한 여자애는 비교도 안 될 정도로 말이지."

나츠미는 흥 하고 코웃음을 치며 그렇게 말했다. 그에 니 아가 「키야~! 나도 저런 말 좀 해보고 싶어~!」 하고 감탄 섞 인 목소리로 말했다.

"하지만, 내가 모든 면에서 언니보다 나아? 바보 같은 소 리 좀 하지 말아줄래? 나는 옛날부터— 언니가 부러워서 죽을 것만 같았단 말이야."

"뭐……?"

나츠미 선생님은 눈을 동그랗게 뜨면서 얼이 나간 듯한 반응을 보였다.

"항상 내 주위에 사람들이 몰려들었지만, 남들이 믿고 의지하는 건 언니였어. 손재주가 좋아서, 뭐든 척척 만드는 언니가 부러웠어. 남들이 항상 신경 써주는 언니가 부러웠어. 다들 나는 혼자라도 괜찮을 거라고 생각했기 때문에, 외로울 때 누구한테도 기댈 수 없었단 말이야."

"나, 나츠미……."

"언니는 정말 약았어. 이렇게 남들에게 사랑을 받으면서, 왜 아무도 자기를 좋아하지 않는다는 듯이 구는 건데? 언니를 귀엽다고 말해준 시도 선생님한테 왜 그런 소리를 하는 거야?"

나츠미는 안타까운 표정을 지으며 호소했다.

나츠미 선생님은 잠시 혼란스러운 듯한 표정을 지었지만, 곧 고개를 돌리면서 작은 목소리로 말했다.

"……미, 미안, 해……."

"……그럼, 판정에 불만 없는 거지?"

"아…… 응…… 그래……."

나츠미 선생님은 순순히 고개를 끄덕였다.

그러자 다음 순간, 나츠미의 표정이 확 바뀌는가 싶더니 이내 씨익 웃으면서 말을 이었다.

"—그래? 그럼 상품 수여식을 갖자. 쌍방 패배, 아니지, 쌍방 승리니까 우리 둘 다 받을 수 있는 거지? 포상인 뽀뽀 말이야~."

"⋯⋯뭐?"

나츠미의 말에 다들 그제야 생각났다는 듯이 손뼉을 쳤다.

"훗, 그랬지. 좀 아쉽기는 하지만, 이번에는 양보하도록 하마."

"그럼 두 사람은 달링 선생님과 저에게 뽀뽀를⋯⋯."

"음? ⋯⋯음?"

그리고 다들 그렇게 한마디씩 했다. 시도의 이마에서는 땀방울이 흘러내렸다.

"저기⋯⋯ 방금, 감동적인 분위기가 박살이 나버린 것 같지 않아?"

"무슨 소리를 하는 거야? 빨리 각오를 다져."

나츠미는 그렇게 말하더니, 키스를 기다리듯 눈을 살며시 감았다.

시도는 「윽」 하고 신음을 흘리더니, 미안하다는 듯이 나츠미 선생님 쪽을 쳐다보았다.

"⋯⋯저기, 선생님. 정말 죄송해요, 그러니까, 저기⋯⋯."

시도가 말끝을 흐리자, 나츠미 선생님은 부끄러워하듯 고개를 돌리면서 흥 하고 코웃음을 쳤다.

"⋯⋯뭐, 좋을 대로 하지 그래? 나한테 키스를 했다간, 한 일주일은 악취로 고생할 거니까 말이야.”

“저기, 으음…… 일이 이렇게 되어서 좀 그렇지만…… 영광이에요.”

“……윽, 그러니까, 네 그런 점이—.”

나츠미 선생님은 뭔가 할 말이 있다는 듯이 미간을 찌푸렸지만, 그녀는 말을 끝까지 잇지 못했다.

이유는 단순했다. 각오를 다진 시도가 그대로 나츠미 선생님의 입술을 자신의 입술로 틀어막았기 때문이다.

“……?! ……!”

몇 초 후, 시도는 나츠미 선생님에게서 입술을 뗐다. 그리고 옆에서 눈을 감고 있는 나츠미의 입술에 자신의 입술을 포갰다.

“하, 하아. 어때? 이제 됐지?”

그리고 달성감을 느끼며 이마에 맺힌 땀을 닦던 시도는—피부를 통해 묘한 분위기를 감지했다.

나츠미 선생님의 얼굴은 토마토처럼 새빨개졌고, 나츠미는「어머」하고 즐거운 듯이 미소를 지었다. 또한 눈을 동그랗게 뜬 학생들이 시도를 뚫어져라 쳐다보고 있었다.

“어…… 왜, 왜 그래……?”

“아니, 저기, 뽀뽀라는 건…….”

“확인. 볼에다, 하는 게 아닌가요?”

“아—.”

시도는 유즈루의 말을 듣고 얼굴을 새빨갛게 붉혔다.

듣고 보니 납득이 됐다. 『포상으로 뽀뽀』라는 귀여운 표현을 듣고, 찐득찐득한 마우스 투 마우스를 연상하는 사람은 흔치 않을 것이다.

하지만 어째서일까. 혼란에 빠진 시도의 머릿속은 『키스를 할 거면 입술에 해야지. 그래야 봉인이 되잖아』라는 생각에 지배당하고 있었다.

"삐익—! 이츠카 심사위원, 규제 위반이에요!"

"꺄아~! 나츠미 선생님과 나츠미만 얍았어요! 달링 선생님, 저도 뽀뽀해주세요~!"

"아, 아니, 저기, 이건…… 우, 우왓?!"

자신에게 몰려든 여성들에게 그대로 밀려난 시도는 양복을 입은 채 그대로 수영장에 다이빙하고 말았다.

# 토카 브레이브

BraveTOHKA

DATE A LIVE ENCORE 8

옛날 옛날에, 한 나라가 있었어요.

그 나라는 비옥한 토지와 뛰어난 기술 덕분에, 인근 국가들로부터 인정받고 있는 대국이었어요.

하지만 그 나라의 백성들은 요즘 들어 기운이 없었어요.

이유는 하나— 몇 년 전에 왕위를 물려받은 국왕이 압정을 펼치고 있기 때문이었어요.

하지만 국왕에게 반발하려고 하면, 다들 그 자리에서 목이 날아갔어요.

백성들은 그저 참고 또 참으며, 기다리고 있었어요.

—새로운, 왕의 탄생을 말이에요.

◇

　깊디깊은 숲속을, 세 여행자가 걷고 있었다.

　꼬불꼬불한 활엽수의 무성한 가지가 얽히고설켜, 한낮인
데도 숲속은 어둑어둑했다. 눅눅한 공기가 손발을 휘감았으
며, 험난한 길이 여행자들의 체력을 야금야금 갉아먹었다.

　"으음…… 코토리, 요시노, 요시농, 괜찮으냐? 좀 쉬었다
갈까?"

　앞장서서 가고 있던 칠흑빛 머리카락을 지닌 소녀— 토카
가 뒤편을 돌아보며 그렇게 말했다.

　토카의 뒤편에는 검은색 리본으로 머리카락을 둘로 나눠
묶은 드센 인상의 소녀, 그리고 왼손에 토끼 모양 퍼핏인형
을 낀 얌전해 보이는 소녀가 있었다. 바로 토카의 동료인 코
토리와 요시노였다. 두 사람 다 토카보다 덩치가 작았으며,
이 가혹한 길을 나아가느라 지칠 대로 지친 것 같았다. 왠
지 요시노가 왼손에 낀 『요시농』도 피곤해 보였다.

　하지만 코토리는 이마의 땀을 닦으면서 코웃음을 쳤다.

　"바보 같은 소리 하지 마. 이 정도는 아무것도 아니거든?
요시노도 마찬가지지?"

　요시노는 코토리의 말에 고개를 끄덕이며 대답했다.

　"예…… 괜찮아요."

　『그것보다 서두르자~. 전설에 따르면 이 근처에 있는 거잖

아~?』

토끼 모양 퍼핏인형『요시농』이 커다란 입을 뻐끔거리면서 그렇게 말했다. 토카는 다른 이들을 둘러본 후, 「음!」 하고 말하며 고개를 끄덕였다.

그렇다. 토카 일행은 길을 잃은 게 아니며, 우아하게 삼림욕을 즐기고 있는 것도 아니었다.

그녀들은 무언가를 찾기 위해 이곳까지 온 것이다.

『그런데, 진짜로『선정(選定)의 검』이라는 게 있긴 한 걸까~? 흔해빠진 옛날이야기 같은데 말이야~.』

『요시농』이 팔짱을 끼는 듯한 시늉을 하면서 말을 이었다. 코토리가 그 모습을 힐끔 쳐다보며 어깨를 으쓱했다.

"……글쎄. 하지만 있다고 믿어볼 수밖에 없는 상황이잖아."

그리고 앞을 다시 바라보면서 중얼거리듯 말을 이었다.

"뽑는 자가 왕이 될 자격을 얻는 전설의 검…… 지금의 왕도 비슷한 검을 뽑고 힘을 얻었다고 들었어. 선대 왕과 아무런 관계도 아닌 이방인이 왕좌에 앉는 것만 봐도, 뭔가 있는 게 틀림없어."

『하지만 그 이야기도 어디까지나 소문이잖아~? 어쩌면 선대 임금님의 사생아라는 걸 숨기려고 그런 헛소문을 의도적으로 퍼뜨린 걸지도 몰라~.』

"뭐, 그럴 가능성도 없지는 않아. ……하지만, 『선정의 검』 같은 거라도 있어야 그 악독한 왕을 타도할 수 있을 거라는 점만큼은 엄연한 사실이야."

코토리는 그렇게 말하며 어금니를 깨물었다.

"……."

코토리의 반응을 본 토카 또한 주먹을 꽉 쥐었다.

몇 년 전, 토카 일행이 살고 있는 이 왕국에 새로운 왕이 즉위했다. 하지만 그 악독한 왕은 이 몇 년 사이에 왕국을 피폐하게 만들었다.

비정상적일 정도로 세금을 늘렸고, 밀고를 장려했으며, 이 나라의 명산품인 콩고물의 소지를 금한다고 하는 악랄한 규제법까지 만들었다.

왕이 압정을 펼치자, 백성들은 항의했다. 하지만 그들의 목소리는 왕국 직할 특별 치안유지부대—『기사단』에 의해 봉쇄됐다.

절대적인 힘에 의한 공포 정치— 그것이 이 왕국을 좀먹고 있는 병마였다.

토카 일행은 그런 어둠의 시대를 끝내기 위해, 전설로 내려오는 『선정의 검』을 찾고 있는 중이었다.

하지만, 『요시농』의 말 또한 일리가 있었다. 이 숲 깊은 곳에 『선정의 검』이 있다는 건, 마을 노인들에게 들은 옛날이야기에 지나지 않았다.

하지만 과도하게 징수한 세금으로 군비를 증강시킨 왕을 쓰러뜨릴 수 있는 건, 그 검을 손에 쥔 전설의 용사뿐이라는 생각이 들었다.

　바로 그때―.

　"……음?!"

　무성한 덩굴을 헤치며 나아가던 토카가 갑자기 걸음을 멈췄다.

　이유는 단순했다. 전방에 나무가 자라고 있지 않은 탁 트인 공간이 나왔으며―.

　그곳에, 제단에 꽂힌 거대한 검이 존재했기 때문이다.

　"오, 오오! 이게 바로……!"

　토카가 눈을 치켜뜨자, 코토리와 요시노, 『요시농』 또한 경악에 찬 목소리로 말했다.

　"어……! 설마, 진짜로……?!"

　"『선정의 검』…… 전설이 사실이었어요……!"

　『우와하~! 의심해서 미안해~!』

　토카 일행은 그렇게 외치면서 제단을 향해 뛰어갔다. 지칠 대로 지친 탓에 나무막대처럼 굳어버렸던 다리가, 믿기지 않을 정도로 가볍게 움직였다.

　사람의 손을 탄 흔적이 전혀 없던 숲의 한가운데에 돌로 된 광장이 존재하며, 그 중심에는 금색 제단이 웅장하게 존재했다. 숲에 구멍이 뚫린 것처럼 나무들이 없었기에, 하늘에서 쏟아진 눈부신 아침 햇살이 신성한 분위기를 자아내고 있었다.

"해냈어요…… 토카 씨!"

『이제 그 왕을 해치울 수 있겠네~! 그럼 가짜 콩고물 같은 게 아니라 진짜 콩고물을 마음껏 먹을 수 있을 거야~!』

"음! 이걸로 드디어……!"

"하지만, 모양이……."

토카 일행이 피로를 잊은 것처럼 기뻐하고 있는 가운데, 유일하게 당혹스러운 표정을 짓고 있던 이가 있었다. 바로 코토리였다.

"의자……?"

"의자……구나."

"의자……네요."

세 사람은 동시에 고개를 갸웃거렸다. 그렇다. 검이 꽂힌 제단은 바로 커다란 의자 같은 모양이었다. 그리고 팔걸이 부분에는 검푸른 털을 지닌 고양이가 몸을 동그랗게 말고 있었다. 그 모습 자체가 훈훈한 분위기를 자아내고 있었다.

"뭐, 뭐, 좋아. 아무튼, 검을 뽑을 수 있는지 시험해보자. 나부터 해봐도 돼?"

"음. 부탁한다, 코토리."

"힘내세요……!"

토카와 요시노가 그렇게 말하는 가운데, 코토리가 한 걸음 앞으로 나아갔다.

바로 그때였다. 팔걸이에 누워 있던 고양이가 코토리가 다가온 것을 눈치챘는지 귀를 쫑긋 세운 후, 토카 일행을 향해 「냐앙고~, 냐아아아앙고~」하고 울음소리를 냈다.

　마치 토카 일행에게 말을 거는 듯한 광경이었지만, 그녀들은 고양이가 아니기에 고양이말을 이해하지 못했다. 코토리는 고양이의 머리를 쓰다듬어준 후, 제단에 발을 걸쳤다.

　"낮잠을 방해해서 미안해. 잠시 실례할게. 영차……."

　코토리는 그렇게 말하며 제단 위로 올라가더니, 검의 손잡이 부분을 양손으로 움켜쥐며 온몸에 힘을 줬다.

　하지만―.

　"으으으으으윽……!"

　제단에 칼날 부분이 전부 박힌 검은 꿈쩍도 하지 않았다.

　"……으으, 나한테는 무리 같네. 아쉬워……."

　코토리는 분하다는 듯이 그렇게 말하며 제단에서 내려왔다. 다음으로 요시노가 주먹을 꼭 쥐며 고개를 들었다.

　"저, 저도, 해볼게요."

　『파이팅, 요시노~!』

　요시도 역시 코토리와 마찬가지로 제단에 올라가서(왼손에 퍼핏인형을 꼈기 때문에 토카가 부축해줬다), 검을 뽑으려고 했다.

　"으응……!"

　하지만, 요시노도 검을 뽑지 못했다.

　"죄송해요……. 못 뽑았어요."

『으음~, 기운 내~. 뭐, 요시노는 검사 체질이 아니긴 하잖아.』

풀이 죽은 요시노가 『요시농』에게 위로를 받으며 제단에서 내려왔다.

"그럼 다음은 토카 차례네."

"음!"

코토리가 그렇게 말하자, 토카는 힘차게 고개를 끄덕였다.

그리고 지면을 박차더니, 가벼운 몸놀림으로 제단에 올라ㅡ가지 않았다.

그녀는 그대로 제단에 걸터앉았다.

"……저기, 토카? 의자처럼 생기기는 했지만, 그래도 제단에 걸터앉으면 어떻게 해."

코토리가 눈썹을 찌푸리면서 당혹스럽다는 듯한 어조로 그렇게 말했다. 그러자 토카의 볼을 타고 땀이 흘러내렸다.

"음…… 그게 말이다. 몸이 멋대로 움직였다고나 할까……."

토카는 볼을 긁적이며 그렇게 말한 후, 검을 움켜쥐기 위해 몸을 일으키려 했다.

하지만 그 순간, 그 광경을 보고 있던 요시노가 깜짝 놀란 것처럼 눈을 크게 떴다.

"……아! 토, 토카 씨, 코토리 씨……!"

"음?"

"왜 그래…… 어, 어라?"

고개를 갸웃거리던 토카와 코토리는— 이내 요시노와 똑같은 표정을 지었다.

그럴 만도 했다. 토카가 걸터앉았던 제단이 눈부신 빛을 뿜기 시작한 것이다.

"아니…… 이, 이건……!"

토카가 깜짝 놀라자, 제단 위— 등받이 부분에 꽂혀 있던 검이 저절로 뽑히기 시작했다.

칼날의 끝부분까지 완전히 모습을 드러낸 검은 햇빛을 반사하며 회전하더니, 아연실색한 토카를 향해 날아왔다.

"검이, 저절로……?!"

"토카, 쥐어봐."

"으, 음."

토카는 그 말을 듣고 눈앞에 떠 있는 대검의 칼자루 부분을 움켜쥐었다.

그러자, 칼날 부분에서 뿜어져 나온 빛이 한 줄기 섬광이 되어 하늘을 꿰뚫었다.

"오, 오오……?!"

"엄청……나요."

초자연적인 현상이 연이어 일어나자, 토카 일행은 무심코 눈을 크게 떴다.

더는 의심할 여지가 없었다. 이 검이야말로 왕이 될 자만이 뽑을 수 있다는 『선정의 검』이 틀림없었다.

"내가 해냈다, 코토리. 이 검만 있다면……!"

"응, 그 악독한 왕을 쓰러뜨릴 수 있을지도 몰라!"

"음, 이 검— 어어…… 음? 〈오살공(鏖殺公)〉이라고 하는 건가? 〈산달폰〉만 있으면—."

"어?"

토카의 말에 코토리와 요시노, 그리고 『요시농』이 고개를 갸웃거렸다.

"〈산달폰〉? 그게 그 검의 이름이야?"

"아닌 것이냐? 방금 누가 그렇게 말했지 않느냐."

"……뭐? 요시노, 무슨 말 했어?"

"아, 아뇨. 아무 말도 안 했어요."

『요시농도 뻥끗도 안 했어~.』

"음? 이상하군. 그럼 누가……."

토카는 고개를 두리번거리며 주위를 둘러보았다. 방금 누군가의 목소리가 들렸던 것이다. 하지만 코토리와 요시노, 그리고 『요시농』말고 이 자리에 있는 건—.

바로 그 순간, 제단의 팔걸이에 누워있던 고양이가 토카의 발치로 오더니, 울음소리를 냈다.

"……아니!"

토카는 그 소리에 눈을 동그랗게 떴다.

아까까지만 해도 「냐앙고~」처럼 들리던 고양이의 울음소리가 이제는 사람 말처럼 들리게 된 것이다.

"서, 설마…… 네가 한 말이냐?"

토카의 물음에 고양이는 마치 인간이라도 되는 것처럼 고개를 끄덕였다.

그 모습을 본 다른 이들이 영문을 모르겠다는 듯이 미간을 찌푸렸다.

"어? 토카, 뭐하는 거야?"

"고양이 씨가 뭐라도 했나요……?"

아무래도 토카 말고는 고양이의 말을 알아듣지 못하는 것 같았다. 어쩌면 이것도 〈산달폰〉의 힘일지도 모른다.

"그게 말이다. 이 검을 쥐니 고양이의 목소리를 알아들을 수가 있다. ……음? 뭐?"

토카가 다른 이들에게 설명을 해주고 있을 때, 또 고양이가 울음소리를 냈다. 토카는 그 자리에서 한쪽 무릎을 꿇더니, 고양이의 울음소리에 귀를 기울였다.

"냐앙고~."

"흠흠……. 이 고양이는 이 검을 지키는 마술사였지만, 왕을 모시는 궁정마술사의 저주로 이런 모습이 되어버린 것 같다. 검에 선택된 자여, 부디 악독한 왕을 타도해 이 나라를 구원해다오…… 라고 말했다."

"어? 방금 그 울음소리가 그렇게 긴 대사였던 거야?"

"엄청난 정보밀도군요……."

코토리와 요시노는 아하하 하고 웃음을 흘렸다.

어찌 되었든 간에, 〈산달폰〉에게 선택된 토카는 왕과 싸울 힘을 손에 넣었다.

토카는 힘차게 검을 하늘로 치켜들더니, 힘찬 목소리로 외쳤다.

"좋아— 그럼 가자! 코토리, 요시노, 요시농! 그리고 고양이여! 왕을 쓰러뜨리고, 백성을 구하는 거다!"

""오~!""

깊은 숲속에서, 결의에 찬 목소리가 메아리쳤다.

◇

"……."

왕국의 북서부에 위치한 거대한 왕성. 그 중심에 있는 침소에서, 누군가가 몸을 일으켰다.

어둠을 응축해서 만든 듯한 긴 흑발과 흑수정 같은 두 눈동자를 지닌, 소름끼칠 만큼 아름다운 소녀였다. 얇은 잠옷만을 걸친 그녀의 가슴 앞섶과 옷자락 아래로 눈처럼 새하얀 피부가 내비쳤다.

아무것도 모르는 이가 그녀의 모습을 본다면, 분명 잠꾸러기 공주님이나 왕의 총애를 받고 있는 어린 애첩이라고 생각할 것이다.

그렇다. 누구도 상상조차 못하리라.

―이 소녀가 바로 왕국을 지배하고 있는 왕, 본인이라고는 말이다.

"이 감각…… 흥, 〈산달폰〉이 뽑힌 건가."

왕은 언짢은 어조로 그렇게 말하더니, 머리카락을 쓸어 올리며 날카로운 시선을 머금었다.

그리고 천장이 달린 거대한 침대에서 몸을 일으킨 후 침실이라기에는 너무나도 넓은 방 중앙에서 손뼉을 쳤다.

"누구 없느냐!"

그러자 잠시 후, 방 한편의 공간이 일그러지더니 잿빛 로브를 걸친 한 여자가 모습을 드러냈다.

여자치고는 짧은 머리카락과 날씬한 체구를 지녔으며, 또한 볼이 붉을 뿐만 아니라 숨을 내쉴 때마다 술 냄새가 났다.

왕을 모시는 궁정마술사, 니아였다.

"예~, 폐하. 부르셨사옵니까~. 여러분이 좋아죽는 마법소녀, 니아예요~."

헤벌쭉 웃으면서 그렇게 말한 니아가 손을 흔들었다. 다른 한손에는 마술사의 지팡이가 아니라 술병이 쥐어져 있었다. 그 모습을 본 왕은 언짢은 듯이 미간을 찌푸렸다.

"또 대낮부터 술을 마신 것이냐?"

"에헤헤~, 고지식한 소리 하지 마. 이제 더 이상 왕님께 맞서려는 녀석은 없잖아~. 부귀영화를 이룬 왕국의 고관들은 술과 욕구에 빠져 지내는 게 정상 아냐~?"

니아는 그렇게 말하며 또 히죽히죽 웃었다. 이렇게 가벼운 어조로 왕에게 말을 거는 건, 왕비 이외에는 그녀뿐이었다.

하지만 그 점은 니아가 그만큼 뛰어난 마술사라는 것을 가리킨다고도 할 수 있었다. 불경을 저지른 자에게는 사형을 내리는 게 정상이지만, 왕은 한때의 감정에 휩쓸려 유용한 장기말을 잃을 정도로 어리석지 않았다. 선왕으로부터 이 나라를 빼앗은 자는 왕이지만, 마술사인 니아가 없었다면 지금처럼 지배체제가 공고해질 수는 없었으리라. ……저 모습만 봐선 상상조차 안 되지만 말이다.

"빨리 술에서 깨라. 그리고 『식탁의 기사』를 소집하도록."

"뭐어? 꽤나 갑작스러운 소리네. ……그런데 전부터 신경 쓰였던 건데 말이야. 그 네이밍 센스 좀 어떻게 안 돼? 패러디라기엔 너무 맥빠지는 이름인데……."

"역시 『참치마요 기사단』이 났겠느냐?"

"죄송함다, 그냥 식탁이 낫겠어요~."

니아는 체념한 것처럼 한숨을 내쉰 후 어깨를 으쓱하면서 말을 이었다.

"그런데 식탁의 기사는 총 다섯 명인데, 누구를 부를까?"

"물론, 전원 다 부르도록. 왕국군이 자랑하는 최고의 실력자들 전원을 성으로 집결시켜라. 시급을 다투는 일이다."

왕이 그렇게 말하자, 니아도 심상치 않은 상황이라고 여겼는지 눈썹을 찌푸렸다.

"……으음. 저기, 대체 무슨 일이 벌어진 거야?"

"아무래도— 〈산달폰〉이 뽑힌 것 같다."

"뭐……?!"

왕의 대답에 니아는 경악에 찬 표정을 지으며 숨을 삼켰다. 그녀가 들고 있던 술병이 융단 위에 그대로 떨어졌다.

"앗."

하지만 니아는 곧 술병을 주워들더니, 방구석으로 걸어가서 융단이 깔리지 않은 바닥에 술병을 다시 떨어뜨렸다. 그것도 꽤 힘을 주면서 말이다.

이번에는 술병이 쨍그랑! 소리를 내면서 깨져 주위에 유리 파편과 술이 튀었다.

"뭐, 뭐어~?!"

"어이, 왜 일부러 되풀이한 거지?"

"아…… 깜짝 놀랐다는 걸 연출해봤다고나 할까?"

니아는 그렇게 말하면서 혀를 빼꼼 내밀었다. 리액션에 비해 꽤 차분해 보였다.

"그건 그렇고…… 하아~, 그 검을 뽑는 인간이 있을 줄은 몰랐어. 검의 수호자도 주술을 걸어 고양이로 만들었으니까, 인간을 그 장소로 안내할 수 없을 텐데……."

"그 저주가 풀린 건 아니겠지?"

"절대 아냐! 그게 풀리면 바로 나한테 알려지거든."

왕이 노려보자, 니아는 고개를 세차게 저었다.

"……아무튼, 이건 명백한 긴급사태네. 오케이. 지금 바로 식탁의 기사를 소집할게. ……하지만, 잠시만 기다려 줄래?"

"왜지?"

"……아, 방금 고개를 너무 흔들었더니 속이 울렁거려서 말이야."

"……."

니아가 손으로 입을 막으며 그 자리에서 몸을 웅크렸다. 왕은 차가운 눈길로 그런 니아를 내려다보았다.

"—오느라 수고했다."

왕성 내부에 존재하는 호화로운 알현실. 그 안쪽에 자리한 옥좌에 당당히 앉은 왕이 이 자리에 모인 식탁의 기사들을 둘러보았다.

한 사람은 순백의 갑옷 차림에 인형 같은 인상의 소녀였다.

다른 한 사람은 동양식 갑옷 차림에 머리카락이 믿기지 않을 만큼 긴 소녀였다.

그리고 남은 두 사람은 좌우대칭을 이루는 갑옷 차림에 판박이처럼 똑같이 생긴 소녀들이었다.

다들 어린 소녀 같지만, 그 실력은 정평이 나 있다. 전원이 일기당천의 실력을 자랑하는, 왕국 최강의 기사들이었다.

왕은 눈을 가늘게 뜨더니, 턱을 괴면서 말을 이었다.

"이야기는 이미 들었을 거다. 성검이 뽑혔다. 머지않아, 나에게 맞서는 자가 나타날 테지. 경들은 이제부터 왕성을 지키며, 적이 나타나면 주저 없이 베어버리도록."

왕이 차분하면서도 반론을 용납하지 않는 듯한 어조로 그렇게 말하자, 판박이처럼 똑같이 생긴 쌍둥이가 좌우대칭을 이루는 멋진 포즈를 취했다.

"크큭, 재미있구나. 이 왕국에 맞서려 하는 자가 있을 줄이야! 이 질풍의 카구야가 해치워주겠노라!"

"경쟁. 새치기는 용납 못해요. 이 선풍의 유즈루를 잊으면 곤란하죠."

그렇게 말한 두 사람은 자신만만한 미소를 흘린 후 또다시 포즈를 취했다.

왕의 옆에 시립해 있던 니아는 그 모습을 보더니 아하하하고 웃었다.

"이야~, 카구야과 유즈룽은 여전히 기운이 넘치네. 그럼 잘 부탁해~. 드디어 왕님 편에 서서 이상적인 빈둥빈둥 생활을 손에 넣었는데, 쿠데타로 나라가 뒤엎어지는 건 사양하고 싶으니까…… 어, 어라?"

그때 갑자기 니아가 말을 멈추고 미간을 찌푸렸다.

그 이유는 왕도 바로 눈치챘다. 쌍둥이 자매의 왼편에 있던 순백의 갑옷 차림의 소녀— 섬광의 오리가미가 표정에는 변화가 없지만, 왠지 나른한 듯한 분위기를 자아내고 있었던 것이다.

"오리링, 왜 그래? 수면 부족이야? 왠지 패기가 없어 보여."

"……솔직히, 이 배역으로는 영 의욕이 안 나."

니아의 질문에 오리가미는 하아~ 하고 한숨을 내쉬었다.

"아하하, 배역은 또 무슨 소리야? 오리링, 배치를 잘못 말한 거지? 그건 그렇고, 의욕이 안 나는 건 문제네~. 아, 혹시 그런 거야? 너무 강해진 결과, 싸움에서 기쁨을 느끼지 못하게 됐다, 같은 거 말이야~."

"아냐. 그런 건 카구야와 유즈루에게 맡기고 있어."

오리가미가 나른한 어조로 그렇게 말하자, 카구야와 유즈루는 화들짝 놀라며 어깨를 부르르 떨었다.

"그래…… 강자의 우울…… 그런 것도 있구나."

"고백. 사실 유즈루는 요즘 들어 약해빠진 적하고만 싸워서 의욕이 안 나요."

"앗, 약았어!"

두 사람은 옆에서 말다툼을 시작했다.

하지만 오리가미는 개의치 않는다는 듯이 또 크게 한숨을 내쉬었다.

"하다못해 이 나라에 중성적인 외모를 지닌 마음 착한 왕자가 있었다면 의욕이 났을 거야. 이름은 시도 왕자라면 좋겠네."

"오리링, 그건 너무 속물적인 이유 아냐?! 설령 있더라도,

왕자님을 건드리는 건 완전 아웃이거든?!"

"타국의 공주와 정략결혼을 강요받고 있는 가운데, 미모의 여기사와 사랑에 빠진 왕자라는 줄거리로 부탁할게."

"앗, 아……."

니아는 오리가미의 말에 그럴 듯하다는 표정을 지으며 팔짱을 꼈다.

"……."

하지만 왕이 도끼눈을 뜨며 노려보자 이내 고개를 세차게 저었다.

"아, 아니, 역시 안 돼! 그런 왕자라면 내가 차지…… 아무튼, 일이나 제대로 해달란 말이야!"

"……."

오리가미는 마음에 안 든다는 듯이 고개를 휙 돌렸다. 그 모습을 본 니아는 땅이 꺼져라 한숨을 내쉬었다.

하지만 바로 그때, 니아가 또다시 미간을 찌푸렸다.

"……그런데, 오리링 옆에 무쿠찡은 왜 고개를 돌리고 있는 거야~?"

"음……."

아까부터 아무 말도 하지 않고 있던 장발의 기사— 봉함(封緘)의 무쿠로가 언짢은 듯이 니아 쪽을 힐끔 쳐다보았다.

"사실 무쿠는 저기 있는 왕을 그다지 좋아하지 않느니라."

"근본적인 부분부터 문제인 거야?!"

니아는 그 충격적인 커밍아웃에 과장스럽게 몸을 뒤편으로 젖혔다.

"저기…… 무쿠찡은 왕님의 기사거든? 받는 급료만큼의 일은 해야 하지 않겠어? ……그리고 본인 앞에서 그런 소리를 용케 하네. 이 사람은 마음에 안 드는 인간은 기본적으로 참수하는 걸로 유명한 왕이거든? 장난 삼아 부하 목을 직접 베는 사람이야~."

"그렇다면, 네 녀석의 어깨 위에 머리가 아직 놓여 있는 게 말이 안 될 텐데 말이다."

왕이 차가운 시선으로 쳐다보며 그렇게 말하자, 니아는 식은땀을 삐질삐질 흘리면서 쓴웃음을 지었다.

"이야~, 우리 왕님은 장난기가 넘치신다니깐~. 무쿠찡, 들었지? 젊은이들과 마음을 터놓고 지내기 위해 위트 있는 조크를 건네는 우리 왕님은 정말 멋진 것 같지 않아?"

"나는 한 번 싫은 건 평생 싫다."

"아, 정말~!"

무쿠로가 고집을 피우자, 니아는 코미컬하게 양손을 파닥거렸다.

"다들 너무해~! 비상사태가 벌어졌는데 식탁의 기사가 이래서 어쩌자는 거야~! 내 빈둥빈둥 생활이 걸려 있으니까, 다들 의욕 좀 내란 말이야! 그리고 기본적으로 개그 담당인 내가 태클을 날리고 있다는 것 자체가 비정상적인 사태거든~?! 태클 날릴 때마다 칼로리가 엄청 소모된단 말이야! 낫층, 항상 고마워!"

그렇게 고함을 내지른 니아가 「응?」 하고 고개를 갸웃거렸다.

"그런데 낫층은 어떻게 된 거야? 모습이 안 보이네."

니아는 알현실 안을 둘러보았다.

방금 니아가 말했다시피, 식탁의 기사 전원을 소집했는데도 불구하고 환영의 나츠미가 보이지 않았다.

그러자 오리가미(이제 완전히 의욕을 상실했는지, 벗어둔 갑옷에 걸터앉아 있다)가 니아의 의문에 답하려는 듯이 입을 열었다.

"나츠미라면, 어젯밤에 미쿠 왕비의 침소로 끌려갔어."

"왕비님이 대체 무슨 짓을 하고 있는 거야?!"

니아가 새된 목소리로 그렇게 외쳤다. 하지만 다른 기사들은 그 말을 듣더니…….

"아하~."

"납득. 아하~."

"나츠미 녀석, 도망치지 못한 게냐. 불쌍한 녀석이구나."

딱히 놀랍지도 않다는 반응을 보이며, 납득했다는 듯이 한숨을 내쉬었다.

"어? 다들 리액션이 왜 그래?!"

"왕비도 여자야. 항상 사랑을 갈구하고 있지. 그리고 왕비가 기사와 불륜을 저지르는 건 자기 본분을 다하는 거라고 해도 과언이 아냐."

"너무 편견이 심한 거 아냐?! 아니, 그게 사실이더라도, 왕님 앞에서 할 소리가 아니거든?!"

"우리 전부, 왕비에게 유혹을 당한 적이 있어."

"그만해애앳~!"

니아는 자기 일이 아닌데도 울먹거리면서 왕의 귀를 막았다.

하지만 왕은 귀찮다는 듯이 그런 니아를 밀쳐 내고 눈앞에 있는 기사들을 날카로운 시선으로 쳐다보았다.

"—상관없다."

"어?"

니아가 눈을 동그랗게 뜬 가운데, 왕이 말을 이었다.

"지배체제를 공고히 하기 위해 아내로 들였을 뿐인 여자다. 누구와 사랑을 나누든 개의치 않는다. ……아니, 그녀의 사랑이 여러 명에게 분산되는 편이 나로서는 좋지."

왕이 그렇게 말하자, 기사들의 볼을 타고 땀방울이 흘러내렸다.

그녀들의 얼굴에는 「……네 마누라잖아. 직접 책임지란 말이야」라고 쓰여 있었지만, 굳이 입밖으로 말을 내뱉지는 않았다.

"물론, 미쿠만이 아니라 경들도 마찬가지다. 불경을 범하든, 의욕이 없든, 나를 싫어하든, 전혀 상관없다. 경들이 마음속으로 어떤 생각을 하든, 나는 관심 없다. 경들에게 내가 바라는 건 단 하나. 내가 내린 명령에 따라라. 그게 전부지."

니아는 왕이 담담한 어조로 한 말을 듣고 눈을 동그랗게 떴지만, 이내 마음을 다잡듯 손뼉을 쳤다.

"이, 이야~! 왕님은 말이 통한다니깐! 다들, 들었지?! 이렇게 유연한 사고회로를 지닌 왕님은 흔하지 않거든? 자, 각자 맡은 직무에 최선을 다하사~!"

니아는 일부러 힘찬 목소리로 그렇게 말했다. 그러자 기사들은 한숨을 내쉬면서 다들 한마디씩 했다.

"훗, 우리는 기사. 왕국에 해를 끼치려 하는 자는 모름지기 베어 넘길 뿐이다!"

"동의. 그게 기사의 본분이니까요. ……그리고 카구야. 방금 상황에서 『모름지기』는 적절한 표현이 아니에요."

"어, 정말?"

야마이 자매는 멋진 포즈를 취한 후, 작은 목소리로 이야기를 나누기 시작했다. 그 옆에 있던 오리가미는 귀찮다는 듯이 걸터앉아 있던 갑옷에서 엉덩이를 뗐고, 무쿠로 또한 체념한 것처럼 어깨를 으쓱했다.

"안심해. 의욕은 눈곱만큼도 없지만, 일은 하겠어. 기사라는 직함을 잃었다간, 언젠가 시도 왕자가 나타났을 때 플래그가 성립하지 않을 수도 있거든."

"음……. 왕의 명에 따르기는 싫다만, 녹봉을 받고 있으니 어쩔 수 없지. 뭐, 우리 전원을 상대해서 무사할 수 있는 자는 없을 것이니라."

"오, 오오……!"

니아는 기사들의 믿음직한(?) 발언을 듣고 안도한 것처럼 가슴을 쓸어내렸다.

"정말, 다들 심술궂다니깐. 왕님, 잘 됐지~? 아무리 〈산달폰〉을 뽑은 검사라도, 식탁의 기사들한테는 식은 죽 먹기일 거야!"

니아는 의기양양한 어조로 그렇게 말한 후 와하하~ 하고 웃음을 터뜨렸다.

왕은 표정을 전혀 바꾸지 않으며 기사들을 내려다본 후, 엄숙한 목소리로 명령을 내렸다.

"그럼 가거라, 나의 기사들이여. 검의 기운은 이미 이곳으로 향하고 있다. 며칠 안에 왕도에 들어오겠지. 왕도 안에서의 전투를 허가하마. 반드시 해치우도록."

"알았다!"

"이해. 다녀오겠습니다."

"……."

"음……."

기사들은 그렇게 대답한 후, 알현실을 나섰다.

"흠……."

왕은 기사들의 뒷모습을 잠시 쳐다본 후, 작게 숨을 내쉬며 천천히 손을 들어올렸다.

그러자 허공에 칠흑색 빛이 생겨나더니, 외날의 검을 형성했다.

몇 년 전에 왕이 뽑아든 선정의 마검, 〈포학공(暴虐公)〉<sup>나헤마</sup>이었다.

왕은 검으로 창밖을 겨누며 날카로운 시선과 함께 입을 열었다.

"―올 테면 와 봐라, 검에 선택된 자여. 진정한 왕이 누구인지 가르쳐주마."

◇

"오오…… 여기가 왕도구나."

숲을 빠져나와 마차를 갈아타며 북서쪽으로 향하고 사흘 후……

토카 일행은 왕성이 있는 왕도에 도착했다.

그녀들이 살고 있던 마을과는 비교도 되지 않을 만큼 거대한 도시였다. 넓은 대로가 거미줄처럼 존재했으며, 길가에는 상점들이 줄지어 있었다.

하지만 길을 오가고 있는 수많은 이들은 하나같이 표정이 어두웠으며, 도시 전체의 분위기가 가라앉아 있는 것처럼 느껴졌다.

"으음……. 번화하기는 했지만, 불길한 느낌이 감도는 마을이구나. 다들 무언가를 두려워하고 있는 것 같다."

"뭐, 무리도 아냐. 왕이 이 도시에 살고 있으니까, 기사단의 단속도 더 철저할 거야."

"냐고~."

바로 그때, 발치에 있던 고양이가 울음소리를 냈다. 고양이의 시선이 향하고 있는 곳을 쳐다보니, 강철 갑옷을 입은 기사 몇몇이 나란히 길을 걷고 있었다. 마을 주민들은 허둥지둥 길을 비켜주며 길 가장자리에 섰다.

"호랑이도 제 말하면 온다더니……. 왕도의 순회기사야. 찍히기라도 하면 일이 성가셔질 거야. 빨리 가자."

"예……."

코토리의 말에 요시노는 고개를 끄덕였다.

참고로 현재 토카 일행은 후드가 달린 외투 차림으로 여행자 행세를 하고 있었다. 순회기사가 얼굴을 외우는 것을 피하고 싶었으며, 〈산달폰〉을 숨기기에도 좋았다.

"아무튼, 일단 숙소를 확보한 후에 작전을 짜보자. 이곳은 적의 본거지야. 성을 지키는 기사가 적어도 3000명은 되겠지. 게다가 식탁의 기사가 있을지도 몰라."

"식탁의 기사?"

"응. 왕의 측근인 다섯 명의 기사들이야. 섬광의 오리가미, 봉함의 무쿠로, 환영의 나츠미, 질풍의 카구야, 선풍의 유즈루― 〈산달폰〉이 있더라도, 아무 작전도 없이 싸웠다간

질게 뻔해. 가능한 한 눈에 띄지 않게 왕성에 침입할 방법을 찾아야—."

바로 그때, 코토리가 말을 멈췄다.

순회기사들 쪽에서 비명이 들려온 것이다.

소리가 난 쪽을 바라보니, 안경을 쓴 조그마한 체구의 여성이 바닥에 무릎을 꿇은 채 순회기사 세 명에게 둘러싸여 있었다.

"부, 부탁이에요! 제발 눈감아 주세요! 이 혼수가 없으면, 겨우 들어온 혼담이⋯⋯!"

여성은 애원하듯 호소했다. 하지만 순회기사들(키가 큰 소녀, 키와 몸집이 평범한 소녀, 몸집이 작은 소녀였다)은 그 말을 들은 척도 하지 않았다.

"히히히~! 그렇게는 안 돼!"

"콩고물 소지는 큰 죄거든!"

"감옥에서 서른 살을 맞이하겠네~!"

"마, 맙소사⋯⋯! 이런 이야기에서는 결혼 좀 시켜줘도 되잖아요~!"

여성은 울음을 터뜨리며 그대로 무너지듯 주저앉았다. 코토리는 그 모습을 보더니 인상을 찌푸렸다.

"쳇⋯⋯ 정말 제멋대로 구네. 그래도 참아, 토카. 지금 소동을 일으켰다간, 전부 물거품—."

"—이얍!"

코토리가 말을 끝까지 잇기도 전에, 토카가 그대로 몸을 날렸다. 여행자용 외투를 벗어던진 그녀는 등에 맨 〈산달폰〉을 뽑아들더니, 칼날의 옆면으로 순회기사들을 두들겨 팼다.

"크억······?!"

기사는 고통에 찬 신음을 흘리면서 그대로 무너지듯 쓰러졌다. 토카는 콩고물이 들어 있는 가죽 주머니를 기사에게서 되찾아 여성에게 건네주면서 빨리 가라는 듯이 턱짓을 했다.

여성은 당황한 것 같았지만, 고맙다고 인사하며 어딘가로 뛰어갔다. 토카는 그 모습을 쳐다본 후, 〈산달폰〉을 고쳐 쥐었다. 몸을 일으킨 기사들은 검을 뽑아들며 토카를 노려보았다.

"아야야······ 누구야?!"

"각오는 되어 있겠지?!"

"그것보다, 우리 배역은 왜 이 모양인 건데?!"

"흥······ 악당들에게 이름을 알려줄 생각은 없다!"

"뭐어?!"

"너무한 거 아냐?!"

"좀 귀엽게 생겼다고 기어오르지 마!"

기사들은 토카의 말을 듣고 발끈했다. 바로 그때, 코토리와 요시노, 그리고 고양이가 토카의 뒤편에 섰다.

"정말······ 토카, 이게 대체 무슨 짓이야······!"

"그래도…… 저 여성분이 무사해서 다행이에요……."

"냥고~."

요시노와 고양이의 반응을 본 코토리는 땅이 꺼져라 한숨을 내쉬었다.

"……이미 일이 벌어졌으니 어쩔 수 없지. 아무튼 소동이 상부에 보고되기 전에, 이 녀석들을 쓰러뜨리고 몸을 숨기는 거야."

"음!"

토카는 씨익 웃더니 〈산달폰〉을 양손으로 쥐며 다시 전투 태세를 취했다.

하지만— 바로 그때였다.

"—찾았다."

순회기사들의 뒤편에 네 명의 소녀가 나타났다.

"음……?"

토카가 느닷없이 나타난 소녀들을 보며 의아한 표정을 짓자, 그녀들은 순회기사를 밀쳐 내며 토카 일행 앞에 섰다.

"크큭…… 찬란하게 빛나는 대검을 들고 있는 걸 보면, 틀림없겠구나."

"동의. 왕께서 말했던 『적』이에요."

"흠…… 그렇게 강해보이지는 않는데 말이지."

"순회기사들은 물러나. 이건 우리들, 식탁의 기사의 업무야."

아름다운 갑옷을 걸친 소녀 기사들이 검을 뽑아들고 토

카 일행과 대치했다. 순회기사들은 반사적으로 대구를 하려고 했지만, 그녀들이 누구인지 알아보자마자 새파랗게 질린 얼굴로 허둥지둥 물러섰다.

"식탁의 기사……? 그건—."

토카가 미간을 찌푸리자, 코토리는 경악을 금치 못하며 숨을 삼켰다.

"……거짓말. 식탁의 기사가 네 명이나……?!"

"홋, 아무래도 우리를 아는 것 같구나."

"그럼 이야기가 빠르겠네. 『선정의 검』을 뽑은 자, 원한은 없지만 죽어줘야겠어."

그 말이 채 끝나기도 전에, 눈에 보이지 않을 만큼 빠른 일격이 토카의 시야를 가득 채웠다.

◇

—기사들이 출동하고 몇 시간 후…….

"드디어 만났구나, 왕! 이 나라를 위해, 백성을 위해, 그리고 자유롭게 콩고물을 먹기 위해, 이 〈산달폰〉으로 네 녀석을 해치우겠다!"

"도망칠 곳은 없어. 지금까지 멋대로 군 걸 후회하게 만들어주지!"

"다, 단념……하세요!"

『네가 대가를 치러야 할 때가 된 거야~!』

"냥고~!"

성검 〈산달폰〉을 쥔 검사와 동료들, 그리고 고양이 한 마리가 왕성 중심부로 쳐들어왔다.

게다가 그들만이 아니었다. 그녀들의 뒤편에는—.

"크큭! 각오하거라, 왕이여! 네 녀석의 악행에 종지부를 찍을 때가 왔다! 이 질풍의 카구야가 천벌을 내려주마!"

"동조. 선풍의 유즈루도 당신이라는 악을 용서치 않겠어요."

"섬광의 오리가미, 간다."

"봉함의 무쿠로, 드디어 내가 싸울 장소를 찾은 것 같구나."

그녀들을 쓰러뜨리러 갔던 식탁의 기사들이 있었다.

"—잠깐마아아아아아아아아안?!"

마술사 니아의 비명에 가까운 고함소리가 알현실에 울려 퍼졌다. 그 목소리가 너무 컸는지, 그녀 옆에 있는 옥좌에 앉아 있던 왕이 인상을 쓰며 귀를 막았다.

하지만 니아는 왕의 그런 반응을 눈치채지 못했는지, 더 큰 목소리로 외쳤다.

"뭐, 뭐야? 뭐가 어떻게 된 건데?! 백보 양보해서 적들이 왕성에 침입한 건 그렇다 쳐도, 왜 너희가 적의 편이 된 거야?! 다들 아까 왕님을 지키겠다고 말했었잖아?!"

니아가 비명에 가까운 어조로 고함을 지르자, 기사들은 서로를 힐끔 쳐다본 후에 다시 옥좌 쪽을 쳐다보았다.

"적측의 기사와 싸운 후에 그들의 동료가 되는 게 더 흥분되는 전개일 거라길래……."

"동의. RPG 게임에서도 상당한 강캐이자, 후반부의 레귤러 멤버예요."

"이쪽에 붙는 편이 플래그가 설 것 같은 느낌이 들었어."

"무쿠는 애초부터 국왕이 싫었으니라."

"이 나라는 이딴 애들한테 국가 수호를 맡겼던 거야?!"

니아는 머리를 감싸 쥐며 몸을 배배 꼬았다. 그러다 순간, 뭔가를 발견한 것처럼 눈을 치켜떴다.

적 중 한 명— 왼손에 토끼 모양 퍼핏인형을 낀 소녀의 뒤편에 조그마한 체구의 소녀가 있었던 것이다. 옷차림이 엉망이고, 머리카락은 퍼석퍼석해 보이며, 몸 곳곳에 키스 마크가 새겨져 있었다.

틀림없다. 아까 알현 때 나타나지 않았던 식탁의 기사, 환영의 나츠미였다. 때때로 몸을 사시나무 떨듯 떨면서「무서워…… 왕비, 무서워……」라고 중얼거렸다. 아무래도 그녀 또한 적으로 돌아선 것 같은데…… 왠지 그녀는 원망하고 싶지 않았다. 배반을 했다기보다 저들에게 구조됐다는 게 적절한 표현 같다는 생각마저 들었다.

아무튼, 니아에게 있어 비상사태가 벌어진 것은 틀림없어 보였다. 얼굴이 새파랗게 질린 그녀는 적들의 얼굴을 보더니 비굴한 미소를 지었다.

"에, 에헤헤…… 이야~, 안녕하세요. 저는 궁정마술사인 니아라고 해요. 혹시 볼일이 있으시다면……."

"방해되니까 비켜라."

"꾸엑?!"

그 순간, 왕이 적의 편으로 돌아서려고 하고 있던 니아의 안면을 밀치고 천천히 옥좌에서 몸을 일으켰다.

그리고 당당하게 발걸음을 옮기면서 허공을 향해 손을 들어 올리더니, 마검 〈나헤마〉를 현현시켰다.

"""……윽!"""

〈산달폰〉을 쥔 여자를 비롯한 역적, 그리고 역적의 편으로 돌아선 식탁의 기사들이 그런 왕을 경계하며 검을 뽑아 들었다.

하지만 왕은 수적으로 열세인데도 불구하고 전혀 당황하지 않고 〈나헤마〉를 쥔 손을 치켜들었다.

"기사들이여, 나는 경들에게 실망하지 않았다. 왜냐하면, 애초부터 아무것도 기대하지 않았으니까 말이다.

역적들이여, 나는 네 녀석들 때문에 분노를 느끼고 있지는 않다. 왜냐하면, 몇 명이 덤벼들든 나에게 이길 수 없기 때문이다……!"

왕은 그렇게 말하며 〈나헤마〉를 휘둘렀다.

"아닛……?!"

그 순간, 〈나헤마〉에서 뿜어져 나온 칠흑색 빛이 눈앞에 있는 적들을 쓸어버린 것으로 모자라 성벽을 파괴하며 구멍을 냈다.

쾅음. 폭발. 어마어마한 진동이 왕성을 뒤흔들더니, 건물 파편이 흩뿌려지면서 뿌연 흙먼지가 주위를 뒤덮었다.

"으, 윽……."

"커억……."

이윽고 흙먼지가 가라앉자, 벽에 내동댕이쳐진 적들과 배신자들의 모습이 드러났다. 그녀들이 들고 있던 검은 부러졌으며, 정교한 세공이 되어 있던 갑옷 또한 엉망이 됐다.

그렇다. 단 일격, 왕이 장난 삼아 날린 공격 한 방에 이 많은 인원이 당하고 만 것이다.

이것이 바로, 선정의 마검— 이 나라를 지배하는 왕이 지닌 힘이었다.

"우…… 하, 하~하하!"

아까 노골적으로 왕을 배신하려 했던 니아는 그 위력을 보더니 허리를 짚으며 웃음을 터뜨렸다.

"봤느냐, 이 역적들아! 이게 바로 왕의 힘이다! 에헤헤, 저기, 왕님, 이 녀석들은 어떻게 할깝쇼우웁—."

니아는 또 말을 하던 도중에 기묘한 소리를 냈다. 왕에게 다가갔다가 또 한 대 얻어맞은 것이다.

"—잘 봐라. 아직 안 끝났다."

"예……?"

니아는 부어오른 볼을 감싸 쥐면서 고개를 들었다.

바로 그때, 커다란 구멍이 뚫린 성벽에서 불어온 한 줄기 바람이 방 안에 존재하던 흙먼지를 날려버렸다.

그러자, 아직 자신의 발로 서 있는 한 소녀의 모습이 드러났다.

성검 〈산달폰〉을 쥔, 왕을 닮은 외모를 지닌 소녀였다.


"하아……, 하아……."

토카는 구슬땀을 흘리면서 거친 숨을 내쉬었다.

왕이 마검을 휘두른 순간, 엄청난 충격파가 코토리와 요시노, 그리고 왕도에서 새롭게 동료로 삼은 오리가미 일행을 일격에 날려버린 것이다.

〈산달폰〉의 불가사의한 힘 덕분에 토카는 어찌어찌 견뎌낼 수 있었지만, 방금 그 일격을 받아낸 팔은 저렸고, 온몸에서는 긴장으로 인한 땀이 흘러나오고 있었다.

"흥, 〈산달폰〉에 선택된 자답다고 해야 하나. ―토카여."

왕은 마검을 치켜들더니, 여유 넘치는 표정으로 그렇게 말했다.

그 말을 들은 순간, 토카의 눈썹이 희미하게 흔들렸다.

"네 녀석…… 어째서 내 이름을 알고 있는 거지?"

"글쎄?"

토카가 긴장한 탓에 말라버린 목으로 그렇게 묻자, 왕은 어찌된 영문인지 희미하게 표정을 바꾸며 말했다.

"자, 토카. 〈산달폰〉에게 선택된 자. 나와 너, 누가 이 나라의 옥좌에 어울리는지— 정해보도록 할까."

왕은 그렇게 말하자마자 다리를 굽혔다.

다음 순간, 지면을 꿰뚫는 듯한 엄청난 소리가 울려 퍼지더니, 멀리 떨어진 곳에 있던 왕의 모습이 어느새 토카의 시야를 가득 채울 정도로 팽창했다.

"······윽?!"

왕이 순식간에 자신에게 육박했다는 사실을 토카의 뇌가 인식한 순간, 이미 마검이 그녀의 정수리를 향해 쇄도하고 있었다.

그 공격에 반응한 것은 머리가 아니라 몸이었다. 토카의 반사 신경과 본능이 생명의 위기를 감지하더니, 무의식적으로 〈산달폰〉을 치켜든 것이다.

—충격. 일격에 성벽을 파괴한 마검이, 〈산달폰〉에 꽂혔다.

"큭—!"

토카는 온몸이 갈가리 찢겨져 나가는 듯한 느낌을 받으면서도 〈산달폰〉을 휘둘렀다.

그러자 다음 순간, 또다시 마검의 일격이 토카를 덮쳤다. 만약 한순간이라도 반응이 늦었다면, 토카의 몸은 그대로 두 동강이 나고 말았으리라.

그 후에도 공격이 연이어 날아왔지만, 토카는 극한 상황에서 날카롭게 벼려진 의식을 통해 왕의 공격을 막아냈다.

그렇게 몇 번의 공격을 막아내자, 왕은 감탄한 듯한 어조로 입을 열었다.

"이렇게 나에게 공격을 당하고도 서 있는 자는 네 녀석이 처음이다. 찬사를 보내마. 하지만, 아직 부족한 부분이 있군. 왕이란 모든 것을 지배하는 자다. 하지만 네 녀석의 검에서는 비정함이 느껴지지 않는구나!"

"헛소리 마라……!"

토카는 날카로운 눈빛과 함께 온몸에서 느껴지는 고통을 잊고 큰 소리로 외쳤다.

"왕의 소임은 지배만이 아니다! 백성을 행복하게 해주지 않는 자가 무슨 왕이란 말이냐!"

"헛소리를 하고 있는 건 바로 네 녀석이다! 안개보다 덧없고, 과자보다 물러 터졌구나! 검을 뽑아든 순간, 네 녀석은 인간일 권리를 포기한 것이다! 이제 네 녀석에게 평온은 찾아오지 않는다. 모든 것을 베어버려서라도 복종시키지 않는 한은 말이지! 바로— 과거의 나처럼 말이다!"

"큭……!"

그렇게 외치며 왕이 날린 일격은 묵직했다. 토카는 〈산달폰〉으로 그 공격을 받아낸 후, 충격을 완화시키기 위해 뒤편으로 몸을 날렸다.

왕은 토카를 똑바로 쳐다보며 마검의 끝으로 그녀를 겨눴다.

"힘을 지닌 자는 싸움을 피할 수 없다. 바라던, 바라지 않던, 전란의 씨앗은 곳곳에서 싹을 틔우지. 그럼 어떻게 할 거지? 그 모든 것을 짓이길 수밖에 없다. 그게 바로 왕이란 존재다! 왕의 힘인 것이다!

"아냐! 힘을 지녔다고 해서, 그 힘을 꼭 휘둘러야만 할 리가 없다! 백성과 함께 살아가는 길 또한 엄연히 존재할 것이란 말이다!"

"……윽!"

토카가 그렇게 말한 순간, 왕의 얼굴이 처음으로 일그러졌다.

"그렇다면 뛰어넘어 봐라! 이 나를! 이 왕을! 그리고 증명해 봐라! 그 이상(理想)이, 목숨을 걸 가치가 있다는 것을……!"

왕은 그렇게 외친 후, 발뒤꿈치를 지면에 꽂듯 힘차게 걸음을 내디뎠다.

그 순간, 방 안쪽에 있던 옥좌에 균열이 생기며 산산조각이 나더니, 그 파편들이 왕이 쥔 마검에 붙으며 거대한 검을 형성했다.

"아니……?!"

"―【종언의 검】!"

왕이 그 거대한 검을 치켜들었다. 긴 칼날이 천장을 부수고, 그 파편이 사방에 흩뿌려졌다.

검에 칠흑색 빛이 응축됐다. 그 압도적인 위압감을 느낀 토카는 본능적으로 깨달았다. 저 일격이 펼쳐진 순간, 토카는 물론이고 알현실에 있는 동료들마저 전부 이 세상에서 지워지고 말 것이다.

"큭—!"

토카는 부질없는 짓이라는 것을 알면서도 〈산달폰〉을 치켜들려 했지만, 지금까지 축적된 대미지 때문인지 순간 움직임이 늦어졌다.

마검의 검은 칼날이, 토카를 향해 휘둘러지려 했다.

하지만 그 순간—.

"냐아아아아아앙!"

토카의 발치에 있던 조그마한 무언가가 왕을 향해 몸을 날렸다. 그것은 바로 검은 고양이였다.

"앗……?!"

"……윽!"

이 갑작스러운 상황에 왕이 눈을 치켜떴다.

순간, 왕의 의식이 토카가 아니라 고양이로 향했다.

그리고 이 자리에 있는 이들 중 토카만이, 저 고양이가 낸 울음소리의 의미를 정확하게 인식했다.

"옥좌를…… 부르라고?"

"냐아아앙!"

토카는 고양이가 한 말을 중얼거리더니, 반쯤 무의식적으로 지면에 발뒤꿈치를 강하게 쳤다.

그러자 다음 순간, 성 전체가 고오오오…… 하고 진동하더니, 지면을 부수면서 거대한 옥좌가 모습을 드러냈다.

그것은 깊은 숲속에서 검이 꽂혀 있었던, 바로 그 제단이었다.

옥좌는 토카 앞에서 모습을 드러내자마자 왕의 옥좌와 마찬가지로 분해되더니, 그 파편들이 토카가 쥔 〈산달폰〉에 달라붙으면서 거대한 검을 형성했다.

"【최후의 검】……!"

토카는 머릿속에 떠오른 그 이름을 외치며 검을 휘둘렀다.

그러자 검에서 생겨난 엄청난 빛이 【파이바쉬 헤레브】를 치켜든 왕을 그대로 삼켜버렸다.

"……윽!"

성검의 일격을 정통으로 맞은 왕은 그대로 뒤편으로 튕겨나더니, 무너진 벽에 내동댕이쳐졌다.

피범벅이 된 채 쓰러진 고독한 왕…… 그 모습은 처참하면서도 아름답고, 또한 애수가 느껴졌다.

"하아……, 하아…….."

모든 힘을 다 소모한 토카는 그 자리에 무너지듯 주저앉았다. 만신창이가 된 고양이가 다리를 질질 끌면서 그녀에게 다가갔다.

"오오…… 네 덕분에 살았다."

토카가 고양이의 턱을 쓰다듬어준 순간, 앞쪽에서 돌멩이가 굴러 떨어지는 소리가 들렸다.

토카가 그쪽을 쳐다보니, 왕이 가는 숨을 내쉬면서 그녀를 쳐다보고 있었다.

"……크, 큭. 나도, 무뎌졌나 보구나."

그리고 기어들어갈 듯한 목소리로 말했다.

"……토카. 성검에게 선택된 자여. 너는…… 왕이 될 운명을 택했다. 허나— **인간을 초월하는 힘을 가졌으면서도, 인간과 함께 살아갈 수 있다고……** 여기는 것이냐?"

왕은 금방이라도 끊어질 듯한 목소리로 질문을 던졌다.

함부로 대답할 수 있을 리가 없는 질문이었다. 하지만— 토카는 한 치도 망설이지 않으며 고개를 끄덕였다.

"그렇다."

"훗…… 그래. 그렇다면 보여 다오. 새로운 왕의 시대를 말이다—"

처음으로 입가에 미소를 머금은 왕은— 토카와 닮은 그 소녀는, 더 이상 아무 말도 하지 않았다.

"왕……."

토카는 감개무량한 느낌을 받으며 눈을 내리깔았다. 이렇게 대면할 때까지만 해도 증오스럽기 그지없던 존재였지만, 이제는 그녀가 단순한 악인은 아닐 거라는 생각이 들었다.

하지만, 쭉 이러고 있을 수는 없었다. 아까 왕의 공격을 맞고 날아갔던 동료들이 토카의 곁으로 다시 모여들었기 때문이다.

"토카……! 드디어 왕을 해치웠구나!"

"토카 씨— 대단하세요……!"

"음…… 하지만 나 혼자만의 힘으로 해낸 건 아니다. 고양이가 도와주지 않았다면 위험했을 테지."

토카는 그렇게 말하며 고양이를 안아들었다.

"후후…… 네 덕분에 이겼구나. 정말 고맙다."

그리고 미소를 머금으며, 고양이에게 입맞춤을 했다.

그러자 다음 순간, 고양이의 몸이 찬란하게 빛나기 시작하더니, 펑! 하는 코미컬한 소리와 함께 로브를 걸친 마술사로 변모했다.

중성적인 외모를 지닌 상냥한 인상의 소년이었다. 그는 약간 멋쩍은 듯이 쓴웃음을 지은 후, 입을 열었다.

"나야말로— 고마워, 토카."

"오오……?!"

갑작스러운 상황에 토카는 눈을 동그랗게 떴다. 그러고 보니 이 고양이는 원래 검을 수호하는 마술사였으며, 저주에 인해 고양이가 되었다고 들었다. 왕을 쓰러뜨린 덕분인지, 아니면 토카의 입맞춤 덕분인지는 모르겠지만, 그 저주가 풀린 것이다.

"〈산달폰〉이 선택한 자가 너라서 다행이야. 나는 시도라고 해. 앞으로 잘 부탁해."

소년은 그렇게 말하며 미소 지었다. 토카는 방금 고양이와 키스를 했던 것을 떠올리며 얼굴을 새빨갛게 붉혔다. 시도도 토카의 반응을 보고 아까 전의 일을 떠올린 건지, 볼이 약간 발그레해졌다.

"아, 아무튼, 해결해야 할 일이 하나 남아 있네."

시도는 그렇게 말하며 손가락을 튕겼다.

그러자 지면에 떨어져 있던 건물 파편이 사라지더니, 그 뒤편에 숨어서 몰래 도망치려던 마술사 니아의 모습이 훤히 드러났다.

"히익! 주, 죽이지 마?! 오, 오해예요! 저는 왕님에게 협박을 당해서…… 사, 살려만 주신다면 뭐든 다 할게요!"

"우와, 꼴사나운 것도 이 정도 경지에 이르면 완전 재능이네……."

"지적. 왕을 등에 업고 왕도에서 흥청망청 술을 퍼마신 사람은 대체 어디 사는 누구죠?"

"으윽!"

카구야와 유즈루에게 지적을 당한 니아는 어깨를 부르르 떨었다.

시도는 도끼눈을 뜨고 니아를 잠시 노려봤지만, 이내 한숨을 내쉬었다.

"좋아. 살려줄게. 대신, 앞으로는 토카 밑에서 너의 능력을 올바른 일에 쓰도록 해."

"아! 가, 감사하옵니다~!"

니아가 지면에 넙적 엎드렸다. 시도는 토카를 향해 돌아서 더니, 윙크를 하며 입을 열었다.

"자, 우수한 마술사를 한 명 얻었네."

"오오. 시도는 꽤 수완이 좋구나."

토카는 웃음을 흘리면서 힘차게 주먹을 쥐었다.

"하지만, 앞으로 정말 힘들 것이다. 선대 왕에게, 내 생각 이 틀리지 않았다는 것을 증명해야 하니 말이다!"

"응, 물론이야. 하지만 우리 모두가 힘을 합친다면 분명— 어, 우와앗?!"

말을 이으려던 시도가 갑자기 새된 비명을 질렀다.

이유는 단순했다. 식탁의 기사 중 한 명인 오리가미가 시 도를 공주님 안기 자세로 안아들더니, 그대로 도망치려 한 것이다.

"어라?! 어?! 기사 오리가미, 뭐하는 거야?!"

"드디어 찾았어. 나의 왕자님. 미녀와 야수 패턴일 줄은 꿈에도 몰랐네."

"뭐?! 무슨 소리야?!"

"어, 어이, 오리가미! 시도를 어디로 데려가려는 것이냐!"

느닷없는 사태에 직면한 토카는 무심코 큰 소리로 외쳤다.

새로운 왕국의 앞날 또한 전도다난할 것 같았다.

# 코토리 에디터

EditorKOTORI

DATE A LIVE ENCORE 8

모월 모일.

　주식회사 아스가르드, 라타토스크 문고 편집부는 분주했다.

　"사령관님……이 아니라, 편집장님! 호시미야 선생님의 원고, 진척 상황 90퍼센트! 이제 다섯 페이지 남았습니다!"

　"페이지 수 말고 남은 시간으로 보고하란 말이야!"

　"미요시노 선생님 쪽은 미술도구가 쏟아지면서 토끼 퍼핏 인형이 더러워진 바람에 작업이 중단됐습니다!"

　"큭, 빨리 얼룩 제거 요원을 파견해!"

　"편집장님! 나츠코 선생님과 연락이 안 됩니다!"

　"뭐?! 이익…… 급환일 가능성이 있어. 시이자키, 서둘러 안부를 확인해!"

　"앗, 혼죠 선생님도 연락이 안 돼요!"

　"혼죠, 또 도망친 거냐아아아앗!"

사방에서 커다란 외침이 터져 나오고 있는 편집부는 그야 말로 전쟁터를 방불케 했다.

하지만, 그것도 무리는 아니었다.

라타토스크 문고는 수많은 라이트노벨 레이블 중에서도 가장 긴 역사를 자랑하는 터줏대감이자, 소설 잡지를 정기 간행하는 몇 안 되는 레이블이기도 했다.

하지만 현재, 그 소설 잡지 『프락시너스 매거진』의 마감이 코앞까지 다가왔는데도 불구하고, 몇몇 연재소설 및 삽화를 제때 받지 못했다.

"……윽!"

안 그래도 마감 직전은 정신이 없지만, 이번에는 평소와 비교도 되지 않을 정도였다. 문고 서적이라면 몰라도, 정기 적으로 간행되는 잡지가 발간되지 못하는 건 전대미문의 불 상사다. 편집부 전체에 감도는 날 선 분위기를 느낀 신인 편 집자, 이츠카 시도는 마른 침을 삼켰다.

"―시도."

바로 그때, 누군가가 시도에게 말을 걸었다.

편집부가 있는 이 공간은 타원을 반으로 나눈 듯한 꽤 독 특한 형태를 하고 있었다. 중앙에 책상이 하나 있으며, 그곳 을 둘러싸듯 편집부 직원들의 자리가 배치되어 있는 것이 다. 마치 SF 작품에 나오는 전함의 함교 같은 형태였다.

그리고 지금 시도에게 말을 건 이는 중앙의 책상에 앉아 있는 소녀였다.

"미안한데, 『위』에 가서 상황을 살펴보고 와줄래? 오후 세 시까지는 끝내겠다고 했었거든."

소녀가 고개를 갸웃거리자, 검은색 리본으로 나눠묶은 머리카락이 살랑거렸다.

명백하게 시도보다— 아니, 이 편집부에서 가장 어려 보이는 소녀지만, 누구도 그녀를 어린애라고 얕잡아 보지 않았다.

그것도 당연했다. 그녀야말로 라타토스크 문고 편집장인 이츠카 코토리인 것이다.

"윽! 예, 확인하고 오겠습니다."

시도가 허둥지둥 그렇게 대답하자, 코토리는 고개를 끄덕였다. 그리고 편집부 전체에 울려 퍼질 만큼 큰 목소리로 말했다.

"—교정을 볼 여유는 없어! 수정은 문고 수록 때 하는 거야! 각자 담당 작가의 원고가 올라오는 대로, 데이터를 나한테 보내! 『프락시너스 매거진』 30주년 기념호…… 반드시 발간시키고 말겠어! 이 위기를 반드시 뛰어넘는 거야!"

""""예!""""

기관원…… 아니, 편집부 직원들이 코토리의 말에 답하며 경례를 했다.

시도 또한 경례를 한 후, 급한 발걸음으로 편집부를 나섰다.

그리고 그대로 엘리베이터를 타고 한 층 위에 있는 회의실로 향했다.

하지만 이곳에서 현재 회의가 진행되고 있는 건 아니었다. 이 회의실은 학원 자습실처럼 꾸며져 있었으며, 몇 명의 작가들이 노트북 컴퓨터와 눈싸움을 벌이고 있었다.

보통 작가는 자택이나 일터, 혹은 카페에서 원고를 쓴다.

하지만 마감이 코앞까지 닥쳐오거나, 원고 진행이 너무 느린 경우에는 출판사에 와서 집필 작업을 하는 작가도 있다.

원고용지에 펜으로 소설을 쓰던 시대라면 몰라도, 데이터 입고가 보급된 현대에서는 어디서 집필을 하든 시간적으로 차이는 없을 테지만…… 집에서 일을 하다 보면 게을러질 때도 있고, 편집자가 감시하고 있다는 긴장감 없이는 글을 쓰지 못하는 작가도 있는 것이다.

"으음, 야토가미 선생님은…… 아."

주위를 두리번거리며 자습실 어딘가에 있을 담당 작가를 찾던 시도는 갑자기 숨을 삼켰다.

자습실 한편에 있는 부스에서, 칠흑빛 머리카락을 지닌 소녀가 책상에 넙죽 엎드려 있었던 것이다.

"야, 야토가미 선생님, 괜찮으신가요?!"

"……으, 으음…… 오오, 시도……."

시도가 허둥지둥 뛰어가서 어깨를 흔들자, 소녀는 겨우겨우 고개를 들었다.

라이트노벨 작가, 야토가미 세이쥬로(본명: 야토가미 토카).

판타지 작품이 특기이며, 지금은 이세계의 식사에 관한 이런저런 일들이 담긴 미식 라이트노벨 『몬스터밥』을 간행 중인 작가다.

"무슨 일이죠?! 서, 설마, 병에 걸리신 건—."

시도는 말을 이으려다 갑자기 멈췄다.

아니, 정확하게 말하자면 느닷없이 들려온 끄르르륵…… 이라는 소리에 시도의 목소리가 가려진 것이다.

"……으음, 선생님?"

"미안하다……. 이제 거의 다 썼는데, 배가 고파서 힘이 나지 않는구나……."

토카가 그렇게 말한 순간, 그녀의 배가 또 비명을 질렀다. 시도는 식은땀이 났지만, 그래도 안도의 한숨을 내쉬었다.

"하아, 깜짝 놀랐잖아요. 근처 편의점에 가서 뭐라도 사올 테니까, 잠시만 기다려 주세요."

"음…… 폐를 끼쳐서 미안하다. 콩고물빵이 있다면 그걸로 부탁하마……. 그리고 우유…… 우유하면 팥빵…… 단 걸 연달아 먹으면 짭짤한 것도 땡기니까, 카운터 옆에 있는 고기만두를…… 그리고 슈크림과 닭튀김과 푸딩과……."

"끝이 없어?!"

단짠의 무한 로테이션이 완성됐다.

이대로 있다간 주문이 한도 끝도 없이 늘어날지도 모른다고 생각한 시도는 적당한 타이밍에 회의실을 나선 후, 인근

편의점에 가서 먹을 것을 사서 자습실로 돌아왔다.

"오래 기다리셨죠? 여기—."

말을 이으려던 시도는 화들짝 놀라며 어깨를 부르르 떨었다.

아까까지 책상에 엎드려 있던 토카가 마치 녹아내리기라도 한 것처럼 의자에 축 늘어져 있었던 것이다.

"어엇?!"

시도는 허둥지둥 콩고물빵의 포장을 뜯어 토카에게 던졌다. 콩고물빵은 노란색 가루를 사방으로 흩날리며 허공을 갈랐다.

"——!"

그러자 완전히 늘어져 있던 토카가 용수철이 달리기라도 한 것처럼 상체를 벌떡 일으켜 그 콩고물빵을 베어 물었다.

다음 순간, 토카의 눈이 찬란히 빛나는가 싶더니, 노도와 같은 기세로 키보드를 두드려대기 시작했다.

"우오오오오오오오오오오오오!"

그녀는 양손의 검지만으로 타이핑을 하고 있었지만, 맹렬하기 그지없는 속도로 집필을 했다.

그리고 10분 후, 『끝』이라는 글자를 입력한 토카는 한숨 돌렸다.

"좋아…… 완성했다! 지금 바로 보낼 테니, 뒷일을 잘 부탁한다!"

"오오……! 수고하셨습니다!"

시도는 그렇게 말하며 고개를 깊이 숙인 후, 남은 음식물이 들어 있는 비닐봉투를 내밀었다. 원래 회의실에서 음식을 먹으면 안 되지만…… 오늘은 특별히 봐주기로 했다.

시도는 비닐봉투 안을 들여다보며 두 눈을 반짝이는 토카를 향해 한 번 더 고개를 숙인 후, 원고를 확인하기 위해 편집부가 있는 층으로 돌아가려고 했다.

하지만 바로 그때, 자습실 안쪽에서 말다툼 소리가 들려온 바람에 발길을 멈췄다.

"어쩔 수 없잖아! 이 편이 낫단 말이야!"

"반론. 그렇다고 해도 이걸 용납할 수는 없어요."

"무슨 일이지……?"

시도는 미간을 약간 찌푸리며 칸막이 너머를 쳐다보았다.

그러자, 거울에 비친 것처럼 똑같이 생긴 두 소녀가 눈싸움을 벌이고 있는 광경이 눈에 들어 왔다.

"히비키 선생님, 유즈링 선생님!"

그 광경을 본 시도가 무심코 외쳤다. 그렇다. 그녀들은 이능 배틀 라이트노벨이 특기인 작가, 히비키 겐야(본명: 야마이 카구야)와, 그녀가 집필한 작품의 삽화를 담당하고 있는 일러스트레이터, 유즈링(본명: 야마이 유즈루)이었다.

"대체 무슨 일인가요?"

시도의 물음에 유즈루는 고개를 휙 돌리면서 대답했다.

"분노. 그게 말이죠, 카구야가 원고를 완성했는데, 후반부가 플롯과 완전히 달라졌어요."

"예……에엣?!"

시도는 유즈루의 말을 듣고 눈을 동그랗게 떴다.

"저기, 히비키 선생님. 원고를 봐도 될까요?"

"……응."

카구야는 퉁명한 표정을 지으며 노트북 컴퓨터를 내밀었다. 시도는 화면을 스크롤하면서 서둘러 원고를 체크했다.

……확실히, 사전에 받았던 플롯과 내용이 달랐다. 하지만 카구야가 아까 말한 대로, 명백하게 더 나아졌다.

플롯이라는 건 이야기의 줄거리, 간단히 말해 설계도 같은 것이다. 그리고 집필 과정에서 이야기가 플롯과 달라지는 작가 또한 적지 않다. 결과적으로 재미있어진다면 문제될 게 없지만…… 이번만큼은 문제가 되는 것이다.

"주의. 이래서는 삽화와 내용 면에서 차이가 나고 말아요."

유즈루가 팔짱을 끼며 그렇게 말했다.

그렇다. 원래 삽화는 원고가 완성된 후, 거기에 맞춰 그리지만…… 이번에는 원고 진행이 너무 더딘 탓에, 미리 받은 플롯에 따라 본문과 병행해 삽화 작업을 진행했다.

이미 유즈루의 일러스트는 완성됐다. 이제 와서 다시 그릴 시간은 없었다.

"히비키 선생님…… 확실히 더 재미있어지기는 했어요. 하지만, 이래선 삽화와 차이가 너무 나게 돼요."

시도가 그렇게 말하자, 카구야는 삐친 것처럼 볼을 부풀렸다.

"그렇다고 이야기를 일부러 재미없게 만들라는 거야? 이 편이 재미있다는 걸 뻔히 알면서 말이야?!"

"아니, 그게……."

"……마감이 코앞인 상황에서 이야기를 뜯어고친 나도 잘못했다고 생각하지만, 거기까지 생각이 미치지 않았는데 어떻게 해……."

눈가에 눈물이 맺힌 카구야가 고개를 푹 숙였다.

삽화와 내용에 차이가 생겨선 안 되지만, 모처럼 재미있는 이야기를 집필한 작가에게 원고를 다운그레이드하라는 지시를 내리는 것도 잔혹했다. 시도는 고민에 잠겼다.

바로 그때, 유즈루가 질렸다는 듯이 어깨를 으쓱했다. 그리고 들고 있던 가방에서 태블릿을 꺼내더니, 그 화면을 시도와 카구야에게 보여줬다.

"공개. 하아, 어쩔 수 없군요. 그럼 이건 어떤가요?"

"이, 이건—."

"어……?"

시도와 카구야는 동시에 눈을 크게 떴다.

그럴 만도 했다. 태블릿 화면에 표시되어 있는 것은 카구야가 바꾼 내용에 딱 맞아떨어지는, 새로운 흑백 삽화였기 때문이다.

"어…… 이, 이게 뭐야? 뭐가 어떻게 된 건데?"

카구야가 얼이 나간 듯한 반응을 보이자, 유즈루는 의기양양하게 코웃음을 쳤다.

"자부. 카구야가 그 플롯에 만족 못할 거라는 것 정도는 예상했어요. 몇 년이나 콤비를 해 온 사이니까요."

"어…… 어엇?! 말도 안 돼!"

카구야는 경악했다. 하지만 곧 뭔가를 눈치챈 것처럼 눈썹이 흔들렸다.

"……그럼 빨리 이걸 내놨으면 됐잖아!"

"충고. 그것과 이건 별개의 이야기예요. 플롯대로 글을 쓰지 못하는 작가가 마감 직전까지 원고를 붙들고 있다는 건 말도 안 되는 일이니까요. 유즈루 말고 다른 사람이 일러스트를 담당했다면 어쩔 작정이었죠? 앞으로 이런 일이 없도록 반성하세요."

"으, 으으윽……."

카구야는 분한 표정을 지었지만, 이내 풀이 죽은 어조로 「……미안해. 덕분에 살았어. 고마워」 하고 중얼거렸다.

유즈루는 표정을 풀고 카구야의 머리를 가볍게 두드려줬다. 그리고 시도를 향해 고개를 돌렸다.

"확인. 그럼 이 일러스트를 보낼 테니, 뒷일을 잘 부탁드려요. ―물론, 폐기하게 된 일러스트에 대한 요금도 받을 거예요."

"하하…… 물론이죠. 모처럼 그린 일러스트인 만큼, 다음에 화집을 내게 된다면 수록하도록 하죠."

이마에 맺힌 땀을 닦은 시도는 「그럼 수고하셨습니다」라고 인사한 후 방을 나섰다.

하지만, 이야기가 달라질 걸 예상하고 다른 일러스트를 준비하다니…… 유즈링은 정말 무시무시한 존재라는 생각이 들었다.

확실히 카구야는 자주 플롯을 무시하는 작가인데다, 새로운 일러스트 또한 주인공과 히로인이 이야기를 나누는 장면으로 폭넓은 장면에 대응할 수 있는 일러스트인 것이다. 하지만 그 점을 고려하더라도 정말 초능력자 뺨치는 예측 능력이다. 그야말로 쌍둥이 자매 같았다. ……그러고 보니 성도 같고 얼굴도 판박이 같은데, 왜 쌍둥이가 아닌 걸까. 어쩌면 저 두 사람이 쌍둥이로 설정된 세계도 존재하지 않을까?

그런 영문 모를 생각을 하며 걸음을 옮기던 시도는 곧 편집부에 도착했다.

그리고 시도가 돌아왔다는 걸 눈치챈 코토리는 그를 힐끔 쳐다보며 물었다.

"어땠어?"

"아, 오케이예요. 약간 말썽이 일어나기는 했지만, 『몬스터

밥』과 『시원창세의 구풍기사(颶風騎士)』는 원고가 완성됐습니다!"

"좋아……!"

코토리는 주먹을 쥐며 기뻐했다.

"시도, 그럼 남은 작품도 잘 부탁해."

"예!"

시도는 힘차게 대답한 후, 자신의 자리로 돌아가서 컴퓨터 앞에 앉았다.

그리고 메일함을 열어 토카와 카구야, 그리고 유즈루에게서 받은 원고를 확인했다.

"어?"

바로 그때, 시도의 눈썹이 꿈틀거렸다. 새로운 메일이 도착한 것이다.

보낸 이의 이름은 『이츠카 오리가미』. 작가와 편집자의 관계를 그린 업무 러브코미디 『라이팅!』을 연재하고 있는, 시도의 담당 작가 중 한 명이었다.

……참고로, 그녀의 본명은 토비이치 오리가미였다. 시도, 코토리와 같은 성을 펜네임으로 쓰면 헷갈릴 수 있다고 말했지만, 그녀는 고집을 꺾지 않았다.

그녀에게서 온 메일에는 원고 파일이 첨부되어 있었다. 아무래도 그녀 또한 원고를 완성한 것 같았다.

"아, 오리가미 선생님도 원고를 완성하셨구나. 다행이야."

시도는 안도의 한숨을 내쉬며 파일을 연 후, 내용을 체크했다.

"……어?"

잠시 후, 마우스의 휠을 돌리던 시도의 손가락이 움직임을 멈췄다.

이유는 단순했다. 이야기의 후반부부터, 주인공인 시도와 히로인인 오리가미(양쪽 다 어디선가 들어본 적이 있는 이름이지만, 오리가미는 우연이라고 주장했다)가 갑자기 수위 높은 에로 신을 펼치기 시작한 것이다.

"이, 이게 뭐야……?!"

『라이팅!』은 어엿한 러브코미디다. 독자의 가슴을 두근거리게 하는 장면이 필요하며, 좀 야한 삽화가 들어가기도 한다.

하지만 이번 원고의 내용은 그 정도 수준이 아니었다. 두 사람의 끈적끈적한 애정표현을 농밀하게 묘사하면서, 인간의 욕구를 과도하게 자극하는 문장으로 꾸며져 있었다. 이 정도면 라이트노벨이 아니라 관능소설이었다.

아무리 시간이 없더라도, 이걸 이대로 실을 수는 없었다. 시도는 부리나케 오리가미에게 전화를 걸었다.

그러자 신호가 가기도 전에 상대방이 전화를 받았다. 너무 빠른 나머지, 시도는 화들짝 놀라고 말았다.

『예, 이츠카예요.』

"여, 여보세요. ……이츠카입니다."

통화 상대가 자기 성을 입에 담자 위화감을 느낀 시도는 크흠 하고 헛기침을 한 후에 본론에 들어갔다.

"오리가미 선생님, 보내주신 원고는 받았어요. ……그리고 내용을 체크해봤습니다만, 후반부가 너무 자극적이라고나 할까요. 좀 더 순화된 표현으로 다듬어 주실 수 없을까요……?"

『구체적으로 어느 부분 말이야?』

"으음…… 25페이지의 세 번째 줄부터……."

『나는 문과라서 숫자로 그렇게 말하면 잘 몰라. 해당하는 부분을 읽어줘.』

"문과라도 그 정도는 알 것 같은데요?!"

『빨리 읽어봐.』

오리가미는 담담하면서도 반론을 용납하지 않겠다는 듯한 어조로 그렇게 말했다. 시도는 어쩔 수 없이 화면에 표시된 문장을 읽기 시작했다.

"……오리가미의 요염한 모습을 목격한 시도의 가슴 깊은 곳에서 거역하기 힘든 욕망이 샘솟았다. 수컷의 본능이, 이 암컷에게 성적 쾌락을 알려주라며 포효했다. 정신을 차리고 보니, 어느새 시도는 오리가미의 옷을 갈기갈기 찢어발겼다. 그리고 이어진 거친 애무에, 처음에는 저항하던 오리가미도 점점……."

『…….』

오리가미는 묵묵히 시도의 말을 듣고 있었지만, 왠지 그녀의 숨결이 희미하게 거칠어진 듯한 느낌이 들었다.

시도는 자신의 볼을 타고 땀이 흘러내리는 것을 느끼며 말을 이었다.

"……시도는 오리가미의 은밀한 곳에 자신의 한껏 치솟은 욕망을 쏟아부었다. 『아아…… 정말 끝내줘. 오리가미의—』……."

『왜 그래? 계속 읽어.』

"아, 아니, 그게……."

『읽어.』

오리가미는 거친 콧김을 내뿜으며 강요했다.

시도가 난처한 반응을 보이며 우물쭈물하고 있자, 누군가가 그가 들고 있던 수화기를 가로챘다.

"어?"

고개를 돌려보니, 어느새 코토리가 시도의 옆에 서 있었다. 코토리는 시도에게서 빼앗은 수화기를 자기 귀에 대더니, 자기한테 맡기라는 듯한 시선을 그에게 보냈다.

"—안녕하세요, 오리가미 선생님. 편집장인 이츠카예요. ……예, 예. 이츠카가 실례를 범했군요. 아직 풋내기 티를 벗지 못한 미숙한 편집자라서요. 앞으로 이런 일이 없도록 그를 다시 교육시킬까 해요. 그러니 오리가미 선생님의 담당자를 변경…… 예? 아, 그렇군요. 알겠습니다. 그럼 기다리고 있을게요."

코토리는 그렇게 말한 후 수화기를 내려놓았다. 그리고 어깨를 으쓱하면서 시도를 향해 돌아섰다.

"금방 수정 원고를 보내주겠대."

"예엣?!"

시도는 코토리의 말을 듣고 눈을 동그랗게 떴다.

그럴 만도 했다. 그 고집 센 오리가미를 겨우 십여 초 만에 설득했으니 말이다.

하지만 방금 두 사람의 대화 안에는 신경 쓰이는 단어가 섞여 있었다. 시도는 머뭇거리면서 물었다.

"저, 저기…… 저 말고 다른 분이 오리가미 선생님을 담당하게 되나요?"

"그럴 리가 없잖아. 그렇게 했다간 오리가미 선생님은 글을 한 줄도 못 쓰게 될 거야."

"예? 그, 그럼 방금 그 말은……."

시도의 물음에 코토리는 하아~ 하고 한숨을 내쉬었다.

"뭐, 다 그럴 만한 이유가 있어. ……아, 오리가미 선생님과 회의를 할 때는 밀실이 아니라 오픈된 공간에서 해."

"예? 아, 예……."

시도가 고개를 갸웃거린 순간, 메일함에 새로운 메일이 도착했다. 오리가미에게서 온 메일이었다. 아무래도 원고 수정을 마친 것 같았다. 전화 통화를 마치고 1분도 지나지 않는데 말이다. 마치 미리 수정 원고를 준비해둔 것만 같았다.

"오, 오리가미 선생님에게서 원고가 왔어요."

"……하아, 이럴 줄 알았다니깐. 어쨌든 마감 전에 들어왔으니까 됐어. ―지금은 1분 1초가 아까운 시기야. 이제 몇 명 남았지?"

"아, 예. 으음…… 요이마치 선생님과 시라이 선생님만 남았어요. 요이마치 선생님은 오후 여섯 시까지는 원고를 보내주겠다고 하셨으니, 일단 시라이 선생님에게 전화를 해서 진척 상황을 물어볼―."

"……윽!"

시도가 그렇게 말하자, 코토리는 화들짝 놀라며 어깨를 부르르 떨었다.

"그, 그래? 그럼 1분 후에 전화를 해봐."

"예? 왜죠? 지금은 1분 1초가 아까운……."

"괜한 소리 말고 시키는 대로 해! 그, 그리고 나는 잠시 자리를 비울 테니까, 뒷일을 부탁해!"

코토리는 일방적으로 그렇게 말한 후, 서둘러 편집부를 나섰다.

시도는 얼이 나간 듯한 눈길로 그런 코토리의 뒷모습을 지켜본 후, 그녀의 지시에 따라 1분 정도 기다린 후에 전화를 걸었다.

『―오~! 여보세요~. 오빠?』

몇 번 신호가 간 후, 수화기에서 활기찬 목소리가 흘러나왔다.

시라이 히요코. 남매물을 더할 나위 없이 사랑하는 작가다. 폭넓은 장르의 작품을 집필하지만, 여동생이 있는 오빠, 혹은 오빠가 있는 여동생만 주인공으로 삼을 만큼 철저했다. 물론 지금의 연재작인 『의붓동생이어야 결혼할 수 있잖아요!』도 타이틀만 봐도 상상이 되듯 남매 러브코미디다.

참고로 방금 그 「오빠」도 히요코가 시도를 부를 때 쓰는 호칭이었다. 처음에는 시도도 이 호칭을 듣고 놀랐지만, 여러 번 듣다 보니 익숙해졌다. ……어쩌면 전생에 남매였던 게 아닐까?

"여보세요. 이츠카입니다. 시라이 선생님, 원고는 어떻게 되어가고 있나요?"

시도의 물음에 히요코는 불만을 표시하듯 『부~』하고 말했다.

『또 딱딱하게 구네~. 존댓말 쓰지 말라고 내가 말했지?』

"아니, 그래도 말이죠……."

『부우…….』

"……히요코, 원고는 완성됐어?"

시도가 한숨을 내쉬며 그렇게 말하자, 히요코는 전화 너머로도 알 수 있을 만큼 밝은 어조로 대답했다.

『그게 말이지~ 이제 거의 다 됐어!』

"그렇구나. 몇 시 정도면 완성될 것 같아?"

『으음…… 오빠가 포상으로 뽀뽀해준다면, 더 힘내서 쓸 수 있을 것 같아!』

"하하……"

시도는 히요코의 말을 듣고 쓴웃음을 흘렸다.

처음에는 놀랐지만, 이 말은 마감 때마다 히요코가 말하는 입버릇 혹은 인사 같은 것이었다. 실제로 몇 번 약속을 하긴 했지만, 시도는 지금까지 한 번도 히요코에게 뽀뽀를 해준 적이 없었다.

아니, 그 이전에 히요코는 사인회 같은 이벤트는 물론이고 출판사 감사 파티에도 참가한 적이 없는 정체불명의 작가였다. 시도조차도 베일에 싸인 이 작가와 직접 만나본 적이 없었다.

"응, 알았어. 약속할 테니까, 힘내."

『응! 금방 보낼게!』

시도가 그렇게 말하자, 히요코는 힘찬 어조로 대답을 한 후 전화를 끊었다. 그 후, 시도는 다시 수화기를 들었다.

잠시 후, 아까 없어졌던 코토리가 편집부에 돌아왔다.

그리고 코토리가 시도의 옆을 지나갈 때, 그녀가 걸친 재킷의 호주머니에서 뭔가가 떨어졌다. 시도는 몸을 웅크려서 그것을 주워들었다.

"편집장님, 뭔가가 떨어졌어요. 이건……"

코토리가 떨어뜨린 것은 귀여운 디자인의 흰색 리본이었다. 항상 검은색 리본으로 머리카락을 묶는 코토리가 이런 색상의 리본도 가지고 다닌다는 것이 좀 의외였다.

"……윽!"

그 순간, 코토리는 눈을 한껏 치켜뜨면서 엄청난 속도로 그 리본을 낚아챘다.

"봐, 봤어?!"

"어…… 으, 으음, 뭘 말인가요?"

시도가 고개를 갸웃거리자, 코토리는 어깨를 부르르 떨면서 리본을 호주머니에 집어넣었다.

"아, 아무것도 아냐."

"그런가요……. 참, 방금 그 리본은 참 귀여웠어요. 편집장님의 평소 인상과 좀 다르기는 하지만, 잘 어울릴 것 같아요."

"똑똑히 봤잖아!"

코토리가 새된 목소리로 그렇게 외쳤다. 그러자 정신없이 일을 하고 있던 편집부 직원들이 무슨 일인가 싶어 두 사람을 쳐다보았다.

"으윽……."

그 시선을 느낀 코토리는 부끄러워하듯 볼을 붉히며 어깨를 움츠렸다.

바로 그때, 장신의 남성이 두 사람을 향해 걸어왔다. 라타토스크 문고의 부편집장인 칸나즈키 쿄헤이였다.

"편집장님. 경황이 없으신 와중에, 잠시 실례하겠습니다."

"따, 딱히 경황이 없지는 않거든?! ……그런데, 무슨 일이야?"

코토리가 새빨개진 볼을 감추려는 듯이 고개를 돌리며 묻자, 칸나즈키는 어깨를 으쓱하며 말을 이었다.

"혼죠 선생님에게 몇 번이나 연락을 취해봤습니다만, 메일에도 답장이 없을 뿐만 아니라 핸드폰도 꺼져 있습니다."

칸나즈키의 보고에 코토리의 눈썹이 짜증이 난 것처럼 꿈틀거렸다.

"하아, 정말—."

그 미세한 표정의 변화를 감지했는지, 칸나즈키는 그대로 돌아서더니 코토리를 향해 엉덩이를 쑥 내밀었다.

다음 순간······.

"—무슨 짓거리를 하는 거야, 혼죠!"

코토리가 분노를 터뜨리며 휘두른 손바닥이 칸나즈키의 엉덩이에 스팽~! 하는 소리를 내며 작렬했다.

"아흑! 감사합니다!"

"······윽?! 편집장님, 뭐하는 거예요?!"

시도가 당황한 어조로 그렇게 외치자, 방금 엉덩이를 맞은 칸나즈키가 하악하악 하고 거친 숨을 내쉬면서 그를 말렸다.

"아, 시도 군은 아직 모르나 보군요. 괜찮습니다. 저의 급여체계는 『기본급+월 5회의 특별수당』이니까요."

"······특별수당?"

"예. 편집장님이 손수 저를 때려주시는 겁니다."

"……."

시도는 이런 특별수당은 듣도 보도 못했지만, 칸나즈키가 만족한 표정을 짓고 있었기에 더는 아무 말도 하지 않았다.

한편, 칸나즈키에게 특별수당을 준 코토리는 방금 일을 개의치 않는다는 듯한 반응을 보이며 한숨을 내쉬었다.

"그 사람은 정말 변함이 없네. 실력은 좋지만, 마감 때마다 이래서 정말 문제라니깐."

일러스트레이터 겸 만화가인 혼죠 소지(본명: 혼죠 니아)는 몇 년 넘게 라타토스크 문고를 지탱해온 버팀목 중 한 명이자, 아름다운 일러스트로 수많은 팬들을 매료시켜왔지만…… 성실함과는 거리가 먼 사람이라서, 마감 직전에 종적을 감추는 경우가 종종 있었다.

"어쩔 수 없지…… 이 방법은 쓰고 싶지 않았지만……."

코토리는 지긋지긋하다는 듯이 그렇게 중얼거리며 엄지손톱을 깨물더니, 자신의 책상으로 걸어가서 소형 단말 같은 것을 들고 시도 곁으로 돌아왔다.

"시도. 미안하지만 이 단말이 반응을 보이는 곳에 가서 혼죠 선생님을 잡아와."

"아, 예…… 어?"

코토리가 지극히 자연스러운 어조로 그렇게 말하자, 시도는 반사적으로 고개를 끄덕이려 했지만…… 도중에 위화감을 눈치챘다.

소형 컴퓨터 같은 형태를 한 그 단말의 액정화면에는 상세한 지도가 표시되어 있었으며, 그 지도에는 붉은색 점이 반짝거리고 있었다. 탐정물이나 스파이물 같은 작품에서 흔히 볼 수 있는 장치였다. 시도는 무심코 「히익!」 하고 숨을 삼켰다.

"펴, 편집장님. 이건 설마 GPS—."

시도가 말을 이으려던 순간, 코토리가 그의 입을 손으로 틀어막았다.

코토리는 부자연스러울 정도로 환한 미소를 짓고 있었다.

"에이, 남들이 들으면 오해할 말 좀 하지 말아줄래? 상장 기업의 사원이 그런 범죄를 저지를 리가 없잖아. 편집자가 어겨도 되는 법률은 노동 기준법뿐이거든?"

"아니…… 가능하면 그것도 지켜줬으면 하는데요……."

시도가 식은땀을 흘리면서 그렇게 말하자, 코토리는 미소를 머금으며 시도에게 그 단말을 떠넘겼다.

"잘 들어. 이건 GPS가 아냐. 갑자기 연락이 안 되는 작가의 안위를 걱정하는 편집자의 착한 마음씨가 기적을 일으킨 거야. 세상은 이렇게 아름다운 거야. 오케이?"

"오…… 오케이……."

코토리에게 압도당한 시도는 고개를 끄덕였지만, 곧 뭔가가 퍼뜩 생각난 것처럼 「아」 하고 입을 열었다.

"하, 하지만, 저는 히요코…… 아니, 시라이 선생님의 원고를 기다려야……."

"아, 그거라면 곧 받을 수 있을 테니까 걱정하지 마."

"예? 그걸 어떻게 아시는 거예요?"

시도가 의아해하면서 그렇게 묻자, 편집장은 화들짝 놀라며 눈을 치켜떴다.

"펴, 편집장의 감이야! 아무튼 빨리 혼죠나 잡아와!"

코토리에게 엉덩이를 두들겨 맞고(칸나즈키가 특별수당을 받은 시도를 부러운 듯이 쳐다보았다) 바닥을 구를 뻔한 시도는 허둥지둥 편집부에서 뛰쳐나갔다.

◇

"으음…… 이 근처에 세워주세요."

그로부터 약 20분 후…… 회사 앞에서 택시를 탄 시도는 단말에 표시된 반응을 따라 번화가로 향했다.

운전기사에게 요금을 건네고 택시에서 내린 시도는 단말 화면과 주위를 둘러보며 줄지어 있는 가게들을 살폈다.

그리고 한동안 주위를 둘러보다가, 단말 화면에 반응이 표시된 위치에 있는 가게를 발견했다.

"여기는……."

가게의 간판을 본 시도의 볼이 경련이 일어난 것처럼 꿈틀거렸다.

『클럽 아이마이미』.

그곳은 여성이 손님 옆에 앉아서 접객을 하는 음식점—

즉, 룸살롱이었다.

　"······."

　부끄럽게도 시도는 이런 가게에 가본 적이 없었다. 하지

만, 이 가게에서 반응이 나오고 있으니, 들어갈 수밖에 없었

다. 시도는 마음을 단단히 먹으면서, 그 묵직한 문을 열어젖

혔다.

　"어서 오십시오~!"

　가게 안에 들어가자, 남성 종업원의 힘찬 목소리가 들려

왔다.

　"혼자십니까? 지명을 하시겠습니까?"

　"아, 그게······ 일행이 먼저 와 있을 거예요······."

　시도는 더듬거리면서 그렇게 말한 후, 어둑어둑한 가게 안

을 둘러보았다.

　그러자, 가게 안쪽에 있는 자리에서—.

　"꺄아~, 일러스트레이터구나? 대단하네~."

　"저기~, 나 좀 그려주면 안 돼~?"

　"아, 치사해~. 나도 그려줘~."

　"에헤헤······ 좋아~. 하지만 제대로 그리려면 상대방을 제

대로 이해해야 하거든. 눈으로 보는 것만이 아니라, 손으로

느끼는 것도 중요해. 구체적으로는 이런 곳을······."

　"꺄아~! 선생님, 색골~!"

새된 여자아이의 목소리와 함께, 귀에 익은 목소리가 들려왔다.

그쪽을 쳐다보니, 화려한 드레스를 입은 소녀들에게 둘러싸여서 희희낙락하고 있는 니아가 눈에 들어왔다.

"……혼죠 선생님, 뭐하고 계신 거죠?"

"—우와앗?!"

시도가 필사적으로 표정 관리를 하면서 다가가자, 니아는 만화가답게 과장스러운 리액션을 보였다.

"소년?! 소년이야말로 여기에 어떻게 온 거야?!"

"으음…… 연락이 안 되는 선생님의 안위를 걱정했더니, 여신님께서 선생님이 여기 계시다는 계시를 내려주셨어요."

시도가 시선을 피하며 교과서를 읽는 듯한 말투로 그렇게 말하자, 니아는 「맙소사~. 신의 가호구나……」 하고 진심인지 농담인지 분간이 안 되는 소리를 하며 머리를 긁적였다.

"아, 아무튼, 마감이 코앞이니 한시라도 빨리 일러스트를 그려주세요! 서두르지 않으면 진짜로 펑크가— 어, 어라?"

바로 그 순간, 시도는 이 자리에 있는 이가 니아만이 아니라는 사실을 알아챘다.

"자~, 나츠미 양도 한 잔 해요~. 이 샴페인은 정말 술술 들어가기 때문에, 여자애를 취하게 만들기에 딱……이 아니라, 엄청 맛있거든요~?"

"……됐어. 절대 안 마실 거야……."

니아가 앉은 소파의 끝자락에는, 즐거운 듯한 어조로 이야기를 하고 있는 소녀, 그리고 그 소녀에게 희롱을 당하고 있는 소녀가 있었다.

인기 백합 러브코미디 『이상야릇하게도 언니와 몸이 바뀌었기에, 일단 팬티를 먹어보기로 했다』를 연재하고 있는 작가인 요이마치 유리(본명: 이자요이 미쿠)와, 니아와 마찬가지로 연락이 안 되던 일러스트레이터인 나츠코(본명: 나츠미)였다.

"요이마치 선생님, 나츠코 선생님! 두 분도 이런 곳에 계셨던 건가요?!"

시도의 외침에 두 사람은 그제야 그의 존재를 눈치채고 고개를 들었다.

"앗! 달링! 와줬군요! 우후후, 달링도 꽤 밝히는군요."

"……저기, 오해하지 마. 그게…… 그림을 보내려고 하던 참에, 이 두 사람이 집으로 쳐들어와서 나를 납치했어……."

미쿠는 우후후 하고 웃었고, 나츠미는 필사적으로 변명했다.

……아마 나츠미의 변명은 사실이리라. 『나츠코』는 실력이 좋을 뿐만 아니라, 세세한 지시에도 따르며, 또한 마감도 완벽하게 지키기 때문에 업계에서 평판이 좋은 일러스트레이터였다. 이번에 이렇게 마감에 쫓기게 된 것도 감기에 걸려서 한동안 일을 못했기 때문이다. 즉, 혼죠와는 완전 판판인 것이다.

"……아, 예. 나츠코 선생님의 말을 믿을게요. 그럼 삽화는 완성이 된 거죠?"

"응…… 맞아. 집에 돌아가면 바로 보내줄게. ……그러니까, 이 녀석들 좀 어떻게 해줄래?"

나츠미는 그렇게 말하더니, 호스티스에게 들러붙어 있는 니아, 그리고 자신한테 들러붙어 있는 미쿠를 힐끔 쳐다보았다. 시도는 땅이 꺼져라 한숨을 내쉬었다.

"혼죠 선생님, 일러스트는 어떻게 되어가고 있죠?"

"응~? 냐, 냐하하……."

니아가 애매한 미소를 지었다. 시도는 머리를 감싸 쥐며, 미쿠를 향해 고개를 돌렸다.

"……요이마치 선생님은 어떤가요? 원고의 진척 상황 말이에요."

"으음…… 뭐라고 할까요~. 원고라는 건 보통 혼자서 쓰잖아요~? 도중에 여자애 성분이 바닥나 버렸어요~. 그래서 보충을 하려고 여기에 왔어요~."

미쿠가 그렇게 변명을 늘어놓자, 시도는 또 땅이 꺼져라 한숨을 내쉬었다.

"아무튼, 지금 바로 집필을 하러 가주세요. 자택에서 정 작업이 안 된다면, 회사에서 써도 돼요."

"하지만~, 글이 안 써질 때는 도통 안 써지는데~. 참, 하다못해 담당 편집자 분이 귀여운 여자애였다면 의욕이 났을 것 같은데 말이죠~."

미쿠는 그렇게 말하며 아쉽다는 듯이 한숨을 내쉬었다. 시도는 식은땀을 흘리며 난처한 표정을 지었다.

"말도 안 되는 소리 하지 마세요. 그런 이유로 담당을 바꾸는 걸 편집장님이 허락할 리가 없다고요."

"예~? 아, 담당을 바꿔달라는 뜻으로 한 말이 아니에요~. 달링은 참 잘해주고 있거든요~. 솔직히 말해 바뀌지 않았으면 좋겠어요~."

"예? 하지만 방금……."

시도가 고개를 갸웃거리자, 미쿠는 가슴 앞으로 모은 두 손 위에 귀엽게 턱을 얹으며 말을 이었다.

"아아~, **담당 편집자 분이 귀여운 여자애였으면 좋겠네요~**."

"……."

미쿠는 아까 자기가 했던 말을 한 번 더 입에 담았을 뿐이지만, 시도는 차가운 무언가가 가슴 속에 퍼져나가는 듯한 느낌을 받았다.

시도는 그 기묘한 압력에 압도당한 것처럼 한 걸음 물러섰다. 바로 그때, 시도의 등이 누군가와 부딪쳤다.

"아……."

시도가 숨을 삼키며 뒤를 돌아보니, 그곳에는 아까까지 니아의 양옆에 앉아 있던 호스티스들이 화려한 나이트드레스와 가발, 그리고 다양한 화장도구를 들고 있었다.

"자, 한 명 안내~."

"지명해주셔서 감사합니다~."

"이미 요금을 받았으니까 걱정하지 마~."

세 사람은 엄청 즐거운 듯이 웃으면서 그렇게 말했다.

시도는 그제야 니아를 찾으러 왔던 자신이 어느새 미쿠의 함정에 빠졌다는 것을 깨달았다.

"미쿠, 네가 판 함정이냐……?!"

시도는 환하게 웃으며 손을 흔들고 있는 미쿠에게 배웅을 받으면서, 룸살롱 안쪽으로 끌려갔다.


그리고, 30분 후…….

드레스와 가발, 그리고 화장까지 깔끔하게 한 시도는 볼을 붉히며 원래 자리로 돌아왔다.

"꺄아~! 예상 적중! 달링이라면 여장이 어울릴 거라는 생각이 들었다니까요~! 어째서일까요! 이것도 초능력일까요~?!"

"우와하하하하하하하하! 소, 소년, 너무 귀여워어어어! 이 정도면 이 가게 넘버원도 노릴 수 있겠네~!"

"……………우와아."

"나츠코 선생님, 부탁이니까 질색하지 말아주세요……!"

기뻐하고 있는 미쿠나 배꼽 잡으며 웃고 있는 니아보다, 나츠미의 리액션에 가장 충격을 받고만 시도는 울상을 지으며 비명에 가까운 어조로 고함을 질렀다.

하지만 미쿠와 니아는 그런 시도를 개의치 않았다. 그리고 그의 손을 잡아끌어서 자기들 사이에 앉힌 후, 신이 난 것처럼 꺄아~ 꺄아~ 하고 웃어댔다.

"저기, 달링은 뭐 마실래요~? 얼마든지 사드릴게요~! 아, 빼빼로 게임 같은 거라도 할래요~?!"

"이야~, 완전히 딴 사람이 됐네⋯⋯ 뭐, 원래부터 소질이 있기는 했지만 말이야. 그것보다 가명은 뭐로 할래? 시도니까 시오리는 어때?"

"꺄아~! 마치 전생부터 정해져 있었던 것 같은 베스트매치예요~!"

미쿠와 니아는 즐거워죽겠다는 듯이 시도를 놀려댔다.

하지만, 시도도 여린 소녀처럼 계속 당하고 있을 수는 없었다. 그는 날카로운 시선으로 두 사람을 번갈아 쳐다보았다.

"요이마치 선생님! 약속했죠?! 제가 이렇게까지 했으니까, 빨리 집필을 해주세요! 혼죠 선생님도요!"

미쿠와 니아는 그 말을 듣고 눈을 동그랗게 뜨더니, 서로의 얼굴을 쳐다보았다. 그리고 동시에 가방에서 태블릿을 꺼낸 후, 조작하기 시작했다.

"자, 송신 완료예요~."

"나도 오케이~. 나중에 확인해봐~."

""⋯⋯어?!""

미쿠와 니아가 그렇게 말하자, 시도와 나츠미는 깜짝 놀랐다.

"뭐, 뭐가 어떻게 된 거죠? 두 사람 다 원고를 완성했나요……?!"

"예? 아, 저는 마지막 한 글자가 도통 생각이 나지 않았거든요……. 시오리 양 덕분에 겨우 원고를 완성했어요~."

"마지막 한 글자는 바로 『끝』이잖아요!"

"나도 말이지? 이 송신 버튼을 누를 힘이 없어서……."

"……."

두 사람이 그런 변명을 늘어놓자, 시도의 볼이 경련하기 시작했다. 맞은편에 있는 나츠미도 시도와 비슷한 표정을 짓고 있었다.

……하지만, 원고가 완성된 것은 기쁘기 그지없는 일이다. 시도는 입 밖으로 불만이 튀어나오는 것을 억지로 참으며 자리에서 일어났다.

"……수고하셨습니다. 그럼 나츠코 선생님, 가시죠."

"……응."

나츠미도 시도와 마찬가지로 지친 표정을 지으며 자리에서 일어났다.

하지만 그 순간, 미쿠와 니아가 시도와 나츠미의 손을 잡았다.

"에이~, 어디 가려는 거야~. 모처럼 일이 끝났으니까, 뒤

풀이 파티 하자~."

"그렇게 해요~! 자, 나츠미 양도 저희와 같이 파티하죠!"

"아니…… 선생님들은 일이 끝났지만, 저는 아직 해야 할 일이……!"

"그리고 나만 아직 원고를 안 보냈— 끄아아아아아아앗?!"

두 사람의 목소리는 룸살롱의 BGM과 두꺼운 벽에 의해 밖으로 새어나가지 않았다.

◇

"—좋아, 이걸로 완성! 다들 수고했어!"

그리고, 밤 열한 시.

코토리의 목소리가 편집부에 울려 퍼졌다.

""""수고하셨습니다……!""""

그 말에 답하는 편집부 직원들의 목소리와 함께 박수 소리가 드문드문 들려왔다.

"펑크…… 안 냈어……."

시도는 그 말을 듣고 긴장이 풀려버린 건지, 그대로 책상에 넙죽 엎드렸다.

룸살롱에서 미쿠와 니아에게 한동안 어울려준 시도는 옷을 갈아입자마자 나츠미의 집으로 향했고, 다시 편집부로 돌아와 메일에 도착한 원고의 체크, 편집, 원고 송부를 어찌어찌 마친 것이다.

이런 작업을 아슬아슬하게 마감 시간 안에 마칠 수 있는 타이밍에 자신을 보내준 것을 보면, 시도는 처음부터 끝까지 미쿠와 니아의 손바닥 위에서 놀아난 것 같은 느낌이 들었다.

……뭐, 사실 작가에게 원고를 받은 날에 바로 인쇄물의 교정을 마친다는 것 자체가 말도 안 되지만, 그것은 주식회사 아스가르드가 지닌 경이적인 메커니즘 덕분에 가능한 일이었다. ……마법의 장치라도 가지고 있는 걸까?

아무튼, 『프락시너스 매거진』 30주년 기념호가 발간되지 못한다는 가장 큰 위기는 어찌어찌 극복했다. 일을 마친 시도는 땅이 꺼져라 한숨을 내쉬었다.

"—자, 뒷일은 내가 할 테니까 다들 돌아가 봐. 내일도 해야 할 일이 있으니까, 위기를 넘겼다고 너무 긴장 풀지는 마."

코토리가 손뼉을 치며 그렇게 말하자, 편집부 직원들은 「예!」 하고 대답하면서 차례차례 귀가 준비를 시작했다.

"……."

하지만 시도는 한동안 책상에 엎드린 채 꼼짝도 하지 못했다. 한계를 초월한 피로와, 자신의 업무를 무사히 끝마쳤다는 안도감 때문에 몸에서 힘이 쭉 빠지고 만 것이다.

그리고— 시간이 얼마나 흘렀을까.

"어머."

시도의 등 뒤에서 목소리가 들렸다. 코토리의 목소리였다.

"시도, 아직 돌아가지 않았던 거야?"

"아…… 편집장님."

시도는 후들거리면서 몸을 일으켰다.

이미 다른 편집부 직원들의 모습은 보이지 않았으며, 사무실의 불도 일부는 꺼져 있었다. 시도는 자기가 깜빡 존 걸지도 모른다는 생각이 들었다.

"후후, 많이 피곤한 것 같네. 뭐, 그럴 만도 해."

코토리는 미소를 지으며 「잠시만 기다려」라고 말하더니, 복도에 있는 자동판매기에서 커피 두 캔을 뽑아서 들고 왔다.

"수고했어."

그리고 그렇게 말하면서 커피를 시도에게 내밀었다.

"아, 고맙습니다."

시도는 건네받은 커피를 한 모금 마신 후, 휴우~ 하고 숨을 내쉬었다.

코토리 또한 커피를 마시더니, 마찬가지로 숨을 내쉬었다.

두 사람은 누가 먼저랄 것 없이 서로를 쳐다보더니, 또 누가 먼저랄 것 없이 웃음을 터뜨렸다.

"……그건 그렇고, 오늘은 정말 위험했어. 이런 지옥 같은 스케줄은 두 번 다시 겪지 않으면 좋겠네."

"예……. 원고는 체크했지만 교정을 못했으니까, 솔직히 오탈자 걱정이 태산이에요."

시도는 쓴웃음을 지으면서 커피를 한 모금 더 마셨다.

"하지만 이번만큼은 작가 분들도 발등에 불이 떨어졌을 테니까, 앞으로는 이렇게 작업이 늦어지지 않겠죠?"

"물러 터졌네. 작가란 생물은 한 번 해낸 일이라면 또 해낼 수 있을 거라고 생각하는 생물이야. 이번 같은 지옥 마감을 겪은 후의 스케줄이야말로 경계해야 해."

"그, 그런가요……."

시도의 볼을 타고 식은땀이 흘러내리자, 코토리는 후훗 하고 웃음을 흘리며 「그래도」 하고 이어 말했다.

"원고의 퀄리티를 유지한 건 대단해. 전부 재미있는 작품이었어. 특히 야토가미 선생님의 원고가 절묘했어. 설마 드래곤 테일을 그런 식으로 요리할 줄은 몰랐다니깐……."

"아, 동감이에요. ……뭐, 배가 고파야만 음식 관련 아이디어가 떠오르는데, 배가 불러야 본문을 쓸 수 있다는 점이 문제이기는 하지만요."

"아하하, 맞아. 그런데 시도는 이번에 누구의 원고가 가장 재미있었어?"

"예? 으음……."

시도는 코토리의 질문을 듣고 고민에 잠겼다.

하나같이 멋진 원고였다. 코토리가 방금 말했다시피 토카의 요리법에는 깜짝 놀랐고, 카구야의 배틀을 읽을 때는 가슴이 뜨거워졌다. 오리가미와 미쿠의 원고도 여전히 끝내줬다.

하지만, 최고를 꼽으라면—.

"시라이 히요코 선생님……의 원고예요."

"……뭐어?!"

시도의 대답에 코토리가 화들짝 놀랐다.

"펴, 편집장님, 왜 그러시죠?"

"아, 아무것도 아냐. 하던 말이나 계속해."

"아, 예……. 여전히 남매 사이의 일들이 재미있었지만, 이 번에는 코미디만이 아니라 오빠가 멋지게 나온 장면이라든 가, 약간 울컥하는 장면도 있었잖아요. 그런 게 절묘한 악센 트가 되면서, 전체적으로 잘 버무린 것 같다고나 할까요."

"흐, 흐음…… 그래서?"

코토리는 볼을 붉히면서 재촉했다.

시도는 약간 의아하게 생각하면서도 말을 이었다.

"시라이 선생님은 원래 필력이 좋은 작가였지만, 이번에 그 진수를 본 것 같다고나 할까…… 특히 중반부에서 오빠 가 악역을 자처하면서 동생을 감싸주는 부분이 정말 좋았 어요."

"……흐, 흐음?"

코토리는 어찌된 영문인지 몸을 배배 꼬면서 시선을 피했 다. 마치 할 말이 있지만 참고 있는 것 같았다.

"편집장님?"

"윽! 아, 그, 그래. 듣고 있어. ……마, 맞다. 그렇게 재미있었다면, 시라이 선생님에게 전화를 해서 재미있었다는 이야기를 해주는 게 어때?"

"예? 아, 그럴까요? 하지만 시간이 늦었으니까, 내일이라도……."

"걱정하지 마. 대부분의 작가들은 야행성이거든! 그런 말은 빨리 해주는 편이 좋을 거야."

"그, 그런가요? 그럼……."

시도가 핸드폰을 꺼내자, 코토리는 허둥지둥 고개를 저었다.

"자, 잠깐만 있어봐! 1분 후에 걸어! 그리고 나는 잠시 자리 좀 비울게!"

코토리는 딱 잘라 그렇게 말하더니, 그대로 복도를 향해 걸어갔다.

"……어?"

시도는 영문을 모르겠다는 표정을 지으며 남은 커피를 홀짝이다가, 잠시 후에 시라이 선생님에게 전화를 걸었다.

그러자 핸드폰에서 활기찬 목소리가 흘러나왔다.

『여보세요! 오빠? 이번 달의 단편은 재미있었어?!』

"여보세요…… 아, 내 용건을 용케도 눈치챘네. 응. 정말 재미있었어."

『에헤헤, 그렇구나~. 기쁘다~. 이번 단편은 나도 자신이 있었거든~.』

히요코는 진심으로 기쁜 듯한 목소리로 그렇게 말했다.

시도는 그 목소리를 듣고 미소를 머금더니, 다 마신 커피 캔을 버리기 위해 통화를 하면서 복도로 나왔다.

바로 그때, 히요코가 문득 뭔가가 생각난 투로 입을 열었다.

『―아, 그럼 오빠. 아까 약속했던 포상, 해줄 거지~?』

"뭐?"

『정말, 시치미 떼지 마. 뽀뽀 말이야, 뽀뽀. 전화 너머로 뽀뽀 정도는 해줄 수 있잖아?』

"하하…… 곤란하게 됐, 는걸……?"

바로 그때였다.

시도는 말을 멈췄다.

하지만 그것도 무리는 아니었다. 시도가 빈 캔을 버리기 위해 쓰레기통이 있는 자동판매기 옆으로 다가가보니, 흰색 리본으로 머리카락을 묶은 코토리가 통화 중이었으며…….

"자~, 빨리 뽀뽀해줘~."

달콤한 목소리로. 시도의 핸드폰에서 흘러나오는 것과 똑같은 말을 하고 있었던 것이다.

"……펴, 편집장님?"

"어……?"

시도가 떨리는 목소리로 그녀를 부르자, 코토리는 그제야 시도의 존재를 눈치챈 것 같았다.

"……."

"……."

잠시 침묵이 이어진 후……

코토리는 새된 목소리로 고함을 질렀다.

"─윽! 들켰어……!"

그리고 울상을 지으며 검은색 리본으로 머리카락을 바꿔 묶더니(당황한 건지, 한쪽만 바꿔 묶었다) 시도를 때리기 시작했다.

"아…… 아파요, 시라이 선생님."

"시라이 선생님이라고 부르지 마~!"

"미, 미안해, 히요코……."

"……윽! 그게 아니라 편집장님이라고 부르라는 거야!"

"아! 죄, 죄송합니다……!"

코토리는 한동안 시도를 때린 후, 이윽고 비틀거리면서 그 자리에 풀썩 주저앉았다.

"아, 아아…… 이제 다 틀렸어. 악마 편집장이 이런 달콤달콤한 소설을 쓰며, 자기 편집자에게 바보 같은 소리를 했다는 게 알려지면, 더는 얼굴을 들고 못 다닐 거야……."

그리고 엉엉 울기 시작했다. 그런 그녀에게서는 평소의 당당한 위용이 눈곱만큼도 느껴지지 않았다.

그렇다. 충격적인 현장을 보고도 믿기지 않지만…… 편집장인 이츠카 코토리와 작가인 시라이 히요코는 동인인물인 것이다.

"으, 으음……."

너무 충격적인 일을 접한 나머지 머릿속이 혼란스러웠다. 왜 편집장이 작가로 활동하고 있는 건가, 왜 자기를 담당으로 삼은 건가, 그러고 보니 시라이 히요코만 본명과 주소를 몰랐다 등, 이런저런 생각이 머릿속에서 뒤엉키며 뭐가 뭔지 알 수가 없었다.

하지만 틀림없는 건, 시도가 이츠카 코토리를 편집장으로서, 시라이 히요코를 작가로서 존경하고 있으며, 현재 그녀가 시도에게 정체를 들킨 나머지 흐느끼고 있다는 점이다.

"……."

시도는 각오를 다지듯 주먹을 말아 쥐더니, 두 발을 모으며 단정하게 섰다.

"—처음 뵙겠습니다. 담당 편집자인 이츠카 시도입니다. 시라이 선생님…… 아니, 히요코."

"……윽!"

시도의 말에 화들짝 놀란 것처럼 어깨를 부르르 떤 코토리는 머뭇거리며 고개를 들었다.

"시, 시도……?"

"아까도 말했다시피, 나는 히요코의 소설이 이번 작품 중에서 가장 재미있었다고 생각해."

"……나, 나를 바보 취급하는 거야?"

"내가 왜 그러겠어. 나는 히요코의, 첫째가는 팬인걸."

"……윽!"

그 말을 듣고 숨을 삼킨 코토리는 이윽고 크게 숨을 내쉬더니, 천천히 몸을 일으켰다.

"……고마워."

"나야말로, 멋진 작품을 써줘서 항상 고마워."

"……응."

코토리는 부끄러워하며 고개를 끄덕이더니, 시도의 얼굴을 힐끔 쳐다보았다.

"……그건 그렇고, 이건 다른 사람들에게 비밀로 해줘."

"하하…… 예."

시도가 쓴웃음을 지으며 그렇게 말하자, 셔츠 자락으로 눈물을 닦은 코토리가 그제야 미소를 지었다.

하지만 곧 뭔가가 생각난 것처럼 다시 볼을 붉혔다.

"……그리고, 전화 내용도…… 비밀로 해줬으면 해."

"전화 내용?"

"……오빠라고 부르는 것과, 평소보다 텐션이 높은 것과…… 저기, 포상을 받기로 한 거 말이야."

"아……."

코토리가 포상이라는 말을 입에 담은 순간, 시도도 얼굴을 붉혔다. 그리고 허둥지둥 고개를 끄덕였다.

"무, 물론이죠. 아무에게도 말하지 않을게요."

"……응. 내일이 되면 전부 잊어. 그리고 예전과 똑같이 행동하는 거야."

"아, 예."

"……."

코토리는 시도의 대답을 듣고 잠시 침묵에 잠기더니, 자신의 손목시계를 힐끔 쳐다보았다.

그리고 뭔가 할 말이 있는 것처럼 우물쭈물한 후, 결의를 다진 것처럼 고개를 들었다.

"……그런데, 말이야."

"예."

"내가 아까 내일 잊으라고 말했지?"

"그렇게 들었어요."

"……『내일』이 되려면, 앞으로 5분 남았거든?"

"어—."

시도는 코토리의 말을 듣고 눈을 동그랗게 떴다.

하지만 코토리의 표정과 희미하게 떨리는 손가락을 보고, 그 의도를 짐작할 수 있었다.

"……윽."

시도는 마음을 진정시키려는 듯이 심호흡을 한 후, 천천히 손을 들어 코토리의 어깨를 움켜잡았다.

"……, 히요코……."

시도가 그 이름으로 부르자, 코토리는 삐친 것처럼 그를 노려보았다.

"……정말, 펜네임으로 부르지 말아줄래?"

"그, 그럼…… 편집장님?"

"직함으로도 부르지 마!"

"……코, 코토리."

"응…….'"

코토리는 그제야 만족한 것처럼 고개를 끄덕이더니, 천천히 눈을 감았다.

—한밤중의 편집부에서 나눈 키스는, 쌉싸름한 커피맛이 났다.

# 무쿠로 게이샤

GeisyaMUKURO

DATE A LIVE ENCORE 8

"—와아."

마을에 들어선 순간, 이츠카 시도는 무심코 탄성을 터뜨렸다.

휘황찬란한 문 너머에 펼쳐져 있는 건 문밖과는 분위기가 확연하게 다른 공간이었다.

길 양옆에 빽빽하게 들어선 건물에는 격자로 된 커다란 창문이 있었으며, 그 안에는 요염한 복장을 한 여성들이 여럿 있었다. 통행인들은 욕망에 찬 눈길로 그녀들을 살펴보고 있었다.

다들 봄 햇살을 맞으며 들떠 있는 듯한, 그런 기묘한 공간이었다.

하지만 그것도 무리는 아니었다. 시도가 온 곳은 색욕과 욕망이 소용돌이치는 천하의 홍등가, 텐구 유곽이니 말이다.

"우후후~, 뭘 그렇게 긴장하고 그러세요~."

시도가 마을의 분위기에 압도당해 우물쭈물하고 있을 때, 느닷없이 그런 목소리가 들려왔다.

시도의 동료인 이자요이 미쿠였다. 시도와 마찬가지로 남색 통소매옷에 검은색 외투를 걸쳤으며, 허리에는 거의 뽑아본 적이 없는 칼 두 자루가 매여 있었다.

"기, 긴장한 게 아냐."

"에이~. 무리하지 않아도 돼요~. 누구에게나 처음은 있는 법이니까요~."

그렇게 말한 미쿠가 놀리는 듯한 웃음을 흘리자, 시도는 삐친 것처럼 입을 꾹 다물었다.

"아앙~. 화내지 마세요, 달링~. 농담 좀 했을 뿐이에요~."

"화 안 났어. ……그것보다 전부터 궁금했던 건데, 그『달링』이라는 말은 뭐야?"

"예? 아~, 서양말로 멋진 남자 같은 뜻이래요."

"……그래?"

시도는 미심쩍다는 표정을 지으며 팔짱을 꼈지만…… 뭐, 그런 걸 신경 쓰기 시작했다간 무사 복장을 하고 있는 미쿠의 설정도 걸고 넘어져야만 할 것 같았기에 그냥 납득하고 넘어가기로 했다.

"자, 그것보다 빨리 가죠. 드디어 달링도 어른이 될 때가—"

"……큰 소리로 그런 말 좀 하지 말라고……!"

시도가 얼굴을 붉히면서 미쿠의 입을 막았다. 하지만 통행인 몇몇이 방금 미쿠가 한 말을 들었는지,「하하하. 형씨, 힘내라고~」같은 반갑지 않은 성원을 시도에게 보냈다.

그렇다. 오늘 두 사람이 이곳을 찾은 이유는 바로 그러했다. 열일곱 살이 되었는데도 여자를 모르는 시도를, 미쿠가 억지로 이곳에 끌고 온 것이다.

솔직히 말해 시도는 그다지 내키지 않았지만, 무사는 열다섯 살이 되면 성인으로 여겨진다. 아내와 자식을 뒀더라도 이상하지 않은 나이인 것이다. 언제까지 어린애인 채로 지낼 수는 없었다.

"자, 어느 가게에 가볼까요~. 아이, 마이, 미이라는 얼굴마담 3인방이 있는『아마미야』도 좋고, 히요리 타유[#1]가 있는『히요리야』도 나쁘지 않죠. 아, 달링은 여자를 모르니까 연상의 누님인 편이 좋을까요? 그렇다면『타마야』도……."

미쿠가 손가락을 하나씩 접으면서 호색한 웃음을 흘렸다. 그 모습에 도끼눈을 든 시도의 볼을 타고 땀방울이 흘러내렸다.

"……잘 아네."

"당연하죠! 녹봉의 9할을 이곳에서 쓰니까요! 실은 이미 칼도 저당 잡혔다고요! 이번 달도 부업을 안 하면 쫄쫄 굶어야 해요!"

---

#1 타유(太夫) 일본 중세시대에 최고위 기녀를 가리키는 말.

"……."

미쿠가 자신만만한 어조로 그렇게 말하자, 시도는 무심코 쓴웃음을 지었다. 미쿠가 문제라는 건 의심할 여지가 없지만, 왠지 멋져 보인 것이다.

그런 이야기를 나누며 걸음을 옮기던 시도와 미쿠는 앞쪽에 사람들이 몰려 있는 것을 발견했다.

"어……? 무슨 일이지?"

"아, 혹시……."

뭔가를 눈치챘는지 미쿠는 눈을 치켜뜨더니, 시도의 잡아끌면서 인파를 헤치고 나아갔다.

"어, 어이, 미쿠. 뭐하는 거야?"

"잔말 말고 따라와요. 어쩌면 좋은 구경을 할 수 있을지도 모른다고요~."

"좋은 구경……."

그 순간, 시도는 말문이 막혔다.

인파 너머, 탁 트인 대로의 한가운데를 화려한 기모노를 입은 오이란[2]이 여러 명의 카무로와 신조(견습 기녀)를 데리고 우아한 동작으로 걸음을 옮기고 있었다.

아름답게 올려 묶은 머리카락, 걸음을 옮길 때마다 언뜻언뜻 드러나는 새하얀 목덜미, 그리고 굽이 높은 검은색 나막신을 신은 채 팔(八)자를 그리듯 고상하게 움직이고 있는

---

#2 오이란(花魁) 요시와라라는 유곽에서 지위가 높은 기녀를 가르키는 말.

발······.

말로만 들었던 오이란 순회였다. 그 아름다운 광경을 두 눈으로 목격한 이들은 숨을 삼키거나, 혹은 탄성을 터뜨렸다.

"――."

시도 또한 예외는 아니었다. 수많은 인파 너머에서 길을 나아가고 있는 오이란의 얼굴을 한동안 뚫어져라 쳐다보고 말았다.

나이는 어려 보였다. 카무로라고 해도 믿을 것만 같았다. 하지만 저 당당한 품격과 아름다운 얼굴에서는 타유의 기품이 배어나오고 있었다.

"······."

하지만, 어째서일까. 시도는 그녀의 얼굴을 보고 약간의 위화감을 느꼈다.

두 눈에 어린 빛은 그녀의 화려한 옷차림과는 다르게, 어딘가 안타까운 듯이―.

"꺄아~! 무쿠로 타유를 보다니, 정말 운이 좋았네요~."

바로 그때, 미쿠가 새된 목소리로 그렇게 외쳤다. 시도는 그런 미쿠를 힐끔 쳐다보았다.

"무쿠로 타유······?"

"예. 고급 유곽인 『혼죠루』가 자랑하는, 경국지색의 기녀예요~. 자기를 찾는 손님을 전부 내쳤는데도 가게의 정점까지 올라간, 전설적인 오이란이죠."

"그, 그게 가능해?"

"뭐, 보통은 무리죠. 하지만 저 미모와 압도적인 가슴 좀 보세요. 저기에 끌린 여러 영주와 대상단의 부호들이 어마어마하게 돈을 쏟아 붓는대요. 뭐, 누구의 손도 타지 않았다는 게 거꾸로 부가가치가 된 걸지도 모르겠네요~. 대체 누가 무쿠로 타유의 마음을 차지할 것인가를 가지고 내기를 할 정도라니까요. 이야~, 눈보신 제대로 했어요. 구경 한 번 잘했네요."

그렇게 말한 미쿠는 기뻐 죽겠다는 듯이 몸을 배배 꼬았다.

그러다 시도가 무쿠로에게서 눈을 떼지 못한다는 걸 눈치채더니, 그의 볼을 손가락으로 찔러댔다.

"어머나~. 달링, 왜 그래요~? 혹시 반한 거예요~?"

"뭐…… 마, 말도 안 되는 소리 하지 마."

"정말인가요~? 뭐, 그럼 괜찮지만요. 오이란급에게 반하면 큰일이거든요~? 단골이 되려면 적어도 세 번은 가게에 가야 하고, 그때마다 연회비에 선물에 봉사료까지 줘야 하는 데다, 그렇게까지 했는데도 상대방의 마음에 들지 못한다면 손 한 번 잡아보지도 못하니까요……."

눈가에 눈물이 맺힌 미쿠가 주먹을 부르르 떨었다. 진심으로 울고 있었다. 미쿠가 진심이 어린 목소리로 그렇게 말하자, 시도는 그저 쓴웃음을 지을 수밖에 없었다.

"뭐, 가난뱅이 가신(家臣)은 꿈도 못 꿀 상대인 거죠. 아쉽지만, 좀 더 적당한 애를 찾아보도록 해요. 걱정하지 마세요. 이곳에는 귀여운 애가 얼마든지 있으니까요!"

"그, 그래……."

시도는 기가 눌리는 걸 느끼면서 고개를 끄덕였다. ……뭐, 미쿠의 말대로다. 애초에 사는 세계 자체가 다른 것이다. 미쿠처럼 있는 돈 없는 돈 다 쏟아 붓기 전에 그걸 알게 되어서 다행이리라―.

시도가 스스로를 납득시키려는 듯이 그런 생각을 하고 있을 때였다. 전방에서 말의 울음소리와 사람들의 비명 소리가 들려왔다.

"우, 우와아아앗!"

"……어?! 뭐, 뭐야?!"

시도는 깜짝 놀라서 고개를 들었다. 그러자, 채찍질이라도 당한 것처럼 흥분한 말이 어마어마한 기세로 내달리고 있는 광경이 눈에 들어왔다.

이 갑작스러운 일에 놀란 이들이 일제히 사방으로 흩어졌다.

"……."

하지만 말이 뛰어오고 있는데도, 무쿠로 타유는 도망치지 않았다.

굽이 높은 나막신 때문에 뜻대로 움직일 수가 없는 건지, 아니면 다른 이유가 있는 건지는 모르겠지만, 이대로 있다간 엄청난 참사가 벌어질 게 뻔했다.

"큭……!"

머리보다 몸이 먼저 반응했다. 지면을 박찬 시도는 마치 덮치려는 듯한 자세로 무쿠로를 향해 몸을 날리더니, 그녀를 감싸며 지면에 쓰러졌다.

다음 순간, 방금까지 무쿠로가 있던 곳을 말발굽 소리가 가르며 지나갔다. 말은 그대로 한참을 더 달렸고, 흥분이 좀 가라앉았을 즈음에 한 남자가 고삐를 움켜쥐며 말을 달랬다.

**주위에 있던 이들**은 그 모습을 보고서야 안도했다. 시도 또한 그제야 한숨을 내쉬었다.

"하아…… 깜짝 놀랐네."

하지만 곧바로 시도의 얼굴이 새빨갛게 달아올랐고, 그와 반대로 그의 등에는 서늘한 감각이 내달렸다.

그럴 만도 했다. 시도의 품속에 경국지색이라 불리는 희대의 오이란이 있었던 것이다. 게다가 거칠게 끌어안은 바람에 옷깃이 흐트러지면서, 그녀의 풍만한 가슴이 언뜻 드러났다. 시도에게는 지나치게 자극적인 사태였다.

"타유!"

"괜찮으세요……?"

무쿠로의 뒤편에 있던 카무로와 신조, 그리고 하인들이 달려왔다. 그들 중 몇몇은 아무리 위급한 상황이었다고 해도 무쿠로를 끌어안은 시도에게, 언제까지 들러붙어있을 거냐고 말하는 듯한 비난 섞인 눈빛을 보냈다.

"그, 그게, 하하……."

허둥지둥 무쿠로의 몸에서 손을 뗀 시도는 다른 뜻은 없었다는 듯이 두 손을 들었다.

그러자, 신조에게 부축을 받으며 몸을 일으킨 무쿠로가 처음으로 벚꽃 빛깔의 입술을 열었다.

"무례를 범하지 말거라. 너희도 봤지 않느냐. 이 나리는 무쿠의 은인이니라."

"……윽! 예!"

무쿠로의 말에 그녀의 시종들이 자세를 바로하며 그렇게 대답했다.

"……"

묘한 긴장감이 주위를 가득 채워 가는 가운데, 시도를 자세히 살펴보고 있던 무쿠로가 갑자기 입을 열었다.

"─나리. 이름이 어찌되느냐?"

"으, 으음, 이츠카 시도……입니다."

"흐음."

무쿠로는 다시 시도의 얼굴을 쳐다보며 말을 이었다.

"─가게는 정한 게냐?"

"아, 아뇨. 아직……."

"그럼 혼죠루로 오거라."

무쿠로는 그렇게 말한 뒤, 다른 시종들을 데리고 차분한 발걸음으로 걸어갔다.

그 자리에 남겨진 시도는 멍하니 무쿠로의 뒷모습을 한동 안 쳐다보다가…….

"……어?"

……하고, 얼빠진 소리를 냈다.

◇

"이야~ 무사님! 이야기는 들었답니다~! 말을 탄 악한들 이 타유를 습격하려 한 순간, 화려한 검술로 구해주셨다 죠?! 저희 가게는 지금 그 이야기로 떠들썩해요!"

시도가 무쿠로를 구한 후…….

시도와 미쿠가 무쿠로의 말에 따라 기루인 혼쵸루를 찾아 가자, 행색이 좋아 보이는 여주인이 두 사람에게 공손히 인 사를 올렸다.

"어, 저기, 악한……?"

시도가 모르는 사이에 이야기가 꽤 부풀려진 것 같았다. 그는 식은땀을 흘리면서 볼을 긁적였다.

하지만 시도가 당혹스러워한다는 것을 눈치채지 못했는 지, 여주인은 열띤 목소리로 말을 이었다.

"이 태평성대에도 단련을 거르지 않으셨군요! 그야말로 무 사의 귀감이세요! 들자하니, 지금 나이에 벌써 스승으로부터 모든 비기를 계승받으셨다죠?! 아직 젊으신데 정말 대단하시군요! 오늘은 마음껏 즐겨주세요! 아, 그러고 보니 자기소개를 안 했군요. 저는 혼죠루의 주인인 니아라고 해요. 앞으로도 잘 부탁드려요!"

"아, 예……."

시도는 자신이 어마어마하게 과대평가되고 있는 느낌이 들었지만, 상대방에게 압도당한 나머지 그저 애매한 대답을 할 수밖에 없었다.

"자, 무사님을 방으로 안내— 어, 으음?"

바로 그때였다. 니아가 미쿠를 쳐다보며 눈을 가늘게 떴다.

"왜 그러시죠?"

"으음…… 그게 말이죠. 일행 분이 용모파기에 실린 수배자와 닮은 것 같아서요……."

"수배자……?"

"예. 자기를 찬 기녀를 끈질기게 쫓아다녔다던데……."

"뜨끔!"

미쿠는 어깨를 부르르 떨더니, 인상을 바꾸려는 건지 괴상한 표정을 지었다.

니아는 한동안 미쿠의 얼굴을 쳐다보더니, 고개를 갸웃거리며 「……으음, 이런 얼굴은 아니었던 것 같아」 하고 중얼거렸다.

"미쿠, 너……."

"에이, 사람 잘못 본 꺼게죠."

입술을 비틀어서 그런지 발음이 좀 이상했다.

……뭐, 괜히 캐묻다가 들켜서 쫓겨나는 것도 좀 그랬다. 시도는 한숨을 내쉰 후, 안내를 받으며 방으로 향했다.

방에서 한동안 기다리자, 복도에서 옷깃 스치는 소리가 들리더니 호화로운 기모노를 걸친 무쿠로 타유가 나타났다.

"──."

시도는 그 모습을 보고 무심코 숨을 삼켰다.

무쿠로의 초대를 받고 온 만큼, 그녀가 직접 모습을 보이는 게 당연하겠지만…… 그 숨 막히는 아름다움을 접하자, 그대로 얼이 나가고 말았다. ……뭐, 옆에 있는 미쿠가 「꺄아~!」 하고 새된 비명을 지른 덕분에 금방 정신을 차렸지만 말이다.

"──잘 왔다, 시도."

"으, 응…… 타유에게 초대를 받았는데, 안 올 수야 없지."

"뭐, 개의치 말거라. 마음에 안 드는 손님을 내치는 구실로 삼았을 뿐이니라."

무쿠로는 어깨를 으쓱하며 그렇게 말했다. 그 말에 납득한 시도는 쓴웃음을 흘렸다.

"……그건 그렇고, 내 무용담이 너무 부풀려져 있는 것 같던데 말이야. 비기 계승은 좀 심하잖아. 나는 대련 때 말고는 칼을 뽑아본 적도 없는데……."

"그렇게 말해둬야, 인색하기 짝이 없는 이곳이 무상으로 나리를 맞아줄 테지. 뭐, 나리가 무쿠와의 한때를 살 수 있을 만큼 주머니 사정이 좋다면 모르겠지만 말이야."

무쿠로가 농담하는 듯한 투로 그렇게 말하자, 볼에 경련이 일어난 시도가 고개를 숙였다.

"……배려해줘서 고마워."

"음."

무쿠로는 만족한 것처럼 고개를 끄덕이더니, 살며시 손뼉을 치면서 복도 쪽을 향해 말했다.

"요시노, 나츠미."

""예, 언니.""

장지문 너머에서 목소리가 들려오더니, 두 소녀가 호화로운 요리가 놓인 쟁반을 들고 안으로 들어왔다. 그러고 보니 오이란 순회 때, 무쿠로의 뒤를 따르던 소녀들이었다. 두 사람 다 귀여운 외모를 지녔으며, 한 사람은 왼손에 묘한 인형을 끼고 있었다. 그리고 다른 한 사람은 견습 기녀인데도 애교가 없어 보였다.

하지만 시도가 그런 걸로 왈가왈부하는 것도 주제넘은 짓일 것이다. 결국 시도는 미쿠와 함께 무쿠로와의 이 연회를 즐기기로 했다.

"……그러니까, 달링은 열일곱 살이나 되었는데도 여자를 접해본 적이 없거든요~. 그래서 이대로는 안 될 것 같아서 확 여기에 데려온 거예요~."

"흐음? 그럼 무쿠가 괜히 폐를 끼친 게냐."

"미쿠, 부탁이니까 괜한 소리 좀 하지 말라고⋯⋯!"

⋯⋯이야깃거리에 좀 문제가 있기는 했지만, 즐거운 시간
이 계속되었다.

그것이 얼마나 파격적인 대접인지는 시도도 알고 있었다.
미쿠가 아까 말했다시피, 오이란의 단골이 되려면 적어도 세
번은 가게를 드나들어야 하는 데다, 초회(初會)— 처음 만
난 손님과는 시선을 마주치지 않을 뿐만 아니라 대화도 나
누지 않는 걸로 알고 있다. ⋯⋯뭐, 애초에 이건 어디까지나
답례를 하기 위한 자리인 만큼, 시도를 손님으로 여기지 않
는 걸지도 모른다.

어쩌면 그것도 당연한 걸지도 모른다. 오이란은 기루의 꽃
이나 다름없다. 시도 같은 자가 함부로 만날 수 있는 존재가
아니었다.

게다가 무쿠로는 수많은 영주와 부호들을 계속 걷어찼다
고 들었다. 오늘 일은 평생에 한 번 찾아올까 말까한 행운
이라 여기며, 잊지 못할 추억으로 삼아야 할 것이다.

"⋯⋯."

하지만 거기까지 생각이 미친 시도는 뭔가 이상하다는 느
낌이 들었다. 그래서 과음을 한 탓에 미쿠가 곯아떨어졌을
즈음, 무쿠로에게 질문을 던졌다.

"……저기, 무쿠로."

"왜 그러느냐?"

"낮에 흥분한 말이 무쿠로 쪽으로 달려왔을 때, 왜 피하지 않은 거야?"

"……흐음?"

시도의 물음에 무쿠로의 눈썹이 희미하게 흔들렸다.

"이상한 질문을 하는구나. 느닷없이 그런 상황에 직면한다면, 누구라도 몸이 굳어버릴 것이니라."

"아니…… 뭐, 그건 그래."

시도는 볼을 긁적인 후, 무쿠로의 눈을 쳐다보며 말을 이었다.

"하지만, 나는 무쿠로가 일부러 피하지 않는 것 같은 느낌이 들었어."

"……호오?"

무쿠로는 흥미롭다는 듯이 눈을 동그랗게 뜨더니, 곧 작게 한숨을 내쉬며 입을 열었다.

"그렇게 보였던 게냐. ……뭐, 말에게 얼굴이라도 걷어차인다면 기녀로 살 수 없을 만큼 가치가 떨어질지도 모른다고 생각했을지도 모르겠구나."

"대, 대체 왜……."

시도는 당혹스러워하면서 눈썹을 찌푸렸다. 타유라면 기녀 중 최고위다. 되고 싶어도 되지 못하는 이가 대부분인 것이다. 그런 그녀가 기녀의 목숨이라 할 수 있는 얼굴에 상처가 나기를 바라다니, 솔직히 믿기지 않았다.

무쿠로는 공허한 눈길로 창밖을 쳐다보았다.

"……무쿠는, 별하늘이 보고 싶으니라."

"별하늘……?"

시도는 무쿠로의 시선을 쫓듯 밖을 쳐다보았다.

"그런 건 언제든지 볼 수 있잖아. 지금도……."

시도가 그렇게 말하자, 무쿠로는 천천히 고개를 저었다.

"유곽은 새장이니라. 하늘에도 쇠창살이 존재하지. 물론 먹이 걱정은 하지 않아도 된다. 하지만, 설령 내일 죽게 될지라도, 새가 하늘을 날고 싶어 하는 게 그렇게 이상한 일인 게냐?"

"그, 건……."

창밖의 하늘을 올려다보고 있는 무쿠로의 얼굴을 본 시도는 말문이 막혔다.

확실히 오이란은 아름답고, 화려한 존재다. 하지만, 대부분은 빚 때문에 팔려온 소녀들이며, 자유롭게 유곽 밖으로 나갈 수도 없다.

그 순간, 시도는 오이란의 초대를 받고 들떴던 자기 자신이 부끄러워졌다. 그는 어금니를 깨물며 무쿠로를 향해 고개를 숙였다.

"미안해. 나는……."

"······무쿠야말로 재미없는 이야기를 했구나. 잊어다오. 술 자리의 흥을 깨는 건, 기녀가 해선 안 될 짓이지."

무쿠로는 자조 섞인 어조로 그렇게 말했다. 그런 무쿠로의 표정에는 안타까움이 어려 있었고— 시도는 그녀가 저런 표정을 짓게 만든 자기 자신을 용서 못하겠다는 듯이 주먹을 꽉 쥐었다.

하지만, 또 사과를 해봤자 아까와 같은 일이 반복될 뿐이다. 시도는 찰싹 소리가 나게 자신의 볼을 때리더니, 어깨를 으쓱하며 농담 투로 말했다.

"그럼 문제될 건 없네. 술값 낼 돈도 없는 가난뱅이 무사는 손님이라고 할 수 없잖아. 그러니 흥을 깨든, 무료하게 만들든, 이 기루가 손해를 입지는 않아. 그러니 얼마든지 푸념을 늘어놔도 돼."

무쿠로는 시도의 말을 듣고 멍한 표정을 짓더니, 곧 웃음을 터뜨렸다.

"하하, 하하하. 듣고 보니 맞는 말이구나."

표정을 관리할 때는 어른스러워 보였지만, 이렇게 웃으니 귀여운 소녀 같아 보였다. 무쿠로의 또 다른 면을 접한 시도는 가슴이 두근거렸다.

그와 동시에, 이런 소녀가 잡혀 있는 유곽이라는 이름의 새장에 어마어마한 위화감을 느꼈다.

그런 시도의 마음을 알 리 없는 무쿠로는 한참을 웃더니,

작게 한숨을 내쉬며 시도의 얼굴을 응시했다.

"—저기, 나리."

"……왜?"

"무쿠는 나리의 무료한 얼굴을 더 보고 싶어졌느니라. 내 푸념을 들어줄 뿐이니 돈은 내지 않아도 된다. 또 따분해지러 오거라."

"뭐……?"

시도는 무쿠로의 말을 듣고 눈을 동그랗게 떴지만— 곧 그 말의 의미를 이해하고 「그래」 하며 고개를 끄덕였다.

◇

그 후로 한동안, 시도는 혼죠루에 드나들었다.

미쿠와 함께 갈 때도 있는가 하면, 혼자 갈 때도 있었으며…… 혼자 갔는데 미쿠가 먼저 유곽에 와 있을 때도 있었다. ……그리고 미쿠가 사고라도 친 건지, 남자 종업원에게 쫓기고 있는 광경을 본 적도 있었다.

아무튼, 시도는 동료에게 놀림을 당하면서도 사흘에 한 번은 유곽에 갔다.

물론 그가 만나러 간 상대는 경국지색의 기녀, 무쿠로 타유였다.

그렇다. 무쿠로는 일전에 자기 입으로 말했던 것처럼, 시도가 찾아올 때마다 그 어떤 손님이 자신을 기다리고 있더라도 시도를 우선해서 맞이한 것이다.

무쿠로 타유에게 기둥서방이 생겼다는 소문이 유곽에 퍼져나가는 데는 그렇게 긴 시간이 걸리지 않았다.

참고로 기둥서방이란, 간단하게 말하자면 기녀의 정부를 일컫는다. 기녀가 자비를 들여서 접대하는 연인 같은 존재인 것이다. ……뭐, 무쿠로와 시도는 연인이라 할 만큼 야릇한 관계는 아니지만 말이다.

"—오오, 나리. 오늘도 무쿠의 재미없는 푸념을 들으러 온 게냐. 정말 별난 사람이구나."

"응. 재미없는 이야기를 듣고 있으면 잠이 솔솔 오거든."

"하하, 말 한 번 번지르르하구나."

몇 번이나 만나다 보니, 이런 농담 섞인 대화에도 익숙해졌다.

하는 건 처음 만났을 때와 별반 다르지 않았다. 그저 대화를 나눌 뿐이다. 동침은 물론이고, 그녀와 손조차 잡아본 적이 없었다.

하지만 시도는 그 시간이 너무 즐거웠다.

그리고 — 시도의 착각일지도 모르지만 — 무쿠로도 그런 시간을 진심으로 즐기고 있는 것처럼 보였다.

아아…… 그래서일까.

오이란에게 반하지 말라는 충고를 들었으면서도, 시도의

마음속에서는 무쿠로를 향한 마음이 날이 갈수록 커져가고 있었다.

그리고 무쿠로를 떠올릴 때마다 생각이 나는 것이다. 처음 만난 날, 무쿠로가 시도에게 했던 말을……

"……"

어느 날 밤. 시도는 혼죠루에서 돌아가던 길에 하늘을 올려다보았다.

그러자 구름 한 점 없는 밤하늘이 눈에 들어왔다. 물론 쇠창살 같은 건 없었다. 하지만 무쿠로의 눈에는 그 쇠창살이 보일 것이다.

기녀는 유곽 밖으로 나갈 수 없다. 그건 최고위 기녀인 오이란도 예외는 아니다. 유곽 주위에는 해자가 존재하며, 대문 앞에도 항상 보초가 있다. 그런 점만 보면 그야말로 감옥이나 다름없었다.

"별하늘……"

시도는 하늘을 올려다보면서 중얼거렸다.

—어떻게든, 무쿠로에게 진짜 별하늘을 보여주고 싶다.

시도의 마음속에서 그런 소망이 싹트는 데는, 그렇게 긴 시간이 걸리지 않았다.

하지만, 그것이 쉬운 일이 아니라는 것 또한 명백했다.

기녀가 유곽 밖으로 나갈 방법은 크게 두 가지다.

하나는 줄행랑, 즉 탈주다. 하지만 해자와 보초 때문에 도망치는 건 지극히 어려우며, 만약 잡히기라도 한다면 혹독한 벌을 받는다고 한다. 무쿠로가 그런 위험을 감수하게 할 수는 없다.

그렇다면, 남은 방법은 하나뿐이다.

그것은 바로—.


"낙적(落籍)…… 말인가요?"

며칠 후. 혼죠루를 찾은 시도의 질문을 듣고, 주인인 니아가 미심쩍어하듯 미간을 찌푸렸다.

"아, 그게 말이야. 무쿠로 같은 오이란을 낙적시키려면 대체 얼마나 많은 돈이 필요한지 문득 궁금하지 뭐야."

시도는 애매한 미소를 지으며 그렇게 말했다.

낙적이란, 기녀의 빚을 대신 갚아줘서 유곽에서 빼내주는 것을 가리키는 말이다.

간단히 말하자면, 거금을 지불해서 기녀를 자신의 아내나 첩으로 들이는 것이다. 기녀가 유곽을 합법적으로 관둘 수 있는 거의 유일한 수단이었다.

하지만, 오이란은 황금알을 낳는 거위였다. 그런 만큼, 낙적에 드는 금액 또한 막대하다. 니아는 으음 하고 낮은 신음을 흘리며 턱을 매만진 후, 입을 열었다.

"글쎄요. 무쿠로는 앞날이 창창한 기녀니까…… 3000냥은 받아야 할 것 같군요."

"사, 3000냥?!"

"예. 현재의 가치로 환산하면, 약 1억 2000만 엔……!"

니아가 갑자기 목소리를 낮추며 그렇게 말했다.

……현재의 가치니, 엔이니 같은 말은 이해가 안 되지만, 무쿠로의 몸값이 어마어마하다는 것만은 이해했다.

적어도, 시도의 녹봉으로 지불할 수 있는 금액이 아닌 건 분명했다. 시도는 아연실색하면서 고개를 푹 숙였다.

그 모습을 본 니아는 재미있다는 듯이 시도의 얼굴을 들여다보았다.

"어머나~. 나리, 왜 그러시죠? 설마 무쿠로를 낙적시킬 생각이셨어요?"

"그, 그게…… 하하……."

시도가 허탈한 웃음을 흘리자, 니아가 갑자기 히죽거리기 시작했다.

"—하지만 말이죠. 다른 사람이라면 몰라도, 무쿠로가 총애하는 나리라면 이야기가 달라지죠. 조건에 따라선 더 싸게…… 아니, 뭣하면 공짜나 다름없는 가격으로 무쿠로를 낙적시켜 줄 수도 있습니다."

"뭐……?!"

시도는 그 뜻밖의 말에 눈을 동그랗게 뜨며 고개를 들었다.

이 기루에서 가장 많은 돈을 벌어들이는 오이란을 공짜로 낙적시킨다는 것은 그야말로 말도 안 되는 소리다. 그런 만큼, 니아가 방금 말한 『조건』이라는 말이 신경쓰였다.

"대, 대체 그 조건이 뭐야……?"

"에헤헷~. 뭐, 그렇게 어려운 일은 아니지요. ……나리는 엄청난 실력을 지닌 무사답지 않게, 젊을 뿐만 아니라 얼굴도 반반하죠?"

"……응? 그, 그게 왜?"

한순간, 시도는 무쿠로가 자신을 과대포장해 이야기를 부풀린 것을 들킨 줄 알았다.

하지만— 그렇지 않았다. 니아는 시도의 얼굴과 몸을 핥듯이 쳐다본 후, 뜻밖의 말을 입에 담았다.

"실은 말이죠. 이번에 남색 전문 기루 『야마토 오노코』라는 기루를 열 생각인데, 그 기루의 얼굴마담이 될 인재를 찾고 있답니다."

"뭐……어엇?!"

시도는 무심코 비명에 가까운 목소리로 반문했다.

하지만 그러는 것도 무리는 아니었다. 남색이란 남자들끼리의 동성애를 말한다.

즉, 니아는 시도를 그 남색 전문 기루에 스카웃하려는 것이었다.

"자, 잠깐만! 무슨 소리를 하는 거야?! 내가 돈이 될 리가 없잖아!"

"아뇨, 충분히 먹힐 거예요! 사실 우리 가게의 손님 중에도 나리를 보고『저 애를 지명할 수는 없는 거야?』라고 묻는 손님이 드문드문 있었거든요……. 그리고 이런 장사는 폭넓은 고객의 요구에 대응하는 게 중요하거든? 소년, 나와 함께 이 업계에 혁명을 일으켜보자~!"

"당신, 아까부터 말투가 달라졌거든?!"

시도는 그렇게 외치면서 자신을 붙잡고 매달리는 니아를 억지로 떼어냈다.

"어머머, 마음에 들지 않으신가요?"

"당연하잖아! ……무쿠로 같은 오이란을 낙적시켜 주는 조건으로서는 그야말로 파격적이지만, 그것만으로는 의미가 없어. 내가 기루 밖으로 나갈 수 없게 되어서야, 무쿠로를 의지할 사람이 한 명도 없는 유곽 밖으로 쫓아내는 거나 다름없잖아."

그렇다. 어릴 적부터 유곽에서 자란 무쿠로에게 있어, 밖은 그야말로 다른 세계였다. 그곳에서 홀로 살아가는 건 너무나도 가혹한 것이다. 내일 죽더라도 하늘을 날고 싶다— 무쿠로는 그렇게 말했지만, 진짜로 죽게 할 수는 없었다.

니아는 시도의 말을 듣고 깔깔 웃으면서 말을 이었다.

"에이, 나리. 일단 제 말을 끝까지 들어보세요. 저도 무쿠로와 나리를 교환하려는 건 아니에요."

"……뭐? 그럼 대체……."

시도가 의아해하면서 그렇게 묻자, 니아는 씨익 웃었다.

"—저와 승부를 해보지 않겠어요?"

"승부……?"

"예. 저는 이래봬도 도박을 엄청 좋아하거든요."

"……"

니아는 딱 봐도 도박에 환장할 것 같은 인상이지만, 시도는 괜한 말은 하지 않았다.

"연회 놀이 3판 승부를 벌여서, 나리가 이긴다면 무쿠로를 낙적시켜 드리죠. 하지만 제가 이긴다면 나리는 저의 새로운 가게에 들어오는 거예요. ……어떤가요? 부처님도 이렇게 좋은 조건을 내걸지는 않을 거라고 생각해요. —뭐, 저희 가게가 자랑하는 게이샤 3인방에게 혼자서 이겨야 하지만 말이죠!"

오~호호호호~ 하고 니아가 웃음을 터뜨리자, 시도의 볼을 타고 땀방울이 흘러내렸다.

게이샤란 뛰어난 기예를 익힌 기녀를 말하며, 무용과 노래로 연회 자리의 흥을 돋운다. 기녀가 손님 곁에 올 때까지 분위기를 유지하거나, 혹은 연회의 분위기를 띄우기 위해 유곽에서 고용하기도 한다는 이야기를 시도도 들어본 적이 있었다.

"……"

시도는 아무 말 없이, 혀로 입술을 핥았다. ……니아가 이런 조건을 내건 이유가 드디어 이해가 됐다. 그 게이샤 3인 방의 실력이 그만큼 엄청난 것이다.

시도는 생각에 잠겼다. 시도처럼 평범한 무사가 3000냥이나 되는 돈을 마련할 수 있을 리가 없다. 무쿠로를 유곽이라는 이름의 새장에서 풀어주기 위해서는, 위험을 감수하며 승부에 임할 수밖에 없다.

하지만, 진짜로 혼자서 세 명의 게이샤를 상대할 수 있을지—.

바로 그때였다.

"두 사람의 이야기는 다 들었어요~!"

뒤편에서 들리는 목소리에, 시도는 뒤를 돌아보았다.

시도의 뒤에서 방금 그 말을 한 이는 바로 미쿠였다. 어찌된 건지 머리카락은 흐트러졌으며, 어깨를 들썩이고 있었다. 마치 방금까지 누군가에게 쫓기고 있었던 것만 같았다.

"미쿠!"

"예, 달링!"

"······이번에는 대체 무슨 짓을 한 거야?"

"뜨끔! ······너무해요! 모처럼 멋지게 등장했으니까, 그런 건 개의치 말란 말이에요!"

미쿠가 「정말~!」 하며 손을 휘저은 후, 날카로운 표정을 지었다.

"그것보다, 저도 그 승부에 참가하겠어요! 그 소문이 자자

한 게이샤 3인방이라니! 아무리 달링이라도, 혼자서 세 사람을 상대하는 건 너무 위험해요~!"

"미, 미쿠, 진심이야……?!"

미쿠의 말에 시도는 눈을 크게 떴다. 그러자 미쿠는 엄지를 치켜들었다. 시대배경에 어울리지 않는 행동이었지만, 왠지 믿음직해 보였다.

"맡겨만 주세요! 저는 연회 놀이를 엄청 해봤거든! 연회 놀이만 하다 돌아간 적도 있어요! 그때는 정말 힘들었다니까요."

"그, 그랬구나……."

"그리고 달링이 이긴다면, 무쿠로 양의 가슴을 만지게 해주세요!"

"어이, 그게 목적이었냐?!"

시도는 무심코 그렇게 외치면서 미쿠의 정수리를 향해 손날을 휘둘렀다.

"아얏~! 그, 그 정도는 괜찮잖아요~!"

"헛소리 하지 마! 애초에 그런 건 내가 허락하고 자시고 할 일이 아냐! 무쿠로 본인이 뭐라고—"

"—괜찮으니라."

"어……?"

갑자기 2층에서 들려온 목소리에, 시도와 미쿠, 그리고 니아 역시 멍한 표정으로 고개를 들었다.

어느새 그곳에 나타난 무쿠로가 계단에 당당히 선 채, 소동이 벌어진 아래층을 내려다보고 있었다.

"무쿠로!"

"음. 늦는다 싶어서 나와 봤더니, 꽤 재미있는 일이 벌어졌구나. ―무쿠도 참가하겠노라. 니아, 그래도 괜찮지?"

"어…… 에이, 무쿠찡은 우리 기루의 오이란……."

"괜찮지?"

무쿠로는 눈을 가늘게 뜨면서 같은 말을 반복했다. 그 서슬 퍼런 시선에 니아가 어깨를 부르르 떨었다.

"흐…… 흥이다! 좋아! 좋단 말이야! 어차피 3인방한테 이길 리가 없는걸! 그것보다 나리도 알고 있지?! 진다면, 우리 가게에서 낙적 비용만큼 일하는 거야!"

니아는 시도를 가리키며 그렇게 외쳤다.

이 노도와 같은 전개에 깜짝 놀랐지만, 이제 와서 물러설 수는 없었다.

"……좋아! 바라는 바야!"

시도는 긴장한 탓에 가슴이 뛰는 와중에도, 힘차게 고개를 끄덕였다.

―이리하여, 연회 놀이 3판 승부가 펼쳐지게 되었다.

시도를 비롯한 세 사람이 안내된 곳은 평소보다 넓은 연회실이었다. 그리고 그들은 게이샤 3인방이 도착할 때까지 그곳에서 기다리기로 했다.

방 안에는 시도 일행뿐이지만, 곳곳에서 술렁거리는 소리가 들려왔다. 복도는 수많은 기녀와 카무로들로 북적이고 있었으며, 다들 장지문 틈새로 방 안을 훔쳐보며 새된 비명을 질러댔다.

그러는 것도 당연했다. 오이란이 걸린 승부 같은 건 흔하게 벌어지는 게 아니다. 게다가 실력이 출중한(거짓말) 검사가 자기 자신을 이 승부에 건 것이다. ……시도는 자신의 무용담이 또 늘어나는 건 아닌지 걱정이 될 지경이었다.

"음……."

바로 그때, 시도의 눈썹이 희미하게 흔들렸다.

시도의 뒤편에 앉아 있던 무쿠로가 그의 옷소매를 꼭 움켜쥔 것이다.

"……나리, 이런 일에 휘말리게 해서 정말 미안하다."

"무슨 소리를 하는 거야. 내가 멋대로 벌인 거야. 무쿠로가 신경 쓸 필요 없어."

"하지만……."

무쿠로는 미안한지 말을 잇지 못했다. 시도는 그런 무쿠로를 안심시켜 주려는 것처럼, 그녀의 손 위에 자신의 손을 얹었다.

그러자 마치 이때를 기다린 것처럼 주위가 더욱 술렁거리더니, 기루의 주인인 니아가 장지문을 힘차게 열어젖히며 들어왔다.

"기다리게 해서 미안해! ……작별 인사는 충분히 나눴으려나?"

니아는 손으로 허리를 짚으면서 도발하듯 그렇게 말했다. 그 모습은 마치 가부키에 나오는 악역 같았다.

"……."

무쿠로는 아무 말 없이 그녀를 노려보면서, 시도의 소매를 쥔 손에 더욱 힘을 줬다.

니아는 그런 무쿠로의 시선에 겁먹은 반응을 보였지만, 곧 고개를 세차게 내저었다.

"흥! 하나도 귀엽지 않은 애라니깐! 뭐, 좋아. 그럼 바로 승부를 시작하자. 이기든 지든 서로 원망하지 않기! 그리고 이 자리에 있는 이들 전원이 이 승부의 입회인이야. 알았지?!"

니아의 말에 이곳을 살펴보고 있던 기녀들이 한 목소리로 「예!」 하고 대답했다. 시도와 무쿠로, 그리고 미쿠 또한 고개를 끄덕였다.

니아는 입가를 일그러뜨리며 만족한 듯한 미소를 지은 후, 방금 자신이 열고 들어왔던 장지문 쪽을 쳐다보았다.

"—선생님, 잘 부탁드립니다!"

그리고 힘 좀 쓰는 건달이라도 부르는 듯한 어조로 그렇게 외쳤다.

그러자 장지문이 다시 열리더니, 칠흑빛 머리카락을 아름답게 묶어 올린 소녀가 성큼성큼 안으로 들어왔다.

"홋홋홋…… 나만 믿으시오~다."

소녀는 기묘한 말투로 그렇게 말하며 자신만만한 미소를 지었다. 그 모습을 본 무쿠로의 눈썹이 파르르 떨렸다.

"……토카인게냐. 성가신 녀석이 나섰구나."

"아는 사람이야?"

"음. 친분이 있는 게이샤니라. 그렇다면— 첫 번째 승부는 『호랑이 호랑이』인 건가?"

"딩동댕~."

니아는 팔짱을 끼며 그렇게 말했다. 시도는 그 말을 듣고 고개를 갸웃거렸다.

"『호랑이 호랑이』?"

"음. 두 사람이 병풍을 사이에 두고 선 다음, 창으로 찌르는 동작, 두 손 두 발로 바닥을 기는 동작, 지팡이를 짚는 동작 중 하나를 취하는 것이다. 그것들은 장수, 호랑이, 노파를 가리키는데, 장수는 호랑이에게 강하고, 호랑이는 노파에게 강하며, 노파는 장수에게 강하지."

"……으음, 그건……."

"간단히 말해 가위 바위 보 같은 거네요~."

미쿠가 아하하~ 하고 웃으며 그렇게 말하자, 시도는 납득한 듯이 고개를 끄덕였다.

복잡한 규칙이 있는 방식으로 승부를 하게 될까 싶어 걱정했지만, 역시 연회 놀이라 그런지 누구나 간단히 이해할 수 있는 놀이였다. 이런 거라면 해볼 만했다.

시도는 그렇게 생각했지만, 곁에 있는 무쿠로는 표정을 굳힌 채 식은땀을 흘리고 있었다.

"……나리와 미쿠에게는 버겁겠지. 이번에는 무쿠가 나서도록 하마."

"뭐?"

"단순한 놀이라고 방심하지 말거라. ……저 녀석은 동물적인 본능으로 상대의 수를 읽지. 무쿠 말고는 해치울 수 없을 만큼, 무시무시한 『호랑이』니라."

무쿠로는 그렇게 말하더니, 기모노의 소매를 걷으며 몸을 일으켰다.

그러자 토카라 불린 게이샤가 즐거운 듯이 웃었다.

"무쿠로냐. 음, 멋진 승부를 펼칠 수 있을 것 같구나! 간다!"

"좋다!"

그리고, 싸움은 시작됐다.

무쿠로와 토카가 병풍을 사이에 두고 선 순간, 주위에 있던 기녀들이 손뼉을 치면서 노래를 부르기 시작했다.

"어, 뭐야?"

"자, 달링도 같이 해요~."

갑작스러운 상황에 시도는 당황했지만, 미쿠의 말에 따라 머뭇거리면서도 손뼉을 치기 시작했다.

하지만, 생각해보니 이상할 것은 없었다. 이것은 오이란을 건 승부지만, 그 이전에 엄연한 연회 놀이다. 노름판도 아닌데, 살벌한 분위기 속에서 싸울 필요는 없는 것이다.

『호랑이 호~랑이, 호~랑이 호랑이!』

기녀들의 노래에 맞춰, 무쿠로와 토카는 병풍을 사이에 두고 자세를 취했다.

무쿠로는 창을 쥔 장수의 동작을, 그리고 토카는 네 발로 땅 위를 걷고 있는 호랑이의 동작을 취했다.

—무쿠로가 승리했다.

"음……!"

"으윽!"

무쿠로는 주먹을 힘차게 말아 쥐었고, 토카는 분하다는 듯이 이를 갈았다.

이 승부는 남들이 보는 것보다 훨씬 고도의 수읽기가 펼쳐진 것 같았다. 승리를 한 무쿠로의 이마에는 구슬땀이 맺혀 있었다.

"무쿠로, 해냈구나!"

"음…… 하지만, 다음 게이샤가 신경 쓰이는구나. 토카를 데려온 걸 보면……."

무쿠로가 말을 이으려던 순간, 니아가 이익~! 하고 외치며 이를 갈았다.

"흥…… 뭐, 좋아! 무쿠찡이라는 최강의 패를 처음부터 쓴 걸 후회하기나 해! 다음 분! 잘 부탁드립다!"

"알았어."

다음으로 나타난 이는 인형처럼 단정한 얼굴을 지녔을 뿐만 아니라, 인형 같아 보일 만큼 무표정한 게이샤였다. 그녀를 본 무쿠로가 또 인상을 찡그렸다.

"큭…… 역시 오리가미인 게냐."

"오랜만이야. 무쿠로의 낙적을 방해하게 되어서 가슴이 아프지만, 일이라 어쩔 수 없네."

그리고, 라고 덧붙이며 오리가미란 게이샤는 시도 쪽을 힐끔 쳐다보았다.

"니아. 물어볼 게 있어. 저 자가 가게에서 일하게 되면, 나도 그를 지명할 수 있어?"

"호오~? 아하, 거기까지는 생각이 미치지 않았네……. 여성 손님이라는 새로운 시장을 개척하는 것도 고려해볼게."

"전력을 다하겠어."

오리가미의 눈에 투지의 불꽃이 어렸다. 그 범상치 않은 기세에 압도당한 시도는 무심코 뒷걸음질을 쳤다.

하지만 그런 시도를 지키려는 듯이, 한 사람이 오리가미를 막아섰다. —바로 미쿠였다.

"미쿠!"

"달링, 저 사람은 저에게 맡겨주세요! 달링을 지명하겠다니, 그런 부러운…… 아니, 그런 괘씸한 짓을 하게 둘 수는 없어요! 자, 뭐로 승부할 거죠~?!"

미쿠는 오리가미를 손가락으로 가리키며 그렇게 외쳤다. 미쿠의 발언 속에 불온한 말이 섞여 있었던 것 같지만, 시도는 개의치 않기로 했다.

"그럼『다리 찢기』로 승부하자."

"호오……? 재미있네요. 제가 얼마나 유연한지 똑똑히 보여드리죠~!"

오리가미의 제안에 미쿠는 자신만만한 어조로 대답했다. 시도는 미간을 약간 찌푸리더니, 무쿠로에게 조그마한 목소리로 물었다.

"무쿠로,『다리 찢기』가 뭐야?"

"으음. 서로가 가위 바위 보를 해서, 진 쪽이 서서히 다리를 벌리는 놀이이니라. 먼저 쓰러지는 쪽이 지는 거지."

시도는 무쿠로의 설명을 듣고「그렇구나」하고 대꾸했다. 이것도 단순명쾌하면서도 심오한 놀이였다.

"자, 그럼 시작해볼까요!"

"바라는 바야."

미쿠와 오리가미가 마주서서 옷자락을 약간 걷어 올렸다. 그러자, 또 기녀들이 손뼉을 치면서 노래를 불렀다.

『다리 찢기, 준비준비준비!』

"에잇!"

"……!"

미쿠와 오리가미는 노래에 맞춰 손을 앞으로 내밀었다.

미쿠는 보를 냈고, 오리가미는 가위를 냈다. 오리가미의 승리였다.

하지만 아까 전의 『호랑이 호랑이』와 다르게, 이걸로 바로 승패가 갈리지는 않는다. 미쿠는 자신만만한 미소를 지으며 다리를 약간 벌렸다.

"꽤 하네요. 하지만 본격적인 승부는 이제부터 시작이라고요~!"

그렇게 두 사람은 노래에 맞춰 가위 바위 보를 했다.

오리가미, 미쿠, 미쿠, 오리가미— 승패가 반복되면서, 두 사람의 다리는 점점 벌어졌다.

그야말로 일진일퇴의 공방전이었다. 누가 이겨도 이상하지 않은 접전이었다.

하지만…… 여덟 번째 가위 바위 보를 한 후부터 미쿠에게 변화가 발생했다.

"……."

눈썹이 희미하게 떨리더니, 자세가 점점 낮아지기 시작했다.

시도는 미쿠가 한계를 맞이했다고 생각했지만, 아무래도 그녀의 반응이 이상했다. 쓰러지려고 한다기보다, 활짝 벌어진 오리가미의 다리 사이를 훔쳐보려고 하는 듯한 자세였다.

"……미쿠?"

"헉……!"

시도가 이름을 부르자, 미쿠는 화들짝 놀라며 어깨를 부르르 떨더니 그대로 균형을 잃으면서 바닥에 깔린 다다미에 안면이 꽂혔다.

"아야야~!"

코를 움켜쥔 미쿠는 울상을 지으며 고개를 들었다.

"그, 그렇게 음란한 모습으로 저를 유혹하다니, 정말 약아빠졌네요~! 이의를 제기하겠어요~!"

"""……"""

한동안 고래고래 소리를 지르던 미쿠는 시도와 무쿠로의 차가운 시선을 느낀 건지, 곧 「……죄, 죄송해요오오……」 하며 울먹거렸다.

이것으로 1승 1패다. 니아는 기분이 좋은지 웃음을 터뜨렸다.

"냐~하하하! 역시 그쪽 선수 중에서 경계해야 할 사람은 무쿠찡 한 명뿐인 것 같네! 자, 그럼 마무리를 해주겠어! 선생님, 잘 부탁드립니다!"

"—수락. 유즈루에게 맡겨주세요."

니아의 말에 대답하며, 마지막 자객이 모습을 드러냈다.

아름답게 묶은 머리카락과, 화려한 기모노를 입은 그녀는 앞선 두 사람 못지않은 미소녀였다. 어찌된 건지 뒤편에는 그녀를 쏙 빼닮은 소녀가 서 있었다.

"⋯⋯으음, 납득이 안 돼. 왜 내가 시종 역할인 거야?"

"설명. 아까 유즈루에게 졌기 때문이에요. 참고로 승부 방법은 『다리 찢기』. 카구야는 한 번도 가위 바위 보로 이기지 못한 채 쓰러졌죠."

"지금 그런 소리를 할 필요는 없지 않아?!"

카구야라 불린 시종 소녀는 비명에 가까운 목소리로 그렇게 외쳤다. ⋯⋯아무래도, 게이샤의 세계도 참 힘든 것 같았다.

하지만 긴장을 풀 수는 없다. 저 유즈루란 소녀는 이 3판 승부의 최종전을 맡은 게이샤다. 그 실력은 어마어마할 것이다. 시도는 마른 침을 삼키며 자리에서 일어났다.

"나리⋯⋯"

무쿠로가 불안한 표정으로 시도를 쳐다보았다. 시도는 가는 숨을 내쉰 후 무쿠로의 머리를 쓰다듬었다.

"걱정하지 마."

시도는 그렇게 말한 뒤 유즈루의 앞에 섰다. 그러자 유즈루는 입가에 손을 대며 우아한 미소를 지으며 웃었다.

"미소. 배짱 한 번 참 좋군요. 이 유즈루에게 『부채 던지기』로 이길 수 있을 거라고 생각하나요?"

"『부채 던지기』⋯⋯?"

"긍정. 오동나무 상자 위에 놓인 표적을 향해 부채를 던지는 놀이예요. 단순히 표적에 부채를 맞추기만 하면 되는 게 아니라, 투척 후의 표적, 상자, 부채의 위치에 따라 득점이 정해지죠. 열 번 던져서 딴 점수의 합계로 승패가 결정돼요."

시도는 설명을 듣고 무심코 인상을 찡그렸다.

"어, 이번 건 너무 테크니컬한 거잖아. 지금까지는 다양한 가위 바위 보 놀이였다고……!"

"불명. 서양 말은 몰라요. 아무튼 시작해보죠. 보통은 주사위로 선공과 후공을 정하지만, 시도는 미경험자인 것 같으니 유즈루부터 하겠어요."

유즈루가 딱 잘라 그렇게 말한 뒤, 카구야는 바닥에 양탄자를 깔고 표적을 준비하기 시작했다.

그리고 유즈루가 양탄자 끝에 서서 부채를 들자, 카구야가 표적 옆에 앉았다.

"―그럼, 시작!"

"투척. 이얍."

카구야의 시작 소리와 함께 유즈루가 부채를 수평으로 던졌다.

유즈루가 던진 부채는 정확하게 표적을 맞추더니, 그대로 표적을 덮듯이 양탄자에 떨어졌다.

"―저녁 안개, 8점."

그 형태를 본 카구야가 점수를 선언했다. 잘은 모르겠지만, 각 형태에 이름이 정해져 있는 것 같았다.

"한숨. 조금 아쉽군요. 자, 다음은 시도 차례예요."

유즈루는 그렇게 말하며 부채를 건네줬다.

아직 이 놀이의 방식을 잘 모르겠지만, 이렇게 됐으니 하는 수밖에 없다. 시도는 각오를 다지며 위치에 선 뒤, 부채를 던졌다.

……하지만, 현실은 비정했다.

"一꽃잎 흩날리는 마을, 무점."

"으윽……!"

무점. 즉, 0점. 한순간, 시도가 룰을 모른다고 거짓말을 한 건지도 모른다는 생각이 들었지만…… 뒤편에 있는 무쿠로와 미쿠가 인상을 쓴 것을 보면, 단순히 시도가 서투를 뿐인 것 같았다.

물론 이 한 번으로 승패가 갈리는 건 아니다. 아직 포기하기에는 이르다.

하지만, 점수 차이는 압도적이었다. 부채를 던지는 횟수가 늘어날수록 점점 점수 차가 벌어졌다.

게다가 그것만이 아니었다. 여섯 번째 투척 때, 유즈루는 엉뚱한 곳을 향해 부채를 던졌는데一.

"一한숨. 후우."

유즈루가 한숨을 내쉬자, 마치 부채가 살아있기라도 한 것처럼 방향을 바꾸며 날아가서 그대로 표적에 명중했다.

"어…… 말도 안 돼. 방금 그건 뭐야?!"

말도 안 되지만, 마치 인간이 바람을 조종한 것 같은 그 광경을 본 시도는 새된 목소리로 그렇게 외쳤다. ……그리고 시도도 한번 흉내를 내봤지만, 부채는 꿈쩍도 하지 않았다.

—그리고, 유즈루의 마지막 투척이 끝났다.

"—지치, 10점."

이것으로, 유즈루의 합계 득점은 120점.

그리고 시도의 점수는…… 36점이었다.

기회가 한 번 남아있기는 하지만, 절망적인 점수 차였다.
시도는 현기증이 난 바람에 비틀거릴 뻔했다.

하지만 바로 그때, 부채를 쥔 시도의 손에 조그마한 손이
닿았다. —무쿠로였다.

"……윽! 무쿠로……."

"음…… 나리, 걱정하지 말거라."

무쿠로는 고개를 끄덕이더니, 시도의 눈을 지그시 응시했다.

그녀의 표정에는 긴장과 공포— 그리고 그것에 뒤지지 않
을 정도의, 시도를 향한 신뢰와 감사가 어려 있었다.

"안심하거라. 만약 지더라도, 나리를 기루에서 일하게 두지
는 않으마. 니아가 원하는 건 결국 돈이겠지. 그렇다면……
무쿠가 손님을 받으마. 그러면 수익은 충분히 날 것이니라."

"뭐……! 무쿠로, 무슨 소리를—."

"무쿠는…… 행복하니라. 나리가 이렇게까지 해줬지 않느
냐. 나리 덕분에, 무미건조한 하루하루가 아름다운 색깔로
꾸며졌느니라. 나리와 만난 것만으로도, 무쿠는 만족했다."

"……윽."

무쿠로의 말에 시도는 숨을 삼켰다.

무쿠로의 각오를 느낀 순간, 시도는 온몸이 떨렸다. 그리고 무쿠로가 이런 말을 하도록 만든 자기 자신이, 너무나도 한심했다.

시도는 숨을 고른 후, 자세를 고쳤다. 상황 자체는 명백하게 열세다. 하지만, 결과가 어떻게 되든 간에, 무쿠로에게—자기가 반한 여자에게 한심한 모습을 보일 수는 없었다.

"……그런 말을 들은 이상, 이 부채는 반드시 명중시켜야겠는걸."

"나리……"

"무쿠로."

시도와 무쿠로는 서로를 쳐다보며 누가 먼저랄 것 없이 고개를 끄덕인 후— 함께 부채를 수평으로 들었다.

"—!"

그리고 손가락 끝에 모든 신경을 집중하며, 던졌다.

부채는 허공을 가르며 날아 상자 위에 놓인 표적에 명중했다. 그리고 그 표적을 덮듯이 양탄자에 떨어졌다.

"아—."

이 형태는 유즈루가 처음 던졌을 때와 흡사했다. 점수는 8점이다. 당연히, 역전은—.

하지만, 다음 순간…….

—후우.

작은 한숨소리가 들리는가 싶더니, 시도가 던진 부채가 허공에서 공중제비를 하고는 표적과 상자 사이에 다리처럼 걸리는 형태가 됐다.

"……! 꿈의 흔들다리, 100점……!"

그 형태를 본 카구야가 점수를 발표했다.

단숨에 형세를 역전시키는 엄청난 고득점이 터지자 시도는 눈을 크게 떴고, 기녀들은 새된 환성을 질렀다.

"나리……!"

"달링!"

무쿠로가 시도의 손을 움켜잡았고, 미쿠가 등 뒤에서 그를 끌어안았다. 시도는 그 감촉을 느끼고서야 정신을 차렸다.

그리고 허둥지둥 유즈루를 쳐다보았다.

"유, 유즈루……. 너, 방금 숨을……."

"무시. 글쎄요. 무슨 소리인지 모르겠군요. ―눈앞에서 펼쳐지는 달콤쌉싸름한 사랑 이야기를 보고, 무심코 한숨을 토했을 뿐이랍니다."

"유즈루……."

시도가 한 번 더 이름을 부르자, 유즈루는 미소를 지으며 니아를 향해 고개를 돌렸다.

"―사죄. 죄송해요. 유즈루가 못난 탓에 지고 말았어요. 그래도 이렇게 많은 사람들이 봤는데, 설마 약속을 멋대로 깨지는 않을 거죠?"

"으, 윽……!"

니아는 유즈루의 말을 듣고 신음을 흘렸다.

"……흥! 멋대로 해! 나도 장사꾼이거든? 다 끝난 승부의 결과를 가지고 왈가왈부할 생각은 없어!"

니아가 그렇게 말하자, 기녀들은 환성을 질렀다.

사방에서 환성이 들려오는 가운데, 무쿠로의 곁으로 다가온 토카가 작은 목소리로 말을 걸었다.

"무쿠로, 무쿠로."

"음. 토카, 왜 그러느냐."

"우선, 축하한다. ……그리고, 니아를 너무 나쁘게 보지는 말아다오. 진짜로 나쁜 녀석이라면, 이런 조건의 승부를 제안하지도 않았을 거다."

"음……."

토카가 그렇게 말하자, 무쿠로는 니아를 향해 다가갔다.

"니아…… 지금까지, 신세 많이 졌느니라."

무쿠로의 말에 눈물을 글썽인 니아는…… 이내 고개를 휙 돌렸다.

"흥……! 시끄러워! 그딴 인사 받고 싶지 않거든?! 잘 들어, 기루의 주인은 인간의 덕 같은 건 전부 내버린 무뢰배야! 피도 눈물도 없는 악당이란 말이야! 돈이 안 되는 여자는 딱 질색이지! 빨리 어디로든 꺼져버려!"

니아는 고함을 지르더니, 자기한테 들러붙는 개를 쫓아내는 듯한 시늉을 했다.

"니아……."

시도는 무쿠로와 함께 깊이 고개를 숙인 후, 다른 이들의 배웅을 받으며 기루를 나섰다.

◇

밤.

시도와 무쿠로는 들판에 드러누워 하늘을 올려다보았다.

시도의 행색은 평소와 다름없지만, 무쿠로의 옷차림은 예전과 완전히 딴판이었다.

상당한 시간과 수고를 들여 땋아 올렸던 머리카락은 대충 묶었을 뿐이고, 화려한 무늬가 새겨져 있던 옷 대신 시도의 어머니에게 물려받은 낡아빠진 옷을 입고 있었다.

하지만 그것도 당연했다. 먹을 것 걱정을 할 정도는 아니라고 해도, 일개 무사에 지나지 않는 시도가 무쿠로에게 예전 같은 생활을 시켜줄 정도의 여유가 있을 리가 없는 것이다.

"무쿠로, 정말 괜찮은 거야?"

그래서 시도는 물어보았다. 다른 사람이 아니라 자신이 그녀를 낙적시킨 것에 대해서 말이다.

"흠? 뭐가 말이지?"

무쿠로는 시도가 무슨 말을 하는 건지 모르겠다는 듯이

고개를 갸웃거렸다.

"그러니까…… 이제 예전처럼 호화로운 생활은 할 수 없는데……."

시도가 우물쭈물하면서 그렇게 말하자, 무쿠로가 그의 코를 찰싹 때렸다.

"아얏!"

"이제 와서 무슨 소리를 하는 것이냐. 무쿠가 그 정도 각오도 하지 않았을 거라고 생각하는 게냐?"

"아, 그게……."

"아름다운 옷 같은 건 필요 없다. 호화로운 음식도 필요 없다. 나리와 함께, 이렇게 별하늘을 바라보는 것만으로도, 무쿠는 행복하니라."

"무쿠로……."

시도가 눈가에서 흘러내리려 하는 눈물을 닦으며 그렇게 말하자, 무쿠로는 뭔가가 불쑥 생각났다는 듯이 자신의 턱에 손을 댔다.

"그러고 보니 뭔가를 잊고 있는 것 같은데……. 승부에서 이기면 어쩌고 같은 소리를 미쿠가 했던 것 같다만……."

"앗…… 아……."

시도의 볼을 타고 땀방울이 흘러내렸다. 미쿠는 승부가 끝난 직후, 다른 가게의 남자 종업원에게 걸려서 그대로 도망치고 말았다.

"뭐, 지금은 그런 건 신경 안 써도 돼……."

시도는 쓴웃음을 지으며 그렇게 말한 뒤, 가볍게 헛기침을 했다.

"그것보다…… 아직 말을 안 했네."

"음?"

잠시 후, 시도는 용기를 쥐어짜내면서 품속에 있던 빗을 꺼내들었다.

"무쿠로, 나와…… 평생을 함께해주지 않을래?"

"……!"

시도가 그렇게 말하자, 무쿠로는 깜짝 놀란 것처럼 눈을 동그랗게 뜨더니ㅡ.

"아아…… 아아…… 곤란하구나."

"응……?"

"그렇게 갈구하던 별하늘이 눈앞에 있는데…… 내 눈에는 나리만 보이느니라."

"아! 그럼……."

시도가 말을 이으려던 순간, 무쿠로는 그의 목에 손을 둘렀다.

"무쿠도 나리를, 사랑하느니라."

그리고 그렇게 말하며, 그대로 시도의 입술에 자신의 입술을 포갰다.

# 시오리 스피릿

SpiritSHIORI

DATE A LIVE ENCORE 8

"……어?"

이츠카 시도는 반쯤 무의식적으로 얼이 나간 듯한 목소리를 냈다.

좀 더 정확하게 말하자면, 그것이 자신의 입에서 나온 소리라는 것조차도 바로 인식하지 못했다. 몸과 정신이 괴리되면서, 자기 자신을 제삼자의 관점에서 보고 있는 듯한 느낌이 들었다. 아니, 애초에 자신이란 무엇을 가리키는가— 같은 철학적 명제가 뇌리를 스쳤다.

하지만 그것도 무리는 아니었다. 그 정도로, 시도의 눈앞에는 비정상적인 광경이 펼쳐져 있었다.

"……."

시도는 마음을 진정시키기 위해 일단 가슴에 손을 대고 심호흡을 했다. 그리고 자기 자신에게 무슨 일이 일어난 것인지 다시 확인했다.

　─지금으로부터 수십 분 전, 시도가 학교에서 수업을 듣고 있을 때, 갑자기 공간진 경보가 울려 퍼졌다.

　그렇다. 새로운 정령이 출현한 것이다. 시도는 피난하는 학생들의 눈을 피해 학교를 나선 후, 〈라타토스크〉의 공중함 〈프락시너스〉에 탑승했다.

　거기까지는 문제가 없었다. 정령을 평화적인 방법으로 보호하는 것이 〈라타토스크〉의 목적이자, 시도의 사명인 것이다.

　하지만, 평소처럼 인터컴을 착용하고 정령이 출현한 현장으로 전송된 시도는 공간진에 의해 엉망진창으로 파괴된 마을 한가운데에서 멍하니 섰다.

　현재 눈앞에 존재하는 정령의 모습을 보고 말이다.

　─파괴된 구역의 중심에는 한 소녀가 서 있었다.

　그녀는 영력으로 만든 헤드드레스를 썼으며, 옅은 빛을 뿜고 있는 프릴로 꾸며진 귀여운 메이드복 같은 영장을 걸치고 있었다.

　바람이 불 때마다 그녀의 긴 머리카락이 등을 간질이듯 흔들렸고, 얼굴은 어딘가 중성적인 느낌이 들었다. 그렇다고 여성스러우면서도 투박함과 용맹함이 느껴진다는 의미가 아니라, 선이 가는 느낌의 소년 같은 인상에 가까웠다.

　예를 들자면, 시도 같은 눈동자와, 시도 같은 코, 그리고 시도 같은 입매를 지녔다.

아니, 더 정확하게 말하자면—.

"—나잖아아아아아아앗?!"

거기까지 생각한 시도는 무심코 비명에 가까운 고함을 질렀다.

그렇다. 그 정령은 시도와 — 정확하게 말하자면 여장을 한 시도와 — 똑같이 생겼다.

"……윽!"

정령은 시도의 고함소리를 듣고 놀랐는지 어깨를 부르르 떨었다. 그 순간, 오른쪽 귀에 착용한 인터컴에서 시도를 꾸짖는 목소리가 흘러나왔다.

『시도, 고함을 지르면 어떻게 해! 정령이 겁먹었잖아!』

귀에 익은 목소리— 바로 시도의 여동생이자 〈라타토스크〉의 사령관인 이츠카 코토리였다. 현재 그녀는 머나먼 상공에 떠 있는 공중함 〈프락시너스〉 안에서, 시도와 정령을 모니터링하고 있을 것이다.

"아, 아니, 그게, 이상하잖아, 코토리. 저 정령은 내가 분명하다고!"

『……뭐? 시도, 무슨 소리를 하는 거야? 너, 어느새 여자애가 되기라도 했어?』

코토리가 미심쩍어 하면서 그렇게 말했다. 딱히 농담을 하는 것 같지는 않았다. 시도가 한 말의 의미를 전혀 이해하지 못한 듯한 눈치였다.

……확실히 저 정령이 시도와 판박이처럼 똑같은 건 아니다.

복장은 물론이고, 몸매 또한 남자의 투박한 골격이 아니라 소녀 특유의 매끄러운 느낌에 가까웠다. 그런 점에서 본다면 코토리의 말이 옳았다.

하지만, 그런 점을 감안하더라도, 저 소녀는 **시도와 지나치게 닮았다**. 마치 거울이라도 보고 있는 듯한 위화감이 든 시도는 가볍게 현기증이 났다.

『저기, 시도. 아까부터 무슨 소리를 하는 거야? 오늘 좀 이상해.』

시도가 머릿속을 가득 채운 의문부호와 격투를 벌이고 있을 때, 코토리가 약간 불안 섞인 목소리로 그렇게 말했다.

아무래도 시도는 자기가 느끼는 것보다 훨씬 오랫동안 입을 닫고 있었던 것 같았다. 시도는 화들짝 놀라며 고개를 들더니, 정신을 차리려는 듯이 자신의 볼을 손바닥으로 때렸다.

확실히 자신을 닮기는 했지만, 그 점을 제외하면 다른 정령들과 별반 다를 게 없었다. 세상에는 자신과 똑같이 생긴 이가 세 명은 있다고 하니, 시도와 똑같이 생긴 정령이 있는 것도…… 뭐, 충분히 가능할지도 모른다.

"……아, 미, 미안해. 얼이 좀 나갔던 것 같아."

『정신 차려. —뭐, 좋아. 그녀는 식별명 〈도플시도〉라 불리는 정령이야.』

"너, 전부 알면서 시치미 떼는 거지?!"

『왜 흥분하는 거야? 괜한 소리 그만 하고, 이제 시작하자. 충분히 주의를 기울이며 대처하는 거야.』

"……."

시도는 납득이 안 된다는 듯한 표정을 지으면서도 호흡을 가다듬은 후, 마음을 굳게 먹으면서 정령에게 다가갔다.

"─저, 저기, 안녕."

"……아, 안녕하세요."

시도가 말을 걸자, 그녀는 고개를 약간 숙이면서 그렇게 대답했다. 딱히 초연해 보이지는 않았다. 오히려 친근감이 느껴지는 태도였다.

일단 시도는 정령이 여성의 목소리로 말을 한다는 사실에 안도했다. ……하지만 그 목소리가, 자신이 여장을 했을 때 음성 변조기로 변환한 목소리와 똑같다는 사실을 깨닫자, 시도의 볼을 타고 식은땀이 흘러내렸다.

하지만 당황하기만 해서야 아까와 별반 다른 것이 없다. 시도는 작게 헛기침을 하면서 말을 이었다.

"나는 이츠카 시도라고 해. 너와 적대할 생각은 없어. 일단 내 말을 좀 들어주지 않을래?"

시도는 최대한 마음을 진정시키려고 노력하면서 그렇게 말했다. 그러자 소녀는 고개를 끄덕이며 대답했다.

"아…… 예. 물론이죠. 저는 시오리라고 해요. 잘 부탁─."

"—거봐! 내 말이 맞잖아!"

"……윽?!"

소녀의 이름을 들은 순간, 시도는 또 절규를 토했다.

하지만 당연했다. 그녀의 이름인 『시오리』는 시도가 피치 못할 사정 때문에 여장을 했을 때 썼던 이름인 것이다.

『시도! 대체 아까부터 왜 그러는 거야?!』

"헉……."

코토리가 날카로운 목소리로 쏘아붙이자, 시도는 어깨를 부르르 떨었다. 방금 마음을 진정시켰는데, 또 고함을 지르고 말았다.

"미, 미안해……. 나 때문에 놀랐지?"

"아, 아뇨…… 괜찮아요."

시도가 볼을 긁적이면서 사과하자, 소녀— 시오리 또한 그와 똑같은 동작을 취하며 그렇게 대꾸했다. 시도는 상대방의 반응을 보고 또 놀랐다. 이렇게 성격이 온화한 정령은 드물기 때문이다.

"그런데, 저한테 할 말이 뭐죠?"

시오리는 고개를 갸웃거리면서 물었다. 바로 그때, 인터컴에서 코토리의 목소리가 흘러나왔다.

『각종 수치는 매우 안정적이야. 이렇게 차분한 정령은 처음 봐. —좋아. 빙빙 돌리지 말고, 솔직하게 우리의 목적을 밝히자.』

시도는 알았다는 듯이 인터컴을 가볍게 두드린 후, 시오리를 향해 돌아섰다.

"으음, 사실 나는 정령을 보호하는 활동을 하는 〈라타토스크〉라는 조직에 속해 있어. 너도 이렇게 현계를 했다가 공격을 당한 적이 있지? AST나 DEM— 으음, 간단히 설명하자면……."

"아, 예. 그런 건 알아요."

"그, 그렇구나. 뭐, 간단히 말해 우리는 너를 지켜주고 싶어. 호적이나 의식주는 〈라타토스크〉에서 준비해줄 거야. 영력만 봉인한다면, 너는 평범한 인간처럼 평화롭게 살 수 있어. ……어때?"

시도가 반응을 살피려는 듯이 시오리의 눈을 응시하자, 그녀는 약간 고민하는 듯한 반응을 보였다.

"으음……."

"물론 힘을 봉인당하는 게 불안할지도 몰라. 하지만—"

"아, 아뇨. 그런 게 아니라……."

"응?"

시도가 눈을 동그랗게 뜨자, 시오리는 거북하다는 듯이 볼을 긁적였다.

"영력의 봉인 자체는 괜찮아요. 아니, 오히려 감사해요. 저도 싸우는 걸 좋아하지 않으니까요. 하지만, 저기, 봉인 방법이……."

"뭐?"

시오리가 그렇게 말하자, 시도는 얼빠진 반응을 보였다. 그러자 시오리는 호소하는 듯한 어조로 말을 이었다.

"아니, 저기, 그러니까, 상상이 되나요? 저를 반하게 만들어서, 키스를 하는 게……."

시오리가 방금 말했다시피, 정령의 영력을 봉인하는 방법이란 시도가 자신에 대한 정령의 호감도를 올린 후에 상대와 키스를 하는 것이다. 아직 설명을 하지 않았는데, 시오리는 이미 그것을 알고 있는 것 같았다.

"그, 그걸 어째서 알고 있는 거야……?"

"예? 아, 으음……."

시도가 의아해하면서 그렇게 묻자, 한동안 시선을 피하며 허둥대던 시오리는 곧 아하하~ 하고 웃었다.

"사실, 시오리는 사람의 마음을 읽는 천사를 가지고 있었다……는 걸로 치면…… 안 될까요?"

"어……."

시오리의 말투와 태도에서 뭔가를 숨기고 있는 티가 역력했지만, 시도는 일단 그냥 넘어가기로 했다.

아무튼, 시오리가 방금 한 말에는 납득이 됐다. 그녀의 입장에서 본다면, 느닷없이 자기와 똑같이 생긴 인간이 나타나서 「자, 나에게 마음을 열어! 키스하자고!」 같은 소리를 하는 것과 다름없으니 말이다. 그 심리적 허들이 얼마나 높을

지는 충분히 상상이 됐다.

하지만 정령의 영력을 봉인할 방법은 그것뿐이었다. 이러는 사이에도, AST와 DEM인더스트리의 첨병이 그녀를 사냥하러—

『—시도!』

시도가 그런 생각을 하고 있을 때, 느닷없이 들려온 코토리의 외침이 그의 고막을 뒤흔들었다.

다음 순간, 엄청난 폭발음이 주위에 울려 퍼졌다.

"우왓?!"

"꺄아……!"

시도와 시오리는 경악을 하면서, 동시에 하늘을 올려다보았다.

그러자, 어느새 하늘에 떠 있는 여러 개의 실루엣이 눈에 들어왔다.

무기물로 구성된 기괴한 체구, 긴 손발과 날카로운 손톱, 그리고 시오리를 주시하고 있는 카메라 눈동자에서는 감정이 느껴지지 않았다.

그것은 바로 DEM인더스트리에서 만든 기계인형인 〈밴더스내치〉였다. 아무래도 시오리를 죽이거나, 혹은 잡아가려고 온 것 같았다.

"큭, 〈밴더스내치〉……!"

육상자위대의 AST대원이라면 일반시민인 시도를 보고 공격을 중단할 가능성도 있겠지만, 〈밴더스내치〉에게는 그런 온정을 기대할 수 없었다.

하지만 거꾸로 말하자면, 파괴해도 사람이 죽지는 않는 것이다. 몸에는 상당한 부담이 가해지지만, 여러 정령의 힘을 봉인한 지금의 시도라면 충분히 맞서 싸울 수 있었다. 시도는 주먹을 말아 쥐면서 하늘에 떠 있는 기계인형을 노려보았다.

하지만, 시도는 천사를 현현시키지 않았다. ―시도를 지키려는 듯이, 시오리가 앞으로 나섰기 때문이다.

"시오리―?"

시도가 이름을 부르자, 시오리는 자신한테 맡겨달라는 듯이 손을 들어보였다.

"……하아, 정말. 하필이면 보는 눈이 있는 데서……."

시오리는 미워죽겠다는 듯이 〈밴더스내치〉를 노려보며 그렇게 말한 후, 시도를 힐끔 쳐다보았다.

"……위험하니까, 엎드려 있어요. 그리고 눈과 귀를 막아 주지 않겠어요? 꼭 부탁드려요."

"뭐……?"

시도는 시오리의 영문 모를 지시를 듣고 멍한 표정을 지었다. 한편, 지면을 박찬 시오리는 영장의 치맛자락을 펄럭이면서 하늘로 날아올랐다.

"〈궁극시녀(실키)〉!"

그리고 오른손을 치켜들자, 마치 이불털이개와 마법의 지팡이를 합쳐서 둘로 나눈 듯한 디자인의 천사가 현현됐다.

시오리는 부끄러운지 볼을 붉히며— 이렇게 외쳤다.

"반짝여라! 실키 트윙클 하트 어택—!"

그 순간, 시오리가 쥔 천사가 아이들 장난감처럼 펼쳐지더니, 찬란히 빛나면서 하트 모양 빔을 발사했다.

마치 여아용 애니메이션의 히로인이 쓰는 필살기 같았다. ……이건 어디까지나 가정이지만, 만약 시도가 여자로 태어나서 배틀 만화보다 변신 히로인 애니메이션에 빠졌다면, 저런 오리지널 필살기를 고안했을지도 모르겠다……는 생각이 들었다. 시도는 등골이 서늘해지는 느낌을 받았다.

아무튼, 겉보기에는 여러모로 문제가 많지만 위력 하나는 어마어마했다. 천사에서 뿜어져 나온 하트 모양 빛이 〈밴더스내치〉의 몸을 꿰뚫고, 쓸어버리며, 폭발시켰다.

겨우 몇 초만에 하늘을 날아다니고 있던 기계인형들은 아무 짝에도 쓸모없는 강철 덩어리가 되어 사방에 흩뿌려졌다.

"오, 오오……."

사방에 흩뿌려지고 있는 〈밴더스내치〉의 잔해를 쳐다보며 탄성을 흘리던 시도는 상공에 떠 있던 시오리와 문득 시선이 마주쳤다.

그리고 시도가 눈과 귀를 막지 않았다는 것을 알게 된 시오리는 얼굴을 새빨갛게 붉히며 작은 목소리로 말했다.

"……봤나요?"

"……못 봤어."

고개를 돌린 시도는 딱딱한 어조로 그렇게 말했다.

그 말을 듣고 무엇이 어떻게 된 것인지 눈치챈 시오리는 안 그래도 빨갛던 얼굴을 더욱 붉히더니…….

"꺄, 꺄아아아아아아아아아아아앗!"

……하고 외치면서, 하늘 저편으로 날아가 버렸다.

◇

시도를 닮은 정령이 나타난 다음날.

시도는 거실의 소파에 드러누워서, 하암…… 하고 크게 하품을 했다.

어제, 정체불명의 정령인 시오리를 놓친 시도는 〈프락시너스〉로 이동하자마자 바로 긴급 대책 회의에 출석해야 했다. 그러니 피로가 쌓이는 게 당연했다.

하지만 다행히 오늘은 토요일이라 학교에 가지 않는다. 그래서 아침 식사를 마친 시도는 설거지를 미루고 거실에서 잠시 휴식을 취하기로 했다.

"하암…… 어?"

시도가 또 하품을 했을 때였다. 어느새 거실에 온 코토리가 크게 벌린 시도의 입에 무언가를 집어넣었다. 입안에서 딱딱하면서도 동그란 물체의 감촉이 느껴지더니, 달콤한 맛이 입안에 퍼져 나갔다. ―코토리가 항상 먹던 막대사탕이었다.

"으음…… 뭐야. 나한테 주는 거야?"

"응. 피로 회복에는 달콤한 게 좋다고 하잖아? 수고 많았어. 그리고 여기서는 괜찮지만, 정령을 만났을 때는 하품하지 마."

"나도 알아."

시도는 쓴웃음을 지으며 그렇게 말한 후, 사탕의 막대 부분을 쥐고 사탕을 핥았다. 딸기맛 사탕 같았다. 시도가 맛있다고 말하자, 코토리는 왠지 기뻐하면서「그렇지?」하고 짤막하게 대답했다.

"……그건 그렇고, 어제 그 정령은 대체 뭘까? 데이터가 적은 건 그렇다 쳐도, 처음 보는 타입의 정령이었어……."

"……으, 응."

코토리의 말에 시도는 식은땀을 흘리며 그렇게 대답했다.

어제 대책 회의 때, 시도는 코토리 이외의 〈프락시너스〉 승무원들에게「아까 그 정령, 저 닮았죠?!」라고 물어봤다. 하지만「닮았……나?」,「뭐, 눈이 두 개, 코와 입이 하나씩이기는 했지……」같은 대답만 들었다.

시오리는 정령의 힘으로 남들 눈에 자신이 다르게 보이도록 꾸민 것일까. 아니면 시도에게만 환각이 보이는 걸까…….

시도가 사탕을 핥으면서 그런 생각을 하고 있을 때, 느닷없이 딩동— 하는 경쾌한 소리가 들렸다.

순간 이 집 옆에 있는 맨션에 살고 있는 정령들이 찾아온 거라고 생각했지만, 그녀들은 벨을 누르지 않고 바로 들어올 것이다. 택배기사 혹은 이웃 주민이 찾아온 거라고 생각한 시도는 소파에서 몸을 일으켰다.

"예, 지금 나가요……."

어느새 다 핥아먹은 사탕의 막대 부분을 쓰레기통에 넣은 후, 복도를 지나 현관문을 열었고—.

"—어?"

동시에 그대로 딱딱하게 굳어버렸다.

그것도 그럴 것이, 이 집에 찾아온 이는 택배상자를 든 택배기사나, 시골 친지가 보내준 채소를 나눠주러 온 이웃이 아니라—.

"……저기, 어제는 실례했어요."

—라고 말하며 거북한 미소를 짓고 있는, 시도를 쏙 빼닮은 소녀였기 때문이다.

"어……, 라……?"

시도는 뜻밖의 상황이 벌어지자 얼이 나갔다. 복도에서 현관을 쳐다보고 있던 코토리가 「아니……?!」 하고 외치는 목소리가 주위에 울려 퍼졌다.

"시, 시……오리?"

"와…… 와버렸어요."

시도가 반쯤 얼이 나간 채로 상대방의 이름을 입에 담자, 시오리는 멋쩍은지 과장스럽게 고개를 갸웃거렸다. 그러자 그녀의 긴 머리카락과 플리츠스커트의 자락이 흔들렸다.

그렇다. 지금 시오리는 어제 입고 있던 메이드복처럼 생긴 영장이 아니라, 평범한 교복을 입고 있었다.

하지만, 그것보다 먼저 확인해야만 하는 게 있다. 시도는 격렬하게 뛰고 있는 심장을 겨우겨우 진정시킨 뒤, 질문을 던졌다.

"우, 우리 집에는 왜 온 거야……?"

"아니, 그게…… 어제 인사도 안하고 사라져서 죄송해요. 그리고…… 어제도 말했다시피, 영력을 봉인할 수 있을지 시도 정도는 해봐야 할 것 같아서요."

"그, 그렇구나……."

시도는 여전히 당혹스러워하면서도 그렇게 대답한 뒤, 뒤편을 힐끔 쳐다보았다.

"……!"

그러자 거실 입구에서 이쪽을 쳐다보고 있던 코토리가 과장스러운 제스처를 취했다.

코토리의 오빠인 시도는 그 제스처에 담긴 의도를 바로 이해할 수 있었다. 「빨리 가」, 「서포트할게」, 「상대방을 기다리게 하지마」— 그런 의미인 것 같았다.

시도도 코토리와 같은 의견이었다. 그는 바로 시오리를 향해 돌아서더니, 긴장이 묻어나는 표정을 지으면서도 고개를 끄덕였다.

"으, 응…… 그래. ―코토리, 나 좀 나갔다 올게. 겉옷 좀 가져다줄래?"

"―읏! 알았어."

코토리는 시도의 말에 담긴 의도를 눈치챘는지, 고개를 끄덕이며 그의 겉옷을 가지고 왔다.

겉옷을 걸치고 신발을 신은 시도는 시오리 몰래 겉옷의 호주머니를 뒤져보았다. 예상대로 코토리가 넣어둔 걸로 보이는 인터컴의 감촉이 느껴졌다.

"그럼 갈까?"

"아, 예."

시도와 시오리는 누가 먼저랄 것 없이 서로를 향해 고개를 끄덕인 후, 나란히 길을 걷기 시작했다.


―그렇게 시도와 시오리의 데이트가 시작됐다.

예전에 한 번도 경험해본 적이 없을 만큼 원활하면서도 부자연스럽기 그지없는 도입부였다. 시도가 아니라 정령 측에서 데이트를 제안한 데다, 그 정령은 시도 측의 의도와 사정을 얼추 파악하고 있는 것 같았다. 마음을 읽을 수 있다는 말이 농담처럼 느껴지지 않을 정도였다.

그렇다고 딴생각만 계속하다간 또 입을 다물고 말 것이다. 시도는 정령이 거북해하지 않도록, 최대한 밝은 어조로 말을 건넸다.

"이야~, 오늘은 날씨가 참 좋네."

"예, 맞아요. 날씨가 맑아서 참 다행이에요."

"……"

"……"

"참, 어제는 고마웠어. 덕분에 살았어."

"아뇨, 개의치 마세요. 저도 DEM 때문에 난처하던 참이었거든요."

"……"

"……"

"……취, 취미는 뭐야?"

"예? 요리……예요."

『—지금 맞선 봐?!』

바로 그때, 인터컴에서 코토리의 목소리가 터져 나왔다. 아무래도 집에서 〈프락시너스〉로 이동을 마친 것 같았다.

『아무리 시간을 끄는 게 목적이라고 해도, 시도가 한 말은 너무 무난해. 좀 더 과감한 어프로치가 필요하단 말이야!』

"……그, 그렇지만, 뭘 하면 좋을지 감이 잡히지 않는단 말이야."

시도가 시오리에게 들리지 않도록 작은 목소리로 말하자, 코토리는 땅이 꺼져라 한숨을 내쉬었다.

『뭐, 좋아. 마침 선택지가 나왔네.』

코토리가 그렇게 말한 후, 선택지를 읽어주는 전자 음성이 인터컴에서 흘러나왔다.

**①은근슬쩍 손을 잡는다.**

**②은근슬쩍 어깨를 안는다.**

**③은근슬쩍 치마를 들춘다.**

『……좋아, 결정됐어. 시도, ③이야.』

"대체 왜 ③인 건데……?!"

시도는 코토리의 지시를 듣자마자 반사적으로 그렇게 외쳤다. 시오리도 방금 그 말을 들은 건지, 깜짝 놀란 것처럼 어깨를 부르르 떨면서 시도를 쳐다보았다.

"왜, 왜 그러세요……?"

"아, 아무것도 아냐……."

시도는 애매한 미소를 지으며 얼버무린 후, 다시 시오리와 나란히 걷기 시작했다. 시오리는 잠시 의아한 표정을 지었지만, 곧 볼을 붉적이며 앞을 바라보았다.

『하아. 시도, 조심 좀 해.』

"……이게 다 너 때문이라고."

『걱정하지 마. 이쪽에서 모니터링 중인 수치는 매우 안정적이야. ③이 성공한다면, 앞으로 가능한 행동의 폭이 넓어질 게 틀림없어.』

"맙소사…… 뒷일은 나도 몰라……."

시도는 인상을 쓰면서 한숨을 내쉰 뒤, 각오를 다지며 한 걸음 물러섰다.

그리고 그대로 시오리의 뒤편으로 다가가, 마음속으로 미안하다고 사과하면서 치마를 들췄다.

"꺄아……?!"

치마가 흩날리면서, 속옷─ 이 아니라, 핫팬츠가 모습을 드러냈다. 아무래도 이런 부분도 시도가 여장을 했을 때와 똑같은 것 같았다.

하지만, 그래도 부끄럽기는 한 것 같았다. 시오리는 볼을 희미하게 붉히더니, 당혹스러운 표정으로 시도를 쳐다보았다.

"아, 아니, 저기, 느닷없이 뭐하는 거죠?"

"미…… 미안해."

시도가 순순히 사과하자, 시오리는 뭔가를 눈치챈 것처럼 땅이 꺼져라 한숨을 내쉬었다.

"……그런데, 다른 선택지는 어떤 거였나요?"

"뭐?"

시도는 눈을 동그랗게 떴다. 그럴 만도 했다. 정령이 선택지를 언급했으니 말이다.

하지만, 시오리라면 그 정도는 알고 있어도 이상하지 않다는 생각이 들었다. 시도는 미안한지 고개를 푹 숙이면서 대답했다.

"……①손을 잡는다, ②어깨를 안는다, 였어……."

"아니, 그러면 당연히 ①을 해야 하는 거 아니에요?! 백보 양보해서 ②가 한계라고요!"

"……윽! 맞아! 너도 그렇게 생각하지?!"

"당연하죠! 느닷없이 여자애의 치마를 들추는 게 말이 돼요?! 그걸 선택한 건 칸나즈키 씨나 나카츠가와 씨일 게 틀림없어요!"

"맞아! 그 두 사람이라면 분명 그랬을 거야! 칸나즈키 씨라면 치마를 들춰본 후에 따귀를 맞을 요량으로 ③을 골랐을 게 틀림없어!"

"맞아요! 그 사람이라면 그런 짓을 하고도 남아요!"

"실행에 옮겨야 하는 사람의 입장 좀 생각해 달라고!"

……그런 식으로 한참 동안 고함을 지르던 두 사람은 곧 서로를 쳐다보며 눈을 크게 떴다.

"아, 저기…… 미안해."

"아, 아뇨. 저야말로 흥분해서 죄송해요……."

두 사람은 서로를 향해 그렇게 말한 후, 아하하 하고 쓴웃음을 흘렸다. ……본의는 아니지만, 치마를 들춰본 덕분에 서로의 본심을 털어놓을 수 있었다.

"……."

그리고— 이 일을 통해, 시도는 어떤 가능성에 생각이 미쳤다.

시오리는 — 남들이 동의하지 않았지만 — 시도를 쏙 빼 닮았다. 그리고 〈라타토스크〉에 대한 지식도 가지고 있으며, 방금 반응으로 볼 때 시도와 흡사한 사고방식을 지닌 것 같았다.

그렇다면—.

"……저기 말이야. 좀 가보고 싶은 곳이 있어서 그러는데, 같이 가보지 않을래?"

"으음…… 혹시 데이트 신청을 하는 건가요?"

시오리는 시도를 올려다보며 그렇게 말했다.

상대방이 이런 반응을 보이자, 시도는 약간 멋쩍었다. 그는 볼을 약간 붉히며 고개를 끄덕였다.

"뭐, 그, 그래."

"……예, 좋아요. 저희의 전쟁을 — 시작하죠."

"그것도 알고 있는 거야?!"

"아하하…… 한 번 말해보고 싶었어요."

시오리는 약간 멋쩍은 듯이 웃었다. 시도 역시 표정을 풀고 고개를 끄덕인 뒤, 시오리를 데리고 마을 안을 걷기 시작했다.


그리고 수십 분 후, 시도와 시오리는 어떤 장소에 도착했다.

"자, 시오리— 여기가 바로 인류의 위대한 지혜가 만들어 낸 엘도라도야!"

"여, 여기는……."

시도가 두 손을 활짝 펼치며 그렇게 말하자, 시오리는 깜짝 놀란 것처럼 눈을 치켜떴다.

주위에 펼쳐져 있는 건 광대한 공간에 정렬되어 있는 상품 선반들과, 그 위에 줄지어 놓여 있는 방대한 양의 물품들이었다. 물건들은 매우 다양했으며, 청소용품, 세탁용품, 공작용품 등 일상생활에 필요한 모든 것들이 다 구비되어 있는 듯한 느낌마저 들었다.

그렇다. 이곳은 바로 주거공간을 자기 손으로 꾸미는 데 필요한 소재와 도구를 파는 홈센터라는 곳이었다.

꽃다운 나이의 여자아이와 데이트를 할 장소와는 거리가 멀었다. 하지만, 시도는 확신을 가지고 있었다. 시오리라면 분명—.

"—아! 시, 시도 씨! 저기 좀 보세요! 저 옷걸이는 거는 부분이 접이식이라서 티셔츠의 목덜미가 늘어날 걱정을 하지 않아도 된대요!"

시오리가 옷걸이를 향해 손을 뻗으며 그렇게 외쳤다. 그에 시도도 흥분한 어조로 그 말에 답했다.

"뭐?! 게다가 셔츠를 잡아당기기만 해도 옷걸이가 쏙 빠지겠네……?!"

"예! 아, 이 망은 베개를 넣고 빤 다음에 그대로 말릴 수 있게 되어 있대요……!"

"이것도 봐! 고온 스팀으로 기름때를 제거할 수 있는 클리너야!"

"아앗, 순식간에 기름때가……?!"

두 사람은 어린애처럼 눈을 반짝이면서, 한동안 홈센터를 만끽했다.


수십 분 후…….

한동안 온갖 상품을 구경(그중 일부는 구입)한 두 사람은 홈센터 옆에 있는 원예점에서 채소 모종을 관심 있게 살펴봤다.

"으음. 전부터 집에서 채소를 키우고 싶었지만, 역시 어렵겠지?"

"그렇지 않아요. 마당 정도의 공간만 있으면 되거든요. 그리고 방울토마토와 피망, 가지 같은 건 초보자도 쉽게 기를 수 있어요."

"그렇구나…… 한번 도전해볼까?"

두 사람은 진지한 표정으로 그런 대화를 나눴다. 참고로 원예점에는 아름다운 꽃의 모종도 다량 취급하고 있었지만, 시도와 시오리는 먹을 수 있는 채소 쪽만 살폈다.

"그리고 허브도 쓸모가 많아요. 요리에 향을 더하고 싶을 때, 잎을 하나 떼서 넣기만 하면 되거든요."

"아, 그거 좋네. 가게에서 그런 걸 사면 항상 남아서 처치 곤란이거든. 하지만 번식력이 엄청나다니까 식물 재배용 용기에 따로 키워야겠지."

"참, 그리고 채소 줄기에 진딧물이 붙으면, 우유를 분무기로 뿌려줘요. 그럼 쫓아낼 수 있어요."

"뭐? 그런 방법이 있었어⋯⋯?!"

시도가 눈을 치켜뜨자, 시오리는 즐거운 듯이 웃음을 터뜨렸다.


그로부터 또다시 수십 분 후⋯⋯.

두 사람은 슈퍼마켓에서 뜨겁게 불타오르고 있었다.

"시오리! 달걀 두 팩 확보했어!"

"저도 비닐랩과 알루미늄 포일을 두 개씩 확보했어요!"

"좋아. 이제 남은 특판 상품은—"

"앗! 화장실 휴지가 188엔⋯⋯?! 한 사람 당 하나씩만 판대요!"

"정말?! 가자, 시오리!"

"예!"

두 사람은 인근 슈퍼마켓의 특판 코너에서, 파워풀할 뿐만 아니라 에너지가 넘치는 사모님들 사이를 요리조리 누비면서 점찍어둔 특판 상품을 확보했다.

그러던 와중에, 스피커에서 점원의 목소리가 흘러나왔다.

『─아아~, 지금부터 정육 코너에서 국산 소고기를 100그램당 298엔, 298엔에 판매합니다. 오늘 하루만 이 특가로 모시니, 이 기회에─.』

"……윽?! 뭐?! 전단지에는 그런 말이 없었는데……!"

"훗……. 정말 끝내주네요. 이게 전장의 리얼이라는 걸까요……!"

시도와 시오리는 한순간 시선을 교환한 후, 누가 먼저랄 것 없이 씨익 웃으면서 사모님들의 전장에 뛰어들었다.

◇

"으음……."

텐구 시 상공 15000미터에 떠 있는 공중함 〈프락시너스〉. 함장석에서 시도와 시오리가 비치고 있는 메인 모니터를 보고 있던 코토리는 낮은 신음을 흘렸다.

"호감도 양호, 정신상태 안정…… 수치만 본다면 이상적으로 상황이 진행되고 있긴 한데……."

코토리가 입에 문 사탕의 막대 부분을 까딱거리며 그렇게 말하자, 함교 하단부에 있던 승무원들이 쓴웃음을 흘렸다.

"데이트라기보다 동성 친구와 같이 놀고 있는 느낌이네요."

"……맞아."

코토리는 손으로 이마를 짚으면서 한숨을 내쉬었다.

그렇다. 두 사람은 정말 즐거워 보이고, 수치상으로도 순조롭게 진행되고 있는 것 같지만, 실은 호감도가 봉인 가능 영역에 아주 미세하게 못 미치고 있었다. 그야말로 친한 동성 친구와 놀고 있는 것 같았다. ……아니, 오락실이나 패스트푸드점이 아니라 홈센터나 슈퍼마켓에 갔으니, 군이 따지자면 한 동네 사는 주부들끼리 즐겁게 쇼핑을 하고 있는 것에 가까울지도 모른다.

"아무래도 취미와 취향이 말도 안 될 정도로 비슷한 것 같아……. 시도도 무리하고 있는 느낌이 안 들어."

코토리는 고민을 하듯 팔짱을 꼈다.

"하지만…… 이대로는 안 돼. 좋든 싫든 둘 사이의 관계성이 안정되고 있어. 완전히 동성 친구 코스에 들어서면 만회하기 어려울 거야. 앞으로 한 걸음— 시오리가 아주 약간이라도 시도를 이성으로 느낄 만한 일이 일어난다면 봉인이 가능할 것 같은데……."

환하게 웃고 있는 시도와 시오리를 다시 쳐다본 코토리는 표정을 굳히며 턱을 매만졌다.

◇

"와아…… 풍년이네요."

"응. 시오리도 꽤 하는걸. 특판 코너에서 경쾌하게 누비고 다녔잖아."

"아하하, 저만 믿으세요. 그런 건 제 특기거든요."

슈퍼에서의 사투를 마친 시도와 시오리는 양손에 전리품을 잔뜩 들고 길을 걷고 있었다. 두 사람은 기묘한 달성감을 느끼고 있었다. 전장을 함께 헤쳐나간 두 사람 사이에는 전우라도 된 것처럼 신뢰관계가 싹튼 듯한 느낌이 들었다.

……물론 시도도 알고 있기는 했다. 오늘 데이트 코스에 매우 문제가 많다는 점을 말이다.

홈센터와 원예점, 게다가 슈퍼마켓에도 갔다. 평범한 여자아이였다면 시도에게 따귀를 날린 후, 연락이 두절되었어도 이상하지 않았다.

하지만 시도의 예상대로, 시오리는 그와 취미 및 취향이 매우 비슷했다. 그래서 두말 하지 않고 따라왔던 것이다. 코토리의 말에 따르면 수치상으로도 매우 양호한 것 같았다.

하지만 시오리의 정신상태가 시도를 동성친구로 여기는 듯한 관계성을 지니며, 그대로 안정되어 가고 있다는 지적도 들었다. 그녀의 영력을 봉인하기 위해서는 조금이라도 시오리의 가슴을 두근거리게 만들어야 하는데—.

시도가 그런 생각을 하고 있을 때였다. 시오리가 시도의 생각을 눈치챈 것처럼 쓴웃음을 지었다.

"……솔직히 말해 엄청 즐거웠지만, 실은 이러면 안 되는 거죠……?"

"……너는 정말 예리한 애구나……."

시도가 덩달아 쓴웃음을 짓자, 시오리는 잠시 생각에 잠기는가 싶더니 다시 입을 열었다.

"으음…… 저기 말이죠. 저는 가정적인 남성이 멋지다고 생각해요."

"뭐?"

시도는 그 뜬금없는 말에 눈을 크게 떴다. 그러자 시오리는 부끄러운지 볼을 약간 붉히며 말을 이었다.

"그러니까, 만약 시도 씨가 저보다 맛있는 요리를 만들어 준다면…… 조금은 가슴이 뛸지도 몰라요……."

시오리는 그렇게 말한 뒤, 방금 한 말이 농담이라는 듯이 아하하 하고 웃었다.

하지만 시도는 덩달아 웃지 않았다. 그는 진지한 표정을 지으며「흠……」하고 신음을 흘렸다.

"요리……."

시도의 부모님은 자주 집을 비웠다. 그래서 시도가 이츠카 가(家)의 주방을 맡고 있었다. 다른 사람이 특기가 뭐냐고 물었을 때 요리라고 말할 정도로 자신이 있었다.

"―그래, 좋아. 한번 해보자. 슈퍼에서 산 식재료도 냉장고에 넣어두고 싶으니까, 일단 우리 집으로 가지 않을래?"

"아! 예. 물론 좋아요!"

시오리는 환하게 웃으면서 고개를 끄덕였다. 시도는 시오리와 함께 자신의 집을 향해 걸어갔다.

슈퍼마켓과 시도의 집은 그렇게 떨어져 있지 않았다. 두 사람은 얼마 지나지 않아 집에 도착했다.

시도가 손을 씻고 식재료를 냉장고에 넣어두는 사이, 그의 앞치마를 걸친 시오리가 팔을 걷어붙이기 시작했다.

"시오리? 내가 요리를 하기로 하지 않았어?"

"예. 하지만 제가 아까 말했잖아요. 저보다 맛있는 요리를 만들어준다면, 하고 말이에요. 그러니 우선 제 실력을 알려드려야 공평할 것 같거든요."

시오리는 빙긋 웃으면서 시도의 질문에 답했다.

아무래도 시오리 또한 요리 실력에 꽤 자신이 있는 것 같았다. 시도는 지역예선에 대비해 라이벌 학교를 정찰하러 온 학생처럼 벽에 기대며 「재미있는걸」 하고 중얼거리며 고개를 끄덕였다.

"그럼 어디 네 실력을 보기로 할까."

"예. 기왕 소고기를 샀으니까, 비프스튜라도 만들어볼까요."

시오리는 그렇게 말하며 입술 가장자리를 슬며시 추켜올리더니, 오른손을 치켜들었다.

"〈실키〉!"

그리고 그 이름을 입에 담자, 이불털이개에 날개가 달린 듯한 디자인의 천사가 현현됐다.

하지만 그것이 전부가 아니었다.

"―【미미예찬(美味禮讃)】!"

시오리의 외침에 천사가 여러 파츠로 분해되면서 전혀 다른 형태로 변모했다.

―그것은 예리해 보이는 만능식칼이었다.

"오오……?!"

그 모습을 본 시도가 깜짝 놀란 반응을 보였다. 그러자 시오리는 의기양양한 미소를 지으며 식칼을 몇 번 회전시킨 뒤, 도마 위에 놓인 식재료를 썰기 시작했다.

"하아아아아아아앗!"

시오리는 엄청난 기백을 선보이면서 순식간에 식재료를 적당한 크기로 썰었다. ―아니, 그것만이 아니었다. 시오리에게 썰린 식재료는 마치 요리만화의 한 장면처럼 호를 그리며 날아가더니 그대로 냄비 안에 들어갔다.

"휴우―."

시오리는 가스레인지를 켠 후, 마치 춤이라도 추듯 냄비를 다루면서 멋들어지게 요리를 했다.

그로부터 약 5분 후…….

"―자, 완성됐어요. 식기 전에 드세요!"

시오리는 완성된 요리를 접시에 담아 어느새 만들어둔 샐러드, 그리고 어느새 구워둔 빵과 함께 식탁으로 옮겼다.

"어……?! 말도 안 돼……!"

시도는 믿기지 않는 광경을 보고 눈을 치켜떴다. —너무 빨랐다. 이렇게 짧은 시간에 비프스튜가 완성될 리가 없다.

하지만 눈앞에 놓여 있는 비프스튜는 나무랄 데가 없을 만큼 완벽해 보였다.

"후후. 불평은 맛을 본 후에 하세요."

시오리는 시도가 동요했다는 것을 눈치챈 건지, 공손한 어조로 그렇게 말했다.

주위에 감도는 말로 형용할 수 없는 향기를 느끼고 마른 침을 삼킨 시도는 수저를 들고— 희미하게 떨리는 손으로 스튜를 입에 옮겼다.

"——."

—맛있다.

한순간, 머릿속이 그 말만으로 완전히 가득 찼다.

며칠 동안 계속 끓인 듯한 감칠맛, 입안에서 사르르 녹아버릴 것 같이 부드러운 소고기, 풍부한 단맛을 유지하면서도 지나치게 튀지 않는 채소— 그 모든 것이 혼연일체가 되면서, 시도의 혀 위에 영원한 낙원을 완성했다.

그야말로 신의 요리라고 해도 과언이 아닌 요리였다. 시도의 눈가에는 희미하게 눈물마저 맺혀 있었다.

"마, 마시써……."

시도가 떨리는 목소리로 그렇게 말하자, 시오리는 기쁘다는 듯이 미소를 지었다.

"그렇죠? 저의 천사 〈실키〉는 온갖 식재료를 최상의 상태로 만들 수 있어요."

시오리는 그렇게 말하면서 식칼처럼 생긴 천사를 들어보였다. 확실히 천사의 힘으로만 만들어낼 수 있을 듯한 최고의 음식이었다.

"하지만 보다시피 저는 정령이라서, 제가 만든 요리를 먹어줄 상대가 없어요."

"그, 그래? 정말 아쉽겠네……."

"아하하, 그렇게 말해주니 기쁘네요. 때때로 제가 먹기도 하지만, 정령은 꼬박꼬박 식사를 하지 않는다고 죽지는 않잖아요? 저한테 있어서 이 능력은 돼지 목의 진주 같은 거예요."

시오리는 그렇게 말하면서 쓴웃음을 지었다.

확실히, 정말 아쉬운 이야기라는 생각이 들었다. 최고의 맛을 이끌어낼 수 있는 천사와, 그 천사를 지닌 시오리의 탁월한 요리실력…… 이런 요리를 매일 먹을 수 있다면 정말 행복할 것이다. 상상만 해도―.

『―시도! 네가 반하면 어쩌자는 거야!』

"……헉!"

고막을 울리는 코토리의 고함 소리에 시도는 퍼뜩 정신을 차렸다.

위험할 뻔 했다. 음식이 너무 맛있는 나머지, 새색시 차림의 시오리를 상상할 뻔한 것이다. —자기 자신과 똑같이 생겼다는 걸 알면서도 말이다. 시도는 여전히 두근거리고 있는 심장을 진정시키려는 듯이 가슴에 손을 댔다.

하지만, 곤란하게 됐다. 시도도 요리가 특기이기는 하지만, 신들린 듯한 이 맛에 비하면 어린애 장난이나 다름없었다. 설령 〈라타토스크〉 측으로부터 고급 식재료를 제공 받더라도 상대가 안 될 것이다. 이런 생각을 하면서도 시도는 쉬지 않고 스튜를 입으로 옮겼다. 그 뿐만 아니라 한 그릇 더 달라고 시오리에게 말했다. 역시, 엄청난 요리 실력을 갖췄을 뿐만 아니라 이런 천사까지 지닌 시오리를 요리로 감동시키는 건—.

"……."

그 순간, 어떤 가능성이 시도의 머릿속을 스치고 지나갔다.

"시도 씨, 왜 그러세요? 아, 스튜라면 얼마든지 있어요."

"어, 정말? —이 아니라……. 아, 물론 스튜는 더 먹을 거야. 그것보다……."

시도는 마음을 다잡으려는 듯이 크흠 하고 헛기침을 한 후, 시오리의 눈을 지그시 응시했다.

"—내 요리는 만드는 데 시간이 좀 걸려. 괜찮다면 저녁 식사 때 대접해도 될까?"

"예?"

시도가 그렇게 말하자, 시오리는 영문을 모르겠다는 표정을 지었다.

◇

—그로부터 몇 시간 후…….

"오오! 왔구나, 시도!"

"음. 나리, 준비는 되어 있느니라."

"기대……돼요."

시도가 시오리를 데리고 정령 맨션의 뒤편으로 향하자, 그곳에 모여 있던 정령들이 일제히 두 사람을 쳐다보았다.

토카, 요시노, 나츠미, 무쿠로, 카구야와 유즈루, 오리가미, 미쿠, 니아, 그리고 〈프락시너스〉에 있던 코토리까지 이곳에 집결했다.

물론 이 많은 인원이 우연히 한 자리에 모인 건 아니었다. 아까 시도가 그녀들에게 연락해서 자초지종을 설명한 후, 이곳에 모여 달라 부탁한 것이다.

"으, 으음……."

느닷없이 수많은 소녀들에게 둘러싸인 시오리는 당혹스러워하며 쓴웃음을 지었다. 하지만 정령들은 시오리를 보자마자 흥미롭다는 듯이 눈을 반짝였다.

"크큭! 그대가 바로 시도가 말했던 새로운 정령이냐. 내 이름은 카구야. 구풍의 왕녀, 야마이 카구야! 이 고귀한 이름을 마음에 깊이 새겨두거라!"

"인사. 만나서 반가워요. 시오리— 맞죠? 유즈루라고 해요. 이쪽은 야마이 중에서 유즈루가 아닌 쪽인 카구야예요."

"나를 그딴 식으로 소개하지 말아줄래?!"

"하하…… 잘 부탁해요."

시오리는 정령들과 인사를 나눴다. 예상했던 대로 처음에는 깜짝 놀라기는 했지만, 초면으로 보이지 않을 만큼 분위기가 훈훈했다.

뭐, 일부는—.

"꺄아아아아아아! 새로운 정령 분도 미인이네요오오오오! 게다가 전에 어디서 본 적이 있는 듯한 느낌이 들어요~! 혹시 이게 바로 운명인 걸까요?! 운명 맞겠죠?! 전생을 믿나요~?! 전생에 저와 연인 사이였던 거죠?! 그렇죠~?!"

"……아! 신기해. 시도에게만 반응을 보이던 오리링 센서가 반응하고 있어. 셔터를 쉴 새 없이 누르게 돼. 시도, 시오리와 좀 더 붙어봐. 두 사람이 동시에 존재한다는 기적을 데이터로 남기고 싶어."

……이런 식으로 텐션이 높은 이들도 있었기에, 시오리가 쓴웃음을 지을 때도 있었다.

"……시도, 시도."

그런 와중에 시도의 이름을 부르며 그의 옆구리를 콕콕 찌르는 소녀가 있었다. ―코토리였다.

"일단 시도가 지시한 대로 준비를 하긴 했는데, 정말 괜찮은 거지……?"

"으음…… 글쎄. 아마 괜찮지 않을까?"

"태도 한 번 미적지근하네……."

코토리는 도끼눈을 뜨면서 시도를 노려봤지만― 이내 어깨를 으쓱하며 한숨을 내쉬었다.

"뭐, 좋아. 결정타가 없는 건 사실이니까 말이야. 이렇게 되면 시오리와 함께 시간을 보낸 시도의 직감을 믿어보겠어."

"고마워."

시도가 고개를 끄덕였을 때, 미쿠와 오리가미의 마수에서 겨우겨우 벗어난 시오리가 미심쩍은 듯한 목소리로 그에게 말을 건넸다.

"그런데…… 대체 뭘 하려는 건가요? 저녁 식사를 만드는 게……."

"응? 물론 만들 거야."

시도는 그렇게 말하더니, 다른 이들을 가리키듯 두 손을 활짝 펼쳤다.

"―다 같이, 말이지."

"예……?"

시오리는 얼이 나간 것처럼 눈을 동그랗게 떴다.

그러자 뒤뜰에 모여 있던 정령들이 좌우로 흩어지면서 그 자리에 준비되어 있던 것을 시오리에게 보여줬다.

그것은 바로 커다란 냄비와 반합, 벽돌로 만든 화덕, 그리고 잔뜩 쌓여 있는 식재료였다.

"이건……."

"뭐, 다 같이 만들 거면 카레가 무난할 것 같았거든."

"그, 그런가요……."

시오리는 아직 상황을 이해하지 못한 듯한 표정을 짓고 있었다.

시도는 일단 지켜보기나 하라는 듯이 엄지를 치켜든 후, 힘찬 목소리로 다른 이들을 향해 말했다.

"좋아! 그럼 다 같이 시작해보자!"

"""오~!"""

다들 일제히 손을 치켜들면서 그 말에 화답했다. 시오리도 뒤늦게 「오, 오~」 하고 머뭇머뭇 손을 들었다.


─그렇게 정령들의 야외 요리가 시작됐다.

그녀들은 카레 담당, 밥 담당, 불 피우기 담당으로 나뉘어서 맡은 일을 했다. 어떤 사람은 테이블 위에 도마를 두고 고기와 채소를 잘랐고, 또 어떤 사람은 쌀을 씻거나 장작에 불을 붙였다.

하지만 다들 그런 작업에 능숙하지는 않았다. 곧 몇몇 정령들이 약한 소리를 하기 시작했다.

"으음…… 감자 껍질을 벗기는 건 참 어렵구나……."

"왠지, 눈이 따가워요……."

"하얏! 초열업화염(焦熱業火焰)! ……윽, 불이 왜 이렇게 안 붙는 거야?!"

"아, 그건 말이지……."

시도가 그런 이들을 도와주려던 순간, 시오리가 조건반사적으로 그녀들에게 다가갔다.

"─무쿠로 양, 식칼로 껍질을 벗기는 건 익숙하지 않을 때는 위험하니까, 감자칼을 쓰세요. 요시노 양, 물안경을 끼고 양파를 벗기면 눈이 따갑지 않을 거예요. 한번 시도해 보세요. 그리고 카구야 양, 그렇게 두꺼운 장작에 불을 붙이는 건 어려워요. 우선 신문지를 동그랗게 뭉쳐서……."

시오리는 그런 식으로 척척 지시를 내렸다. 정령들은 「아하!」 하는 듯한 표정을 지으며 고개를 끄덕이더니, 다시 각자가 맡은 작업을 계속했다.

그때, 시도와 코토리의 시선을 느낀 시오리가 화들짝 놀라며 어깨를 부르르 떨었다.

"아, 죄송해요……. 제가 너무 주제넘었죠?"

"시오리, 무슨 소리를 하는 거야."

"그래. 솔직히 고마워. 아직 이런 거에 익숙하지 않은 애가 많으니까, 도와주면 고맙겠어."

코토리와 시도가 그렇게 말하자, 두 사람의 뒤편에서 맥빠진 웃음소리가 들려왔다. 니아의 웃음소리였다. 그녀는 기분이 좋은지 의자에 앉아서 캔 맥주를 홀짝이고 있었다.

"에헤헤~. 이야~, 이럴 때 솔선수범해서 나서는 건 아무나 할 수 있는 게 아냐, 시오링. 마치 소년 같네~. 좋은 아내가 될 수 있겠어~."

"······왜 남자인 나를 닮았다고 좋은 아내가 될 수 있다는 건데?"

"그것보다, 남들은 다 일하고 있는데 왜 니아만 맥주를 홀짝이며 농땡이를 부리고 있는 걸까?"

"뜨끔!"

코토리가 노려보자, 니아는 찔리는 구석이 있는 듯한 반응을 보였다.

하지만 니아는 추궁을 당하지 않았다. 마치 이때를 기다리기라도 한 것처럼, 식재료를 썰던 이들의 도움을 청하는 목소리가 들려온 것이다.

"꺄아~! 당근이 가슴 사이로 쏙 들어가 버렸어요~! 시오리 양, 좀 꺼내주세요오오오오~!"

"—시오리. 손가락을 베였어. 침으로 소독해줘."

"으, 으음······."

……도움을 청하는 목소리는 분명했다. 시오리는 당혹스러운지 눈썹을 찌푸리면서 식은땀을 흘렸다.

—이런저런 일이 있기는 했지만, 다들 진지하게 요리를 했고, 약 한 시간이 걸려 정령 특제 카레가 완성됐다.

기왕 야외에서 요리를 했으니, 식사도 화창한 하늘 아래에서 하는 게 최고일 것이다. 시도 일행은 맨션 뒤뜰에 캠핑용 테이블과 의자를 설치한 후, 나란히 앉았다.

그리고 각자의 접시에 먹고 싶은 만큼 카레를 담고 두 손바닥을 맞대며 잘 먹겠다는 인사를 했다.

"그럼, 잘 먹겠습니다."

"""잘 먹겠습니다!"""

시도의 말에 답하듯, 한 목소리로 그렇게 말한 정령들이 일제히 수저를 쥐었다.

그리고 카레와 밥을 적당량 떠서 입에 넣었다.

"오오……! 맛있다, 시도! 진짜로 우리가 이걸 만든 것이냐?!"

"……으음, 뭐 평범한 수준이네. 맛이 나쁘지는 않은 것 같아."

"낫층이 또 저런 소리를 하네~. 솔직하지 못하다니깐~."

다들 시끌벅적하게 이야기를 나누면서, 자신들이 만든 카레라이스를 즐겼다.

시도는 만족한 눈길로 그녀들을 둘러본 후, 자신의 옆에 앉아 있는 시오리를 쳐다보았다.

"시오리는 어때?"

"아! 저기…… 잘 먹을게요."

시도와 마찬가지로 정령들을 둘러보던 시오리는 다른 이들과 마찬가지로 카레를 수저로 떴다. 그리고 잠시 그것을 뚫어져라 쳐다본 후, 입에 넣었다.

그 후, 음미하듯 입안에 있는 음식물을 씹었다. 그런 시오리를 본 정령들은 식사를 멈추고 그녀의 평가를 기다리듯 빤히 쳐다보았다.

잠시 후, 시오리는 한숨을 내쉬면서— 먼 곳을 쳐다보듯 고개를 살며시 들었다.

"와아, 정말 맛있어요."

"""……아!"""

시오리의 말에 정령들은 환호성을 지르며 기뻐했다.

시오리는 그런 정령들을 쳐다보며 미소를 지은 후, 또 한숨을 내쉬며 시도를 쳐다보았다.

"……다른 사람들과 함께 만들고, 함께 먹는 밥이 이렇게 맛있는 줄은 정말 몰랐어요."

그리고 감개무량한 어조로 그렇게 말했다.

그렇다. 시오리는 얼굴 생김새뿐만이 아니라 취미와 취향도 시도와 똑같았지만, 딱 하나 결정적으로 다른 점이 있었다.

그것은 그녀가 정령이기에— 단란한 식탁을 모른다는 점이었다.

확실히 시오리가 천사의 힘을 빌려서 만든 요리는 정말 맛있었다. 그에 비해, 지금 이 자리에 있는 카레는 농담으로도 완벽하다고 말할 수 없었다. 채소의 크기도 들쑥날쑥했고, 약간 탄 부분도 있었다.

하지만 다 같이 만들어서, 다 같이 먹는 이 카레의 맛은 그 어떤 요리 못지않을 만큼 끝내줬다.

적어도 시도는 혼자서 먹는 최고의 일품요리보다, 다 같이 먹는 대중요리를 더 좋아했다. 그러니 시오리 또한 그럴 거라는 확신이 들었다.

시도가 그렇게 생각하며 만족스러운 미소를 짓고 있을 때, 시오리가 입술을 삐죽 내밀었다.

"······뭐, 시도 씨의 방식이 좀 약았다는 생각이 들긴 해요."

"뭐? 그, 그래?"

"예. 시도 씨 혼자서 만든 요리도 아니고······ 뭐, 다양한 의미에서 가정적이라고 할 수는 있겠지만······."

그리고 약간 삐친 듯한 어조로 그렇게 말했다. 시도는 미안하다고 말하며 어깨를 으쓱했다.

바로 그때―.

"······윽?!"

착용하고 있던 인터컴에서 알람 소리가 흘러나왔다.

그것은 귀에 익은 소리였다. 정령의 호감도가 봉인 가능 영역에 도달했다는 신호였다.

"⋯⋯아!"

코토리도 시도와 마찬가지로 인터컴을 착용하고 있었는지 시도에게 빨리 하라는 의미가 담긴 시선을 보냈다.

"지, 지금 말이야⋯⋯?"

코토리는 시도를 쳐다보며 힘차게 고개를 끄덕였다. 시도는 하아 하고 한숨을 내쉬고는 시오리를 향해 돌아섰다.

"아⋯⋯ 저기 말이야. 시오리."

"예? 왜 그러세요?"

"아니, 그게⋯⋯ 실은, 아무래도⋯⋯ 지금, 그게 가능한 것 같아."

"⋯⋯앗, 아~."

시도가 머뭇거리며 그렇게 말하자, 시오리는 그 말뜻을 알아듣고 볼을 붉혔다.

"⋯⋯그런가요. 가능하군요⋯⋯. 뭐, 솔직히 말하자면 마음이 약간 설레긴 했어요⋯⋯."

"⋯⋯그랬구나. 저기⋯⋯ 미안해."

"아뇨⋯⋯. 신경 쓰지 마세요. 그것보다⋯⋯ 으음⋯⋯ 그럼 할까요?"

"뭐⋯⋯ 으음, 그래⋯⋯. 할까⋯⋯."

"하아, 정말! 거 되게 미적지근하게 구네!"

시도와 시오리가 꾸물대자, 조바심이 난 코토리가 두 사람의 멱살을 잡아끌며 일으켜 세웠다.

"자, 저쪽에 가서 빨리 하고 와."

"으, 응······."

"그, 그럼 갈까요······."

내키지 않는 발걸음으로 맨션의 뒤편으로 이동한 시도와 시오리는 크게 숨을 들이마신 후, 마주 섰다.

그리고 지그시 서로를 쳐다보며 어깨에 손을 얹고······.

바로 그때, 두 사람은 미쿠와 오리가미, 그리고 니아가 자세를 한껏 낮춘 채 카메라로 자신들을 찍고 있는 것을 눈치챘다. 참고로 다른 두 사람은 스마트폰 카메라였지만, 오리가미는 전문가용 카메라를 들고 있었다.

"······."

"······너희들, 지금 뭐하고 있는 거야?"

"아! 저희는 신경 쓰지 마세요~!"

"문제될 건 없어. 자, 빨리 해."

"자료로 쓰려는 거야! 절대 유출 안 할게!"

세 사람은 속사포처럼 말을 쏟아냈다.

하지만 다음 순간, 콩, 콩, 쾅! 하는 코미컬한 소리와 함께 코토리의 철권이 세 사람의 머리에 작렬했다.

"자, 카레가 식기 전에 빨리 가자."

"으으~! 제 피를 말리려는 건가요오오오~!"

"냐, 코토리. 역사적 순간을 찍어야 해."

"그리고 여동생 양, 방금 나만 세게 때리지 않았어?!"

세 사람은 그런 소리를 늘어놓으면서 끌려갔다.

그들이 사라진 후, 시도와 시오리는 다시 서로를 쳐다보았다.

"……그럼, 잘 부탁해."

"……예. 저야말로 잘 부탁드려요."

"……."

"……."

"……하하."

"……후후."

이렇게 마주보고 있으니, 왠지 웃음이 났다.

로맨틱하다는 말과는 거리가 먼 광경이었다. 하지만 시오리와의 키스는 이런 분위기 속에서 하는 게 가장 좋을 것이다. 시도는 시오리의 표정에서 긴장이 사라진 순간, 그녀의 어깨를 잡아당기며 서로의 입술을 포갰다.

—키스를 통해, 따뜻한 무언가가 몸 안으로 흘러들어오는 느낌을 받았다. 그것은 영력 봉인이 성공했을 때 느끼는 감각이었다.

참고로, 영력을 봉인했는데도 시오리의 옷은 빛이 되어 사라지지 않았다. 아마 영장을 변화시킨 게 아니라 진짜 옷을 입고 있는 것이리라. 마치, 이 결말을 예상하고 미리 대비한 것 같았다.

"……돌아갈까?"

"……그래요."

시도와 시오리는 어깨를 으쓱하며 서로를 향해 그렇게 말한 뒤, 다른 이들이 있는 곳으로 돌아갔다.

하지만 그 순간, 시도와 시오리의 시선은 마주치지 않았다.

약간 부끄럽기는 했다. 조금 거북하기도 했다.

하지만, 가장 큰 이유는―.

약간, 아주 약간…….

"……."

자신과 똑같이 생긴 정령과 키스를 하면서, 왠지 나쁜 짓을 한 듯한, 그런 비도덕적인 흥분을 느꼈기 때문이다.

# 그 막을 내리는 건

End of Nightmare

DATE A LIVE ENCORE 8

"음……."

시도는 낮은 신음을 흘리면서 정신을 차렸다.

아니— 정신을 차렸다는 표현이 이 상황을 적절하게 표현하고 있는지는, 시도 본인도 알 수 없었다. 깊은 물속에서 빠져나온 듯한 느낌을 받기는 했지만, 꿈에서 현실로 돌아온 듯한 실감은 느껴지지 않았다. 의식은 점점 확연해지고 있었지만— 아니, 확연해지고 있기 때문에, 자신이 처한 상황에 위화감을 느끼고 있었다.

굳이 따지자면, **꿈속에서 정신이 깨어난** 듯한, 그런 기묘한 감각이 느껴졌다. 자각몽, 이라는 말은 이런 상태를 가리키는 걸까. 시도는 고개를 가볍게 흔들면서 주위를 둘러보았다.

"……여기는 대체 어디지?"

적어도 시도의 방이 아닌 건 틀림없었다. 칠흑빛 어둠에 둘러싸여 있는 어두운 공간이었다. 방금까지 누워 있었던 곳 또한 자신의 침대가 아니라 딱딱한 지면이었다. ……하지만 이 지면 또한 발을 내디뎌보니, 흙 같은, 고무 같은, 그러면서도 강철 같은 감촉이 느껴졌기에 시도는 당혹스러워했다.

자신을 감싼 모든 것이 애매하고, 모든 것이 모호한 불가사의한 공간이었다. 그야말로 꿈속이라고 표현할 수밖에 없는 세계였다.

바로 그때―.

"……윽?!"

시도는 숨을 삼켰다.

어디까지 펼쳐져 있는지 알 수 없는 어둠속에서 희미한 빛이 떠오르더니, 그 빛이 소녀의 모습으로 변모한 것이다.

아름다운 칠흑빛 머리카락과 새하얀 얼굴을 지닌 소녀였다. 그녀는 의식을 잃은 건지, 축 늘어진 채 지면에 쓰러져 있었다.

"토카……?!"

그 모습을 본 시도는 무심코 그렇게 외치면서 소녀를 향해 뛰어갔다.

그렇다. 방금 나타난 이는 시도의 클래스메이트이자 정령인 야토가미 토카였다.

"토카, 괜찮아?! 토카!"

"으……음……?"

시도가 토카를 안아 일으키며 어깨를 흔들자, 그녀는 눈을 몇 번 깜빡인 후에 낮은 신음을 흘렸다. 그리고 크게 하품을 했다. 아무래도 의식을 잃었던 것이 아니라, 잠들어 있었던 것 같았다.

"……왜 그러느냐, 마술사여. 무슨 문제라도 일어난 것이냐?"

"뭐?"

시도는 토카의 말을 듣고 눈을 동그랗게 떴다.

그러자 시도의 반응을 본 토카가 희미하게 미간을 찌푸렸다.

"음……? 마술사가 아닌 것이냐? 아, 그래. 교육실습을 온 선생님이었지. ……아니, 편집자였나……?"

"토카? 대체 무슨 소리를—"

그 순간, 시도는 가벼운 두통을 느꼈다.

"윽……."

흐릿한 광경이 뇌리를 스치고 지나갔다. 검을 손에 쥔 토카. 그런 토카와 대치한 왕. 니아의 마술에 의해 고양이로 변한 시도는 마른 침을 삼키며 두 사람의 대결을 지켜보고 있었다.

아니, 그것만이 아니다. 시도의 뇌리에는 자신이 교육실습생이 된 광경, 편집자가 된 광경, 가신이 된 광경— 그리고, 성별만 바뀐 자기 자신처럼 보이는 정령을 공략하는 광경까지 단편적으로 떠올랐다.

"이게…… 뭐야……."

시도는 당혹스러워하면서 인상을 찡그렸다. 기묘한 기억의 단편이 머릿속에 존재했다. 그 기억 속에서는 정령들 또한 현실과 다른 세계에서, 현실과 다른 역할을 맡고 있었으며, 그 점이 강렬한 위화감을 자아내고 있었다. 하지만 그 기억은 망상이나 공상이라 부르기에는 강렬하기 그지없는 실감을 지닌 채, 시도의 머릿속을 맴돌고 있었다.

"이 기억들은…… 대체……."

"으…… 음……?"

시도가 손으로 이마를 짚으며 신음을 흘리자, 토카가 눈을 번쩍 뜨면서 몸을 벌떡 일으켰다.

"시도?!"

"우왓?!"

시도는 그 갑작스러운 반응에 놀라 뒤편으로 쓰러질 뻔했다. 하지만 토카가 부축을 해준 덕분에 쓰러지는 건 면했다.

"미안하다. 나 때문에 놀란 것 같구나."

"하하…… 괜찮아. 그것보다 토카는 내가 누구인지 알겠어?"

"음? 무슨 소리를 하는 것이냐. 시도는 시도이지 않느냐. ……음? 그런데 이 감각은 뭐지? ……이상한 질문 같다만, 시도는 예전에 고양이였던 적이 있지 않느냐?"

시도의 질문에 토카는 의아한 표정을 지으면서 그렇게 대꾸했다. 역시 토카도 시도와 같은 기억을 지니고 있는 것 같앗다.

하지만 시도와 토카는 그 기묘한 기억에 관한 이야기를 중단했다.

"……윽?!"

이유는 단순했다. 주위에 여러 개의 빛이 생겨나더니, 그 모든 빛이 지면에 쓰러진 소녀로 변했기 때문이다.

오리가미, 코토리, 요시노, 카구야, 유즈루, 미쿠, 나츠미, 니아, 무쿠로— 총 아홉 명의 정령들이 아까 전의 토카와 마찬가지로 축 늘어진 채 어두운 공간에서 모습을 드러냈다.

"아니……!"

"다들 괜찮으냐?!"

시도와 토카가 허둥지둥 몸을 일으켜 그녀들에게 다가가서 어깨를 흔들거나 말을 건넸다.

다행히 그녀들도 단순히 잠에 빠져 있었던 건지, 시도와 토카의 목소리를 듣고 눈을 비비거나 혹은 하품을 하면서 몸을 일으켰다.

"아…… 좋은 아침……이에요."

"하암…… 시도, 왜 그래? 엄청 당황한 것 같네."

"아, 죄송합니다! 일하다 깜빡 졸았어요! 오늘 안에 반드시……! ……어? 뭐야, 소년이잖아. 정말~, 놀라게 좀 하지 마~."

정령들은 각각 다른 반응을 보이면서 정신을 차렸다. 그리고 서로의 얼굴을 쳐다보더니, 의아하다는 듯이 고개를 갸웃거렸다.

"……음? 무쿠는 나리 덕분에 낙적했던 걸로 기억한다만……."

"어라…… 내 여동생인 나츠미는…… 그러고 보니 나한테 동생이 있긴 했어?"

"달링, 큰일 났어요~! 시오리 양이 없어요! ……응? 시오리 양이 달링이고, 달링이 시오리 양? 어? 달링은 지금 어느 쪽이죠?"

"나만 믿어. 조사해볼게."

오리가미가 미쿠를 향해 엄지를 들더니, 시도의 옷을 향해 손을 뻗었다. 시도는 허둥지둥 그 마수에서 도망치며, 비명에 가까운 목소리로 고함을 질렀다.

"지, 진정해, 오리가미! 지금은 장난이나 칠 때가 아냐!"

"……뭐?"

오리가미는 시도의 말을 듣고서야 자신의 비현실적인 상황을 눈치챈 건지, 주위를 두리번거리기 시작했다.

"여기는, 어디야?"

그리고 약간의 당혹감이 묻어나는 목소리로 그렇게 말했다. 그러자 다른 이들도 그제야 상황을 파악한 건지, 불안 혹은 의아함이 섞인 눈길로 어두운 공간을 둘러보았다.

"우와, 여기는 대체 어디야? 칠흑 같네. 나는 어제 내 방에서 잠들었거든? 대체 뭐야? 내가 잠든 사이에 이런 곳으로 옮긴 거야? 몰래카메라?"

"……적어도 〈라타토스크〉는 관여하지 않았어."

니아가 어안이 벙벙한 듯한 반응을 보이자, 코토리는 경계심이 묻어나는 목소리로 그렇게 말했다. 그 말을 들은 정령들 사이에서 긴장감이 흐르기 시작했다.

하지만 그것도 무리는 아니었다. 각기 다른 장소에서 자고 있던 정령들이 이렇게 한 자리에 모였다는 것은, 누군가가 자신들을 이 자리로 모았다는 것을 뜻했다.

—〈라타토스크〉의 짓이 아니라면 대체 누가, 무엇을 위해서…….

"……."

시도는 머릿속을 스치는 불길한 상상을 떨치려는 듯이 고개를 저은 후, 정령들을 향해 고개를 돌렸다.

"아, 아무튼, 출구를 찾아보자. 어두워서 아무것도 안 보이지만, 걷다보면 벽이 나올 거야."

"……응. 맞아. 이대로 멀뚱히 서 있어 봤자 아무 소용없잖아. 일단 움직이자. 다들 흩어지지 않도록 손을 잡고—."

코토리가 말을 이으려던 바로 그때였다.


"—키히히. 부질없는 짓이에요."

어둠속에서 그런 목소리가 들려왔다.

"뭐—?!"

"이 목소리는, 설마—."

정령들이 퍼뜩 고개를 치켜들더니 서로에게 등을 맡기듯 둘러서며 전투태세를 취했다.

하지만 주위에는 여전히 어둠만이 펼쳐져 있을 뿐, 방금 그 목소리의 주인은 모습을 보이지 않았다. 아니, 그뿐만 아니라 어디서 목소리가 들려왔는지도 알 수 없었다. 그저 간간히 요사스러운 웃음소리만이 주위에서 메아리쳤다.

"흥, 어둠에 숨어 있는 건가. 우리가 꽤나 무서운가 보구나!"

"조소. 아니면 모습을 드러내는 게 부끄러운 건가요? 혹시 앞 머리카락이라도 삐뚤어지게 잘랐나요?"

야마이 자매가 코웃음을 치며 그렇게 말하자, 목소리의 주인은 한층 더 즐거운 듯이 웃음을 흘렸다.

"우후후. 뻔한 도발이군요. —하지만, 계속 이러고 있는 것도 재미가 없으니까요. 도발에 넘어가드리도록 할까요."

다음 순간, 그 목소리에 호응하듯 주위에 도깨비불 같은 빛이 생겨났다.

"우왓······!"

"뭐, 뭐야······?!"

그 어슴푸레한 빛에 의해, 방금까지 시꺼멓던 주위의 광경이 훤히 드러났다.

이곳은 날카로운 첨탑이 여럿 존재하는 거대한 성이었다. 성 곳곳에 존재하는 불빛이 그 도산검수(刀山劍樹)의 지옥 같은 광경을 몽환적으로 — 또는 흉흉하게 — 비추고 있었다.

"""……윽?!"""

하지만 정령들의 시선은 곧 그 충격적인 광경 속의 한 곳으로 집중됐다.

이유는 단순했다. 높게 솟은 탑의 꼭대기에, 눈에 익은 얼굴을 지닌 소녀가 우아하게 걸터앉아 있었던 것이다.

"—후후. 안녕하세요, 여러분."

"쿠루미! 역시 너였구나……!"

시도는 그 모습을 보자마자 무심코 그렇게 외쳤다.

좌우불균형하게 묶은 긴 흑발, 도자기처럼 새하얀 피부, 그리고— 시간을 새기고 있는 황금색 왼쪽 눈.

그렇다. 그녀는 바로 최악의 정령, 토키사키 쿠루미였다.

"예. 정말 만나고 싶었답니다, 시도 씨."

시도의 외침에 쿠루미는 장난스럽게 박수를 쳤다. 하지만, 그런 쾌활한 반응을 보면서도 정령들은 방심하지 않았다.

당연했다. 자신들이 처한 기묘한 상황, 그리고 방금 일어났던 불가사의한 현상, 그 모든 것에 쿠루미가 관여한 것이 명백하기 때문이다.

"쿠루미……! 이건 네가 꾸민 짓이었던 거냐! 여기는 대체 어디지?!"

"우후후. 일단 진정하세요, 토카 양."

토카가 외치자, 쿠루미는 웃음을 흘리면서 탑 위에서 뛰어내리려는 듯이 몸을 앞으로 기울였다.

그리고 다음 순간, 쿠루미의 모습이 허공에서 사라졌다.

"아니……?!"

"사, 사라졌어……?"

당황과 동요가 어린 목소리가 정령들의 입에서 흘러나왔다. 다들 갑자기 사라진 쿠루미를 찾기 위해 주위를 둘러보았다.

하지만—.

"—우후후. 여러분, 누구를 찾으시는 거죠?"

"""……윽!"""

등 뒤에서 웃음소리가 들리자, 정령들은 일제히 돌아보았다.

그렇다. 등을 맞대듯 둘러서있던 정령들의 중심에, 쿠루미가 나타난 것이다.

"아, 아니……?"

"이게…… 대체……."

다들 경계하면서도 당혹스러운 표정을 짓는 가운데, 쿠루미는 더는 못 참겠다는 듯이 환하게 웃었다.

"너무 놀라지 마세요. 무슨 일이 일어나든 이상할 게 없답니다. —왜냐하면 전부, **단순한 꿈**에 지나지 않으니까요."

"꿈······?"

시도는 쿠루미의 말을 듣고 미간을 찌푸렸다. 그러자 쿠루미는 「예」 하고 고개를 끄덕이더니, 뒤이어 지면을 가볍게 박찼다.

그러자, 그 동작에 맞춰 쿠루미가 또 사라지더니, 이번에는 시도 일행의 앞에 나타났다.

"─이곳은 꿈속이랍니다. 망상과 공상이 뒤섞인 비현실이죠. 여러분은 지금, 잠시 동안, **꿈속의 꿈에서 깼어났을 뿐**이랍니다."

쿠루미는 천천히 춤이라도 추는 듯한 발걸음으로 걸음을 옮기며 그렇게 말했다. 정령들은 그녀의 말을 듣고 당혹스러운 반응을 보였다.

하지만, 시도는 쿠루미가 거짓말을 하는 것처럼 느껴지지 않았다.

아까부터 꿈속에 있는 듯한 느낌을 받았으며─ 무엇보다. 꿈이 아니라면 설명이 안 되는 현상이 눈앞에서 몇 번이나 벌어졌던 것이다.

게다가, 시도의 머릿속에는 불가사의한 기억이 남아 있었다. 그 모든 것이 꿈이라면, 그 말도 안 되는 상황도 설명이 됐다.

하지만─ 설령 그게 사실일지라도, 납득이 되지 않는 점이 있었다. 시도는 쿠루미를 똑바로 쳐다보면서 물었다.

"⋯⋯여기가 꿈속이라면, 너와 정령들은 전부 내 상상 속의 등장인물인 거야?"

그렇다. 그 점이 의문이었다. 시도는 자기 자신이 시도라는 것을 자각하고 있었다. 그리고 이것이 꿈이라면, 시도 이외의 모든 것은 전부 허구인 것이 된다.

하지만, 정령들의 생김새와 언동은 전부 그녀들 본인이 틀림없었으며, 무엇보다 꿈속의 등장인물인 쿠루미가 「이곳은 꿈속이다」라고 밝힌 이유를 알 수가 없었다.

⋯⋯뭐, 그런 점까지 전부 꿈속이기 때문이라고 말한다면, 시도는 납득할 수밖에 없지만 말이다.

하지만 쿠루미는 시도의 질문에 입술 가장자리를 일그러뜨렸다.

"아뇨. 지금 이 자리에 있는 분들 전원은 시도 씨와 마찬가지로 진짜랍니다. —정확하게는, 진짜 정령 분들의 의식이라고 표현해야 할지도 모르겠지만 말이에요."

쿠루미는 연극을 하듯 과장스러운 몸짓으로 주위를 둘러보면서 그렇게 말했다. 그러자, 시도의 옆에 있던 코토리가 미간을 찌푸리며 팔짱을 꼈다.

"⋯⋯확실히 내가 나라는 걸 자각하고 있지만— 대체 뭐가 어떻게 된 거야? 우리 모두가 같은 꿈을 꾸고 있다는 거야?"

"예. 여러분은 사이좋게 같은 꿈을 꾸고 있답니다. —제가 이어 붙여서 만든, 하나의 꿈을 말이죠."

"뭐……?"

코토리가 경계심에 사로잡히며 표정을 굳혔다. 하지만 쿠루미는 딱히 개의치 않으면서 즐겁게 웃기만 했다.

"─쿠루미, 네 목적은 대체 뭐야? 설마 우리가 네 손바닥 위에서 춤추는 모습을 보고 싶었던 것뿐이야?"

"우후후, 그것도 제 이유의 일부랍니다. 여러분의 꿈은 정말 재미있었죠. 시오리 양까지 나올 줄은 생각도 못했지만 말이에요."

"……윽! 여, 역시 그것도 네가 꾸민 짓이었던 거야?!"

시도가 눈을 치켜뜨며 외치자, 쿠루미는 어깨를 으쓱했다.

"그건 누명이에요. 저는 어디까지나 여러분의 꿈을 이어드 렸을 뿐이죠. 그 내용에는 관여하지 않았답니다. 어떤 분의 숨겨진 소망이 발현된 것 아닐까요? 뭐, 누구의 소망인지는 모르겠지만 말이에요."

"달링, 그렇게 된 건가요~?!"

쿠루미의 말에 미쿠가 눈을 반짝였다. 시도는 미쿠의 머리에 손을 얹고 그녀의 머리를 다른 방향으로 확 돌렸다.

"내가 아니니까 쳐다보지 말라고! 그리고 가장 수상한 건 미쿠, 바로 너거든?!"

"아앙~, 달링은 참 심술궂어요~."

"하아, 좀 조용히 해."

코토리가 시도와 미쿠의 말을 끊고 다시 쿠루미를 쳐다보았다.

"방금 그것도 이유 중 일부라고 말했지? 너는 장난이나 재미 삼아서라는 이유**만으로** 이런 짓을 벌일 정령이 아냐. ─말해 봐. 네 목적이 뭐야?"

"─키히히."

코토리가 날선 목소리로 그렇게 묻자, 쿠루미는 진심으로 즐거워했다.

"목적? 목적이라고 했나요? 이제 와서 왜 그런 걸 묻는 거죠? 제 소망은 옛날 옛적에 알려드렸을 텐데 말이에요. ─시도 씨가 봉인한 영력을 차지하는 거랍니다."

"……윽."

쿠루미가 아까까지와는 다른 종류의 미소를 짓자, 코토리는 작게 숨을 삼켰다.

쿠루미는 춤추듯 발걸음을 옮기면서 말을 이었다.

"달라진 건 없답니다. 차이점도 없답니다. 제아무리 수단이 달라지더라도, 제아무리 예정된 여정에서 벗어나더라도……."

"그, 그게 무슨 소리야?! 우리에게 꿈을 보여주는 것과, 영력을 빼앗는 것이 무슨 상관인데?!"

시도의 물음에 쿠루미는 하현달 같은 형태로 뜬 눈으로 시도를 쳐다보았다.

"시도 씨에게 봉인된 영력은 정령의 정신 상태에 따라 파이프를 통해 역류할 때가 있죠. 그리고 꿈을 꾸면서 마음이 흔들린다면, 잠든 상태에서도 영력이 역류하는 일이 충분히 벌어질 수 있지 않을까요?"

"……윽, 그건—."

말문이 막힌 시도가 코토리를 힐끔 쳐다보았다. —그 시선을 느낀 코토리는 식은땀을 흘리며 살며시 고개를 끄덕였다.

"……맞아. 미세하기는 하지만, 지금까지도 수면 중에 발생한 영력의 흐름이 관측된 적이 있어."

"……큭."

듣고 보니 확실히 맞는 말이었다. 나츠미는 자신이 싫어하는 일을 떠올리기만 해도 영력을 역류시킬 수 있었다. 악몽을 봤을 때 같은 현상이 일어나더라도 이상할 것이 없었다.

"그 역류한 영력을 저의 그림자로 빨아들이는 거죠. 평소 같으면 정령 분들이 위화감을 느끼고 잠에서 깨어나겠지만, 의식이 꿈의 감옥에 갇혀 있어서는 저항할 수 없겠죠? —꿈을 보여주고, 힘을 빼앗는다. —우후후, 인간이 저에게 붙인 몽마(夢魔)라는 식별명에 어울리는 방식 같지 않나요?"
〈나이트메어〉

"뭐……!"

"무쿠들의 영력을…… 말이냐?"

쿠루미의 웃음소리가 어둠 속에 울려 퍼졌다. 정령들의 표정에 전율이 어리더니, 자신의 몸을 만져보거나 손을 응시하며 자기 자신에게 이상이 없는지 확인했다.

그런 와중에도 쿠루미에게서 한시도 시선을 떼지 않는 이가 한 명 있었다. ─바로 오리가미였다.

"─다들 진정해. 토키사키 쿠루미가 방금 한 말이 사실이라면, 우리가 불안을 느끼는 것 자체가 위험할 수도 있어."

"""……아!"""

오리가미가 그렇게 말하자, 정령들은 숨을 삼켰다.

한편, 오리가미는 쿠루미에게서 눈을 떼지 않으며 다른 정령들에게 말했다.

"─불가사의한 점이 두 개 있어."

"뭐……?"

"하나는 방법이야. 토키사키 쿠루미는 우리의 꿈을 이었다고 말했어. 하지만 대체 어떻게? 그녀의 천사 〈각각제(刻刻帝)〉의 능력이라고 보기는 어려워."

"아……."

듣고 보니 납득이 됐다. 상황에 휘둘리느라 생각이 미치지 않았지만, 쿠루미의 〈자프키엘〉은 시간을 조종하는 천사였다. 꿈을 이어주는 힘은 계통 면에서 명백하게 다른 느낌이 들었다.

"다른 하나는 그녀가 우리 앞에 모습을 드러낸 이유야. 그녀의 말이 사실이라면, 우리에게 일부러 상황을 설명해줄 이유가 없어."

"음……."

"그건…… 그래."

정령들은 납득했다는 듯이 고개를 끄덕였다.

오리가미는 손가락을 하나씩 접으면서 말을 이었다.

"지금 상황에 부합하는 이유는 두 개 뿐이야. 이미 충분한 영력을 확보했거나— **그녀의 의도대로 일이 진행되지 않았거나.**"

"—우후후."

오리가미가 자신의 견해를 말하자, 쿠루미는 눈을 내리깔며 작게 웃음을 흘렸다.

"오리가미 양은 정말 머리가 좋군요. 오리가미 양의 예측대로랍니다. 제 계획은 아직 성공하지 못했죠. 영력을 얻을 기회가 몇 번 있었지만, 전부 아슬아슬한 타이밍에 방해를 받고 말았어요."

그렇게 말한 쿠루미는 치마를 펄럭이며 시도를 향해 돌아섰다.

"—시도 씨. 바로 당신에게 말이에요."

"뭐……?"

쿠루미의 날카로운 시선에 꿰뚫린 시도는 미간을 약간 찌푸렸다.

"정령 분들의 영력을 제가 차지하려고 할 때마다, 시도 씨가 키스를 해서 여러분들의 정신 상태를 안정시키지 뭐예요. —자신의 역할을 기억하고 있지도 못할 텐데, 정말 사사건건 저의 훼방을 놓더군요."

"—윽, 아……."

시도는 그 말을 듣고 자신의 입술을 매만졌다.

시도는 꿈속에서 정령들에게 키스를 했던 것을 기억하고 있었다. 의도적으로 그런 건 아니지만— 그 행동 덕분에 정령들을 쿠루미로부터 지킬 수 있었던 것이다.

하지만, 쿠루미는 딱히 분통을 터뜨리지 않았다. 그리고 무시무시한 미소를 머금으며 말을 이었다.

"그러니, 좀 더 심플한 방법을 사용할까 해요. —이 자리에서 정령 여러분과 시도 씨에게 고통을 가한다면, 조금은 마음이 흐트러지겠죠?"

"""……윽!"""

쿠루미가 그렇게 말하자, 정령들은 다시 경계심을 품었다. 토카와 무쿠로는 시도를 지키려는 듯이 앞으로 나섰고, 야마이 자매는 금방이라도 쿠루미에게 달려들 수 있도록 자세를 낮췄다.

그리고 그에 맞춰 소녀들의 몸에서 옅은 빛이 뿜어져 나오더니, 한정적인 영장과 천사가 모습을 드러냈다. 아무래도 꿈속에서도 한정 영장과 천사는 현현시킬 수 있는 것 같았다.

하지만 이런 수적으로 열세인 상황에도 불구하고, 쿠루미의 표정에서는 여유가 사라지지 않았다.

"키히히, 히히. 이해가 빠르군요. 하~지~만~ 생각이 짧군요. 꿈의 세계에서 저한테 이길 수 있을 거라고 생각하나요?"

쿠루미는 자신만만한 웃음을 흘리더니, 양손을 펼쳤다.

"—오리가미 양의 첫 번째 질문에 답하도록 할까요. 여러분의 꿈을 이어서 이 세계를 만든 건, 〈자프키엘〉의 힘이 아니랍니다. 하지만— 여러분은 이미 알고 계실 텐데요? 그 어떤 상상도 실현시키는 힘을! 공상을 현실로 바꾸는, **인지를 초월한 기술을!**"

그 외침에 호응하듯, 쿠루미의 몸이 옅은 빛을 뿜기 시작했다.

그리고 다음 순간, 영장과는 다른 무언가가 쿠루미의 몸을 감쌌다.

"앗······?!"

"그건—"

시도와 오리가미의 목소리가 포개졌다. 오리가미답지 않게, 그녀의 목소리에는 약간의 경악이 어려 있었다.

하지만, 그것도 무리는 아니었다.

쿠루미의 몸을 감싼 것은— 검은색과 흰색으로 꾸며진 기계 갑옷이었던 것이다.

"CR-유닛······!"

오리가미가 쥐어짜낸 듯한 목소리로 말했다.

그렇다. 현현장치(顯現裝置)를 전술적으로 운용하기 위한 병기— CR-유닛.

AST와 DEM의 마술사가 정령과 싸우기 위한 장비를, 정령인 쿠루미가 착용한 것이다.

하지만, 저 유닛 자체는 처음 보는 타입이었다.

AST의 제식 장비와도, DEM의 범용 장비와도 다른, 흉흉하면서도 아름다운 형태였다. 허리 언저리에 치마 느낌으로 달려 있는 날카로운 유닛이 거미를 연상케 했다.

"예. 정답이에요. 리얼라이저— 천사에게는 미치지 못하지만, 그 힘의 범용성은 특필할 가치가 있죠. 정말 대단한 걸 만들어냈군요."

"그걸 대체, 어디서……."

오리가미가 묻자, 쿠루미는 양손의 손가락을 꼼지락거리며 대답했다.

"저를 죽이려 했던 DEM의 위저드 분에게서 얻은 거랍니다. CR-유닛 〈아틀락 나챠〉. 꽤 귀엽죠? —키히히. 강력한 무기를 다룰 때는 꼭 명심하세요. 그 무기를, 적에게 빼앗겼을 때 얼마나 큰 위협이 되는지를 말이에요!"

그 순간, 쿠루미가 양손을 교차시켰다. 그러자 열 개의 손가락에서 실 같은 것이 뿜어져 나왔다.

그 실은 거대한 성의 첨탑에 휘감기더니, 첨탑들을 잇는 다리를 형성했다.

—그 모습은, 거미집을 연상케 했다.

"이건……?!"

"—레이저 스트링. 생성 마력을 실 형태로 변화시켜서 만든 거야."

시도가 당황하자, 오리가미는 눈을 가늘게 뜨며 그렇게 설명했다. 바로 그때, 나츠미가 당혹스러운 표정을 지으며 입을 열었다.

"······어떻게 된 거야? 리얼라이저는 머리에 기계를 박아야만 쓸 수 있는 거 아니었어?"

나츠미는 그렇게 말하며 코토리를 힐끔 쳐다보았다. 코토리는 쿠루미에게서 눈을 떼지 않으며 그 질문에 대답했다.

"······맞아. 리얼라이저 자체는 DEM의 위저드에게서 빼앗을 수 있겠지만, 뇌에 지령을 내리기 위한 송신장치가 없으면 작동시킬 수 없어. 하지만, 리얼라이저는 원래 정령의 힘을 모델로 만든 거야. 시험해본 적은 없지만, 정령이라면 송신장치가 없어도 쓸 수 있을지도 몰라. 혹은—."

"혹은?"

"—분신을 이용해 자기 머리에 수술을 했을 가능성이 있어."

"으으으······."

"키히히힛!"

쿠루미는 정령들의 대화를 끊으려는 듯이 웃음을 터뜨리더니, 그대로 하늘 높이 도약했다. 그리고 이번에는 시도 일행을 향해 『실』을 날렸다.

"허튼 짓 마라······!"

토카가 지면을 박차고 날카로운 기합을 내지르며 손에 쥔 천사 〈산달폰〉을 휘둘렀다.

하지만 쿠루미가 날린 『실』은 두께 면에서 몇 백 배 더 두꺼울 대검 〈산달폰〉을 막아내더니, 그대로 토카가 꼼짝도 못하도록 그녀의 몸을 휘감았다.

"큭—!"

"토카?!"

토카가 〈산달폰〉을 쥔 채 『실』에 꽁꽁 묶여 그대로 지면을 나뒹굴었다. 하지만 시도는 토카에게 다가가지 못했다. 공중에서 그물처럼 짜인 쿠루미의 『실』이 투망처럼 시도를 덮친 것이다.

"우왓……!"

"시도!"

코토리의 목소리가 들린 순간, 시도의 몸이 뒤편으로 튕겨났다. 덕분에 시도는 위기에서 벗어났지만—.

"꺄앗!"

"……윽! 코토리!"

그 대신, 시도를 구한 코토리가 『그물』에 잡히면서 그대로 지면을 뒹굴게 됐다.

"큭—!"

물론 다른 정령들도 가만히 있지는 않았다. 야마이 자매가 바람을 두르며 돌격했고, 오리가미가 〈절멸천사(絶滅天使)〉를 날렸으며, 무쿠로가 〈봉해주(封解主)〉로 공간에 구명을 만들어서 협공을 펼치려 했다.

하지만 쿠루미는 첨탑 사이에 쳐둔 『실』을 건너다니는 듯한 화려한 움직임으로 공격을 피하더니, 『실』로 만든 『그물』로 야마이 자매를, 오리가미를, 무쿠로를 옭아맸다.

"큭, 이익! 이게 무슨 짓이냐! 정정당당하게 승부하지 못할까!"

"비열. 이걸로 자기가 이겼다고 생각하는 건가요?"

"──."

"으음…… 꼼짝도 할 수 없구나……."

정령들은 필사적으로 버둥거렸지만, 강인한 『실』은 꿈쩍도 하지 않았다.

"여러분……!"

"우왓, 위험해……."

"꺄아~! 다들 무슨 짓을 당해도 저항할 수 없는 상태가 됐군요~! 큰일이에요~! 지금 바로 구해드릴게요~!"

요시노와 나츠미, 미쿠도 저항하려 했지만, 결국 다른 이들과 마찬가지로 『실』에 묶이고 말았다. 니아는 딱히 아무것도 안 했지만, 어느새 꽁꽁 묶인 채 지면을 굴러다니고 있었다.

"잠깐만~! 나만 대접이 너무하잖아~! 배려 좀 해주면 어디 덧나냐~?! 나도 소년을 구하려다 당하고 싶어~!"

"조용히 하세요."

"우읍~?!"

불만을 늘어놓던 니아의 입이 『실』에 막혔다. 첨탑과 첨탑을 잇는 『실』 위에 선 쿠루미는 무력화된 정령들을 내려다본 후, 시도를 향해 고개를 돌렸다.

"—우후후. 이제 남은 사람은 시도 씨뿐인 것 같군요."

"이익⋯⋯!"

시도는 이를 악 물고 의식을 집중했다. —정령들이 영장과 천사를 현현시킬 수 있다면, 시도 또한 가능할 것이다.

하지만—.

"키히히. 그렇게는 안 돼요."

쿠루미의 손가락이 움직인 순간, 양옆에서 뻗어온 『실』이 시도의 손발을 옭아맸다. 그리고 그대로 사방으로 당겨지자, 시도는 사지를 쫙 편 채 꼼짝도 할 수 없었다.

"큭⋯⋯?!"

"게임 오버, 랍니다."

쿠루미는 자신만만한 미소를 지으며 지면에 내려서더니, 시도를 향해 천천히 걸어갔다.

"우후후. —만약 현실에서 천사를 지닌 다수의 상대를 저 혼자 상대했다면 분명 졌겠죠. 하지만, 이곳은 꿈속이랍니다. 제가 만들어낸 공상의 왕국이죠. 그렇다면— 그 어떤 힘을 지녔더라도, 여러분이 저를 이길 수 있을 리가 없지 않겠어요?"

쿠루미는 노래하는 듯한 어조로 그렇게 말하면서 시도의 앞에 섰다.

"자, 어떻게 해야 현실에 영향을 끼칠 정도로 여러분의 마음이 흐트러질까요? 고통을 가할까요? 굴욕을 맛보여드릴까요? 아니면─."

"─윽!"

시도는 무심코 숨을 삼켰다.

쿠루미가 혀로 입술을 핥더니, 요염한 손길로 시도의 몸을 매만진 것이다.

"다른 방식이…… 더 효과적이려나요?"

"너, 너, 대체 뭘─."

"우후후."

시도의 당황한 모습을 보며 즐기듯, 쿠루미는 요염한 미소를 머금었다. 그 모습을 본 정령들이 비명에 가까운 고함을 질렀다.

"쿠, 쿠루미! 시도에게 뭘 하려는 것이냐!"

"빨리 떨어져! 안 그러면 진짜로 화낼 거야!"

"으ㅡ읍~! ㅇㅡㅇㅇㅇㅇㅇㅇㅇㅇㅡ읍~~~~~!"

토카와 코토리는 실에서 벗어나기 위해 몸을 버둥거렸다. 니아 또한 입이 막힌 상태에서 무슨 말을 한 것 같지만, 어찌된 영문인지 변변찮은 소리를 늘어놓고 있다는 것을 바로 눈치챘다.

쿠루미는 그런 정령들을 보면서 미소를 짓더니, 시도의 몸을 계속 매만졌다.

"잠깐, 어이……?!"

"후후, 기분 좋게 해드리죠—."

—하지만, 다음 순간…….

"……윽! 어—?"

예상치 못한 감각을 느낀 시도는 눈을 동그랗게 떴다.

이유는 단순했다. 핑— 하는 소리가 들리더니, 자신의 사지를 묶고 있던 『실』이 끊어진 것이다.

"——!"

곧이어 쿠루미가 뭔가를 눈치챈 것처럼 숨을 삼키더니, 그대로 뒤편으로 도약했다.

그런 그녀와 교대하듯, 조그마한 몸집의 소녀가 하늘에서 시도가 있는 곳을 향해 낙하했다.

"늦어버려서 죄송해요, 오라버니. 다친 곳은 없나요?"

"……마, 마나?!"

다음 순간, 소녀의 모습과 목소리를 인식한 시도는 무심코 상대방의 이름을 외쳤다.

그렇다. 이 자리에 나타난 이는 〈라타토스크〉의 위저드이자 시도의 자칭 친동생인 타카미야 마나였다.

하지만, 시도는 눈앞의 소녀가 마나라는 사실을 한눈에 알아보지 못했다.

그 이유는 단순했다. 그녀가 평소와 전혀 다른 옷차림을 하고 나타났기 때문이다.

프릴이 잔뜩 달린 귀여운 드레스, 허리를 꽉 졸라매는 코르셋, 긴 신발 끈으로 묶여 있는 가죽 부츠, 그리고 머리에 쓴 헤드드레스에는 조그마한 왕관도 달려 있었다. 게다가 그녀가 무기 삼아 쥐고 있는 것 또한, 프릴이 달린 양산이었다.

그것은 흔히 고스로리 스타일이라 불리는 복장이었다. 신기하게도 잘 어울리기는 하지만, 평소에 파카나 운동복을 즐겨 있던 마나의 이미지와는 꽤 동떨어진 복장이었다.

"그, 그 옷은······."

"아, 이거 말인가요. 이상하네요. 『밖』에서는 〈바나르간드〉를 착용하고 있었는데 말이죠. ─꿈의 세계의 영향을 받아서 이렇게 되어버린 걸까요?"

〈바나르간드〉란 〈라타토스크〉가 개발한 CR-유닛의 명칭이었다.

그 발언, 그리고 『밖』이라는 말을 들은 시도가 어깨를 부르르 떨었다.

시도는 마나가 나타난 순간, 그녀 또한 쿠루미에 의해 이 꿈의 세계에 사로잡힌 거라고 생각했다.

하지만─ 그렇지 않았다. 애초에 정령도 아닌 마나를 쿠루미가 노릴 이유가 없는 것이다.

"마나, 설마 너는─."

"─『현실』에서 이곳으로 온 거죠?"

시도의 말을 이어받듯, 눈을 가늘게 뜬 쿠루미가 그렇게 말했다. 마나는 굳어 있던 표정을 풀더니, 귀여운 양산을 고쳐 쥐며 고개를 끄덕였다.

"맞아요. 레이네 씨가 오라버니와 정령들의 뇌파에 이상이 발생했다는 걸 눈치채버렸거든요. 〈나이트메어〉와 마찬가지로, 리얼라이저를 이용해 의식만을 여러분이 있는 꿈속으로 전송했어요. 조금만 늦었어도 큰일이 나버렸을 것 같지만 말이에요."

"─어머, 어머."

쿠루미는 마나의 말을 듣고 한숨을 내쉬더니, 양손의 손가락을 꼼지락거렸다. 그러자, 주위에 펼쳐져 있던 『실』이 꿈틀거리기 시작했다.

"마음 같아서는 환영해드리고 싶지만─ 지금은 제가 좀 바빠서 말이죠. 초대받지 못한 손님은 즉시 퇴장해주셨으면 좋겠군요."

"흥. 초대받지 못한 손님은 내가 아니라 당신일 텐데요. ─그건 그렇고, CR-유닛을 장착했군요. 그 기분 나쁜 디자인이 참 잘 어울려버리네요."

"키히히. 마나 양도 지금 입고 있는 드레스가 참 어울리는군요. 말 못하는 인형으로 만들어서 곁에 두고 싶을 정도랍니다!"

쿠루미는 더는 대화를 나눌 생각이 없다는 듯이 두 손을 힘차게 치켜들었다. 그러자, 그녀의 손가락 하나하나에 달린 빛나는 『실』이 어둠으로 된 거대한 성을 갈가리 찢으며 마나를 덮쳤다.

"하앗―!"

하지만 마나는 전혀 당황하지 않으며 지면을 박차더니, 손에 쥔 양산을 휘둘렀다.

그 순간, 마나에게 쇄도하던 여러 『실』이 양산에 잘려나갔다.

"흥. 정령 분들 상대로는 압도적으로 우세해버렸을지도 모르지만, 나는 당신과 마찬가지로 리얼라이저를 이용해 의식만을 이곳으로 보낸 존재예요. 조건은 동일하다고요……!"

"―."

마나가 양산 끝으로 쿠루미를 겨누며 그대로 찌르기를 날렸다. 쿠루미는 뒤편으로 몸을 날리며 겨우겨우 그 공격을 피한 뒤, 다시 생성한 『실』을 날렸다.

하지만, 이번에 쿠루미가 노린 건 마나가 아니었다. 『실』은 근처에 있던 첨탑을 간단히 절단하더니, 그 잔해를 마나가 있는 위치를 향해 낙하시켰다.

"하앗……!"

하지만 마나는 다리를 굽히면서 양산으로 자신에게 명중할 것만 같은 잔해만 쳐내고는, 그대로 쿠루미를 향해 돌진했다.

"어머나, 행동거지가 참 경망스럽군요, 마나 양!"

"당신한테 그런 소리를 들어버리고 싶지는 않거든요?!"

마나와 쿠루미는 그런 식으로 서로에게 악담을 퍼부으면서 종횡무진으로 성 안을 누볐다.

〈산달폰〉으로도 자르지 못했던 『실』을, 저 양산은 간단히 잘랐다. 그리고 저 『실』은 제아무리 잘려나가도 다시 생성됐다. 두 무기의 공방전이 교착 상태에 이르렀고, 그 여파에 의해 거대한 성은 파괴되었다.

"쳇―."

한동안 공방전을 이어나가던 마나는 『실』을 피하면서 뒤편으로 몸을 날리더니, 시도의 곁에 착지했다.

그녀는 쿠루미에게 들리지 않도록 작은 목소리로 시도에게 말을 건넸다.

"……오라버니. 보다시피, 힘은 거의 대등해요. 지지는 않겠지만, 이기는 것도 힘들어버리죠. 게다가― 애초에 여기는 꿈속이에요. 설령 〈나이트메어〉를 박살내버리더라도 이겼다고 할 수는 없을 거예요."

"뭐…… 그럼 어떻게 하면 되는데?"

시도가 묻자, 마나는 쿠루미에게서 시선을 떼지 않은 채 말을 이었다.

"……이곳에는 『의식』만이 존재하고 있죠. 즉, 마음을 굴복시킬 수밖에 없어요."

"마음을…… 굴복시켜?"

"예. 그리고 마나의 힘만으로 상대의 마음을 굴복시켜버리는 건 무리예요. —오라버니의 협력이 필요해요."

"뭐……?"

시도는 마나의 말을 듣고 눈을 동그랗게 떴다.

"잠깐만 있어봐. 협력이라면 얼마든지 하겠지만…… 나는 리얼라이저를 쓰고 있는 게 아니니까, 전혀 도움이 안 될 거야."

"그 점은 안심해요. 레이네 씨가 비책을 알려줬거든요. —다음에 마나가 공격한 순간을 노려버리세요. 잘 부탁해요, 오라버니."

"어, 잠깐만, 마나—?!"

마나는 제대로 설명도 해주지 않은 채, 다시 쿠루미에게 돌격했다.

하지만 협력 요청을 받은 이상, 가만히 있을 수는 없었다. 구체적으로 뭘 하면 되는지는 모르겠지만, 시도는 마나와 레이네를 믿고 전장을 향해 내달렸다.

바로 그때, 마나와 쿠루미의 전투가 다시 시작됐다. 양산이 엄청난 속도로 빛나며 수많은 『실』을 벴다.

하지만 다음 순간— 마나가 이제까지와는 전혀 다른 행동을 취했다.

『실』을 벤 후, 쿠루미를 향해 양산 끝을 내밀더니—.

"리얼라이저— 발동!"

손잡이 부분에 달린 버튼을 누르자, 접혀 있던 양산이 활짝 펼쳐졌다.

그 순간, 양산의 안쪽에서 뿜어져 나온 빛이 주위를 뒤덮었다.

"아니—!"

"이건—?!"

시도와 쿠루미의 당혹스러움으로 가득 찬 목소리가 포개졌다.

이윽고 그 빛은 두 사람을 삼켰고— 그들의 시야를 순백색으로 물들였다.

◇

"—자, 깨끗해졌군요."

저택의 창문을 깨끗하게 닦은 쿠루미가 휴우 하고 한숨을 내쉬면서 손에 쥔 걸레를 물이 든 양동이에 넣었다. 걸레에서 때가 녹아나오면서 물을 잿빛으로 만들었다.

하지만, 일은 아직 끝나지 않았다. 창문을 다 닦은 후에는 방을 청소해야 하며, 그것이 끝나고 나면 빨래를 걷어야 할 시간이다. 그 정도로 청소에 시간이 걸릴 만큼, 이츠카 저택은 광대한 것이다.

하지만 그것도 당연했다. 이츠카 가문은 오래된 귀족 가문이자, 지금도 정재계에 큰 영향력을 지닌 명가였다.

그리고 쿠루미는 이 가문에 고용된 메이드 중 한 명이었다.

"……어머, 어머?"

바로 그때, 쿠루미는 고개를 갸웃거렸다.

그리고 방금 자신이 닦은 창문을 쳐다보았다. 깨끗하게 닦인 유리는 거울처럼 쿠루미의 모습을 비추고 있었다.

진한 감색 치마와 흰색 앞치마를 두른 쿠루미는 머리에 귀여운 헤드드레스를 쓰고 있었다. 완벽한 메이드 스타일이며, 쿠루미의 작업복이었다. ……하지만, 쿠루미는 이 옷차림을 보고, 말로 형용할 수 없는 위화감을 느꼈다.

뭐가 이상한지 꼭 집어 말할 수는 없었다. 쿠루미는 이 저택의 메이드가 맞고, 지금은 일을 하고 있다. 하지만 어째서일까. 다른 모습을 한 자기 자신의 모습이 쿠루미의 뇌리를 스쳤다. 기계…… 갑옷…… 전투? 대체 누구와……?

"—농땡이를 부려버리고 있는 건가요?"

쿠루미가 그런 생각을 하고 있을 때, 등 뒤에서 느닷없이 목소리가 들려왔다.

쿠루미는 그 목소리를 듣자마자 어깨를 부르르 떨었다.

"……윽! 마, 마나 양."

허둥지둥 뒤를 돌아보니, 고급스러운 옷을 입은 조그마한 체구의 소녀가 화난 듯이 팔짱을 낀 채 서 있었다. —타카미야 마나. 이츠카 가문의 영애였다. 이츠카 가문의 사람인데 성이 타카미야인 점은 지적하면 안 될 것 같은 느낌이 들었다.

"마나— 양?"

마나는 미간을 찌푸리며 쿠루미를 노려보았다. 그러자 쿠루미는 어깨를 부르르 떨었다.

"죄, 죄송합니다, 마나 아가씨……!"

"—흥. 뭐, 좋아요. 그것보다, 완벽하게 자기 일을 마친 후에 정신 나간 것처럼 멍하니 서 있었던 거겠죠? —흐음."

마나는 그렇게 말하며 근처 선반을 손가락으로 훑었다.

그리고 희미하게 먼지가 묻은 손가락을 내밀면서, 또 쿠루미를 노려보았다.

"어머나? 그런 것치고는 먼지가 잔뜩 쌓여 있어버리는 것 같군요."

마나는 심술궂은 시어머니 같은 말투로 그렇게 말했다. ……마나는 다른 메이드에게는 상냥해서 인격자라는 소리를 듣지만, 쿠루미에게는 이렇게 매몰찼다.

"죄, 죄송합니다! 지금 바로……!"

쿠루미는 그렇게 말하며 방 밖에 있는 청소도구를 가지러 가려고 했다.

하지만 발치에 뒀던 양동이에 발이 걸린 나머지, 그대로 넘어지고 말았다.

"꺄아—?!"

양동이가 쓰러지면서 사방에 물이 흩뿌려졌다. 게다가 쿠루미가 넘어지면서 선반 위에 전시되어 있던 항아리가 바닥에 떨어졌다. 쨍그랑 하는 소리가 울려 퍼지더니, 고급스러워보이던 항아리가 산산조각이 나고 말았다.

"아앗……?!"

"아니…… 다, 당신, 이게 무슨 짓이죠?! 그 항아리는 오라버니가 아끼는—!"

마나가 새파랗게 질린 얼굴로 고함을 지르려던 바로 그때였다. 갑자기 방문이 열리더니, 한 소년이 안으로 들어왔다.

"—뭔가가 깨지는 소리가 들렸는데, 무슨 일이야?"

"앗, 오, 오라버니! 저기 좀 보세요! 이 메이드가 오라버니의 항아리를……!"

마나가 소년을 쳐다보며 그렇게 외쳤다. 그렇다. 이 소년이 바로 이츠카 가문의 자제인 이츠카 시도였다.

"아, 아아……."

쿠루미의 목소리가 떨리기 시작했다. —이제 다 틀렸다. 이츠카 저택에 놓여 있는 장식품의 가격이 얼마나 될지 상상조차 되지 않았다.

"흠……."

하지만 시도는 차분한 표정으로 한숨을 내쉬더니, 마나를 쳐다보았다.

"뒷일은 나한테 맡기고, 마나는 네 방으로 돌아가렴."

"아, 예······."

떨떠름한 목소리로 대답한 마나는 쿠루미를 날카롭게 노려본 후, 시도의 말에 따라 방에서 나갔다.

시도는 마나가 나간 것을 확인한 후, 천천히 쿠루미를 향해 걸어가더니―.

"―다치지는 않았어?"

······하고 손을 내밀었다.

"예······?"

쿠루미는 눈을 동그랗게 뜨고 시도의 얼굴을 쳐다보았다. ―그의 상냥해 보이는 얼굴을 말이다.

"아, 예. ······저는 괜찮아요."

"그래? 정말 다행이야."

시도는 쿠루미의 손을 잡고 일으켜 세워준 뒤, 씨익 웃었다.

쿠루미는 시도의 표정을 보며 당혹스러워했다. 그것도 무리는 아니었다. 쿠루미는 그의 소중한 항아리를 깬 것이다.

"저기······ 제가 어떻게 사죄하면 될까요······."

"응? 뭐, 어쩔 수 없지. 형태가 있는 것은 언젠가 부서지기 마련이라잖아."

"하, 하지만······."

쿠루미가 그렇게 말하자, 시도는 머리를 긁적였다. 그리고 뭔가가 생각났다는 듯이 장난기 섞인 미소를 지었다.

"······뭐, 이번 일을 그냥 넘어간다면 메이드들의 기강이 흐트러질지도 모르겠는걸. 어쩔 수 없지. ─벌을 줘야겠어."

"─윽."

『벌』. 이 저택에서 그 말이 의미하는 건, 헛간에 가둬두거나 체벌을 가하는 것이 아니었다. 쿠루미는 얼굴을 새빨갛게 붉히며 고개를 숙였다.

하지만, 거부할 수는 없었다. 쿠루미에게는 먹여 살려야 하는 여동생들(전부 똑같이 생김)이 잔뜩 있기 때문이다. 만약 쿠루미가 해고당한다면, 여동생들(전부 똑같이 생김)은 길바닥에 나앉게 되리라.

"예⋯⋯."

쿠루미는 기어들어가는 목소리로 그렇게 대답한 뒤, 희미하게 떨리는 손으로 치맛자락을 움켜쥔 후, 자신의 속옷이 보이도록 천천히 들어올렸다.

그러자, 시도는 재미있다는 듯이 눈을 가늘게 떴다.

"뭐야, 꽤나 적극적인걸. 혹시 벌을 받고 싶어서 일부러 항아리를 깬 거야?"

"⋯⋯윽! 그, 그렇지 않─."

쿠루미는 말을 끝까지 잇지 못했다.

시도가 쿠루미의 어깨를 움켜잡더니, 그대로 벽 쪽으로 몰아넣은 것이다.

그리고 거칠면서도 상냥하기 그지없는 손길로 쿠루미의 턱을 들어 올리더니, 천천히 얼굴을 내밀었다.

"참 나쁜 아이네. ─네가 기뻐해서야, 벌이라고 할 수 없는데 말이지."

"아……, 어……?"

시도의 의도를 눈치챈 쿠루미는 얼굴을 새빨갛게 붉히며 당황했다. 하지만 시도는 그런 쿠루미의 반응마저 즐기듯 미소를 짓더니, 속삭이는 듯한 어조로 말했다.

"─싫어? 그래도 계속할 거야. 이건 너한테 주는 벌이니까 말이야."

"……윽!"

쿠루미는 몸을 희미하게 떨면서, 볼을 더욱 붉혔다.

긴장, 그리고 미세한 공포도 분명 느끼고 있었다.

하지만, 얼굴을 붉힌 가장 큰 이유는─ 벌을 받는 입장이면서도, 시도에게라면 이런 짓을 당해도 상관없다고 생각한, 그런 스스로를 향한 수치심 때문이었다.

"읍─."

"──."

시도의 입술이, 쿠루미의 입술에 닿았다.

그 순간, 쿠루미는 머릿속에서 불똥이 튀는 듯한 충격을 받았다.

◇

"—꺄아아아아아아아아아아아—?!"

섬광이 어둠으로 이뤄진 거대한 성을 밝힌 순간, 쿠루미의 비명이 사방에 울려 퍼졌다.

가벼운 현기증이 난 시도는 손으로 머리를 짚으면서 그 목소리를 들었다.

"바, 방금 그건 뭐야……?"

묘한 체험을 한 것 같은 느낌이 들었다. 명가의 자제가 되어, 메이드인 쿠루미에게 벌을 주는 기억이 머릿속에 남아 있었다.

시도가 당혹스러워 하고 있자, 앞에 있던 마나가 손에 쥔 양산을 접어서 어깨에 걸치며 설명했다.

"—일시적으로 〈나이트메어〉을 꿈의 공간에 끌어들여버렸어요. 간단히 말해, 토카 씨나 코토리 씨 때와 같은 현상을, 〈나이트메어〉에게도 체험시켰죠."

"아—."

시도는 그 말을 듣고 눈을 크게 떴다. 그러고 보니 방금 느낀 감각은 꿈속에서 고양이나 편집자가 됐을 때와 비슷한 것 같았다.

"아무튼, 대단했어요. 역시 오라버니예요. 〈나이트메어〉를 완벽하게 농락할 줄은 몰랐어요."

"아, 아니, 나는 뭐가 어떻게 된 건지 모르겠는데……."

시도는 식은땀을 삐질삐질 흘리면서 볼을 긁적였다. 지금까지 꾼 꿈과 마찬가지로, 아까는 자신을 『아니꼬운 명문가 자제』로 인식하고 있었다. 그래서 지금 생각해보면 얼굴이 화끈거리는 행동도 별 위화감 없이 할 수 있었던 것이다.

"……그, 그런데…… 마나는 어떻게 내가 쿠루미를 농락한 걸 아는 거야?"

"예? 그야 방으로 돌아가는 척 하면서, 문틈으로 몰래 훔쳐보고 있었으니까요."

"보고 있었던 거야?!"

시도가 무심코 고함을 지른 순간, 주위에 자욱하던 흙먼지가 가라앉으면서 쿠루미의 모습이 드러났다.

"하아……, 하아……."

몸에 상처는 없었고, 장비도 파손되지 않았다. 하지만 쿠루미는 괴로운 듯이 지면에 주저앉아 있었다. 그녀의 얼굴에는 구슬땀이 맺혀 있었으며, 볼도 홍조를 띠고 있었다.

"훗, 결판이 난 것 같군요. 〈나이트메어〉, 순순히 다른 사람들을 해방시켜주세요."

"그, 그럴 수는—"

쿠루미는 말을 이으면서 몸을 일으키려 했다. 그러자, 마나는 눈을 살며시 내리깔면서 중얼거렸다.

"『싫어? 그래도 계속할 거야. 이건 너한테 주는 벌이니까 말이야』."

"히익……?!"

그 순간, 두 발이 사시나무 떨듯 떨리기 시작한 쿠루미가 그 자리에 무너지듯 다시 주저앉았다. 효과가 정말 끝내줬다.

하지만, 문제가 하나 있었다. 시도는 볼을 붉히면서 신음에 가까운 어조로 말했다.

"……마나, 네가 그러면 나도 대미지를 입는다고……."

"아, 미안해요."

마나는 딱히 미안해하는 것 같지 않은 말투로 그렇게 말하더니, 손에 쥔 양산을 쿠루미를 향해 겨눴다.

"항복해버리세요. 안 그러면, 아까 그 꿈의 뒷내용을 경험하게 될 거예요."

"크, 크윽……."

쿠루미는 분한지 낮은 신음을 흘렸다. 그런 그녀의 눈에는 눈물이 맺혀 있었다.

승패는 갈렸다. 쿠루미는 허세를 부리고 있지만, 그녀의 마음은 이미 꺾였다. 조금만 더 밀어붙이면, 다른 이들을 이 공간에서 해방시켜줄 것이다. 솔직히 말해 시도도 부끄러워 죽을 것 같았기에, 쿠루미가 빨리 체념해주기를 마음속으로 빌었다.

하지만— 바로 그때였다.

"—더는 추태를 보이지 말아줬으면 좋겠군요, 『저』."

어딘가에서 그런 목소리가 들려왔다.

"어……?"

"이 목소리는— 〈나이트메어〉!"

마나의 말에 답하듯, 주저앉은 쿠루미 옆에 어느새 생겨난 그림자에서 붉은색과 검은색으로 꾸며진 영장을 걸친 쿠루미가 모습을 드러냈다. 시도는 그녀를 보자마자 무심코 외쳤다.

"쿠루미?! 그렇다면, 저 쿠루미는—."

시도가 CR-유닛을 장착한 쿠루미를 쳐다보며 그렇게 말하자, 마나는 완전히 질린 듯한 말투로 입을 열었다.

"—역시, 분신이었군요. 뭐, 예상은 했지만요."

"어머나, 역시 마나 양이군요. 눈치채고 있었던 건가요?"

"내가 지금까지 당신을 몇 명이나 죽여 버렸는지 잊었어요? 그 정도는 당연히 눈치채야죠."

쿠루미가 농담 투로 그렇게 말하자, 마나는 흥 하고 코웃음을 쳤다.

"—그럼 이제 어쩔래요? 나와 한판 뜨겠어요?"

"성급하게 판단을 내리지 말아주세요. 제가 이곳에 온 건, 여러분과 결판을 내기 위해서가 아니라— 독단적인 행동을 한 『저』를 회수하기 위해서랍니다."

"뭐……?"

쿠루미의 뜻밖의 말에 시도는 눈을 동그랗게 떴다.

바로 그때, 주저앉아 있던 CR-유닛 차림의 쿠루미— 분신이 히스테릭한 목소리로 고함을 질렀다.

"『저』……! 대체 어떻게 이곳에 온 거죠?!"

"CR-유닛을 착용한 채 곯아떨어져 있는 분신을 발견해서, 【열 번째 탄환】으로 기억을 살펴본 후, 【아홉 번째 탄환】으로 의식을 연결했답니다. —하아, 성가신 일을 벌였군요."

"무슨 소리를 하는 거죠?! 저는…… 저희의 목적을 이루기 위해 영력을 모으려고 했을 뿐이에요! 『제』가 시도 씨에게 해를 끼치는 걸 피하니까, 일부러 리얼라이저를 이용해 다른 정령들에게 영력을 역류시키려고 했단 말이에요! 제가 대체 뭘 잘못한 거죠?!"

"행동의 옳고 그름을 따지는 게 아니랍니다. 저는 뇌이며, 분신은 손발이죠. 그 어떤 이유가 있더라도, 손발이 뇌의 뜻을 거역하는 것은 있어선 안 되는 일이에요. 그것을 허용한다면, 언젠가 저희의 질서는 붕괴되고 말테죠."

쿠루미가 그렇게 말하자, 분신은 작게 한숨을 내쉬었다.

"괜히 말 돌리지 말고…… 솔직하게 말하세요! 『저』는 머뭇거리고 있는 거죠? 왜냐하면 시도 씨를—."

"—『저』."

분신이 말을 끝까지 잇기도 전에 쿠루미가 손가락을 튕기

자, 발치의 그림자가 꿈틀거리면서 분신을 집어삼켰다.

"아니— 꺄, 꺄아아아아앗?!"

분신은 그대로 비명만 남긴 채 모습을 감췄다.

그러자 다음 순간, 주위 일대가 진동하면서 검은 공간에 금이 가기 시작했다.

"앗……?!"

"이건……!"

"안심하세요. 아마 『저』의 의식이 끊어지면서, 이 세계를 유지하고 있던 리얼라이저의 효과가 사라지고 있는 거겠죠."

쿠루미는 당황한 시도와 마나를 쳐다보며 우아하게 치맛자락을 들어보였다.

"—자, 저는 먼저 실례하도록 하겠어요. 못난 분신이 여러분에게 폐를 끼친 걸, 제가 대신 사과드리겠어요."

쿠루미는 그렇게 말한 후, 그림자 안으로 들어가려 했다.

그렇게 쿠루미의 몸 전체 중 4분의 1 정도가 그림자 안으로 들어갔을 때, 마나가 도발하는 듯한 어조로 입을 열었다.

"어라, 내빼는 건가요?"

"아까 제가 말했을 텐데요? 『저』를 회수하러 왔을 뿐이라고요. —참, 맞아요."

쿠루미가 마나의 옷차림을 살펴보더니, 재미있다는 듯이 웃음을 흘렸다.

"마나 양은 자신의 복장이 지금 같은 형태로 변한 것이

이 세계에 들어온 영향 때문이라고 여기고 계신 것 같군요. 하지만 【유드】로 살펴본 결과, 『저』는 그런 효과를 이 세계에 부여하지 않았답니다."

"……뭐라고요?"

"—마나 양은 마음 한편으로 그런 복장을 동경하고 있는 것 같군요. 우후후, 참 잘 어울려요."

"……윽!"

쿠루미는 마나에게 한 방 먹인 후, 후후 하고 웃으면서 그림자 안으로 들어갔다.

그리고 얼마 지나지 않아 공간에 생긴 금이 점점 커지기 시작하더니, 어둠의 세계가 서서히 빛으로 채워졌다.

"저, 저 여자가 정말……!"

마나가 분통을 터뜨린 것 같았지만— 시도는 못 들은 척 하기로 했다.

◇

"으…… 음……."

눈을 뜨자, 아침햇살이 눈을 자극했다.

아침을 알리는 그 감각에 시도는 작게 숨을 내쉬며 천천히 눈을 떴다.

그러자—.

"—시도! 괜찮으냐?!"

"다행……이에요……."

"저기~, 소년. 도중부터는 기억이 잘 안 나는데, 결국 쿠루밍은 어떻게 된 거야?"

시도의 침대 주위에 모여 있던 정령들의 밝은 목소리가 주위에 울려 퍼졌다.

아무래도 다들 시도보다 먼저 잠에서 깨어난 것 같았다. 정령들이 모여 있는 시도의 방은 만원전철을 방불케 하는 상태였다.

그런 예상치 못한 광경에 시도는 잠시 얼이 나갔지만— 이내 방금까지 꿨던 꿈을 떠올리면서 안도의 한숨을 내쉬었다.

"으, 으음…… 좋은 아침이야. 다들 무사해서 다행이네."

시도가 쓴웃음을 지으며 몸을 일으키자, 정령들은 환한 표정을 지으며 저마다 시도에게 고맙다는 말을 했다.

"나리, 미안하다. 그리고 덕분에 살았느니라. 나리가 없었다면, 무쿠는 영력을 빼앗겼을지도 모르겠구나."

"……맞아. 진짜로 위험했을지도 몰라."

"정말이라니까요~! 아, 그래도 CR-유닛을 걸친 쿠루미 양은 참 멋졌어요~. 뭐랄까, 영장 때와는 다르게 몸매가 확 드러나는 게 정말……."

미쿠처럼 평소와 다름없는 정령도 있기는 했지만 말이다.

아무튼, 다들 무사한 것 같았다. 시도는 다시 한숨을 내쉰 후, 침대에서 빠져나왔다.

"자, 그럼 내려가자. ……왠지 배가 고프네. 다들 아침은 먹었어?"

"아직 안 먹었다!"

"그래? 그럼 뭐라도 만들어줄까?"

시도가 그렇게 말하자, 정령들은 환성을 질렀다.

"달걀프라이도 해줄 거냐? 베이컨이 밑에 깔린 녀석 말이다!"

"백은빛 평야를 불태우는 불꽃에, 황금색 축복을!"

"번역. 카구야는 토스트에 버터를 듬뿍 발라달라네요."

"어~, 카구양은 빵파야? 일본인이면 밥을 먹어~."

"……뭐, 정령을 일본인으로 분류해도 되는지는 모르겠지만 말이야."

"알았으니까 일단 내려가자."

어깨를 으쓱하며 그렇게 말한 시도는 앞장을 서듯 방을 나선 후, 계단을 내려갔다.

그리고 거실에 간 그는 눈을 치켜떴다. ─그곳에 뜻밖의 인물이 두 명이나 있었기 때문이다.

"……좋은 아침이야, 신."

"오라버니는 잠이 참 많네요. ─뭐, 그런 일이 있었으니까, 너그러이 봐주겠지만 말이에요."

"레이네 씨, 마나!"

시도는 무심코 그 두 사람의 이름을 불렀다. 그렇다. 〈라타토스크〉의 해석관인 무라사메 레이네와 마나가 이 집 거실의 소파에 앉아 있었다.

레이네는 시도와 정령들에게 문제가 생겼다는 걸 알아챘고, 마나는 리얼라이저로 자신들을 구하러 왔다. 이 두 사람이 없었다면, 시도와 정령들은 아직도 꿈에 사로잡혀 있었을지도 모른다. 시도는 두 사람에게 다가가 깊이 고개를 숙였다.

"고마워요, 레이네 씨. 덕분에 살았어요. 마나, 정말 고마워."

시도가 인사하자, 다른 정령들도 고개를 숙였다. 레이네와 마나는 서로를 쳐다보더니, 멋쩍은 듯이 볼을 긁적였다.

"……나는 해야 할 일을 했을 뿐이야. 정령들의 뇌파를 모니터링하고 있었던 게 이렇게 도움이 됐네."

"맞아요. 고맙다는 말을 들을 일은 아니라고요. 게다가 다들 무사한 건 오라버니가 최선을 다한 덕분이기도 하고요."

마나가 그렇게 말하자, 오리가미는 두 사람을 향해 한 걸음 다가가며 입을 열었다.

"—그러고 보니, 두 사람에게 물어볼 게 있어."

"응? 오리가미 씨, 그게 뭔데요?"

"리얼라이저를 이용해 타인의 꿈에 들어가는 방법에 대해, 자세히 알려줘."

"오리가미, 그걸 알아서 뭘 어쩌려는 건데?!"

말로 형용하기 힘든 오한을 느낀 시도가 비명에 가까운

목소리로 그렇게 외쳤다.

오리가미는 그 후에도 계속 질문을 던졌지만, 레이네와 마나는 그녀에게 그 방법을 알려주는 게 얼마나 위험한 짓인지 알고 있는 것 같았다. 그래서 애매한 대답만 반복하면서 말을 돌렸다.

"정말……."

시도는 한숨을 내쉰 후, 아침 식사를 준비하기 위해 앞치마를 걸치며 부엌을 향해 걸어갔다.

그러자, 마나가 시도의 뒤를 따르듯 부엌으로 왔다.

"응? 마나, 왜 그래?"

"도와드릴게요. 잠에서 깬지 얼마 안 되었는데, 이 많은 인원이 먹을 음식을 혼자 준비하는 건 힘들 거예요. ……게다가, 거실에 있다간 오리가미 씨가 나를 엄청 압박해댈 것 같거든요."

"하하…… 그렇구나. 그럼 도움 좀 받아볼까? 마나, 양배추 좀 잘게 썰어줄래?"

"예. 이 마나에게 맡겨주세요."

마나는 손을 씻고 식칼을 쥐더니, 멋진 손놀림으로 양배추를 잘게 썰기 시작했다.

"와아, 능숙하네."

"이래봬도 날붙이를 잘 다루거든요."

"그런 식으로 말하니 왠지 무시무시한걸……."

시도는 쓴웃음을 지었지만— 마나가 지금까지 어떻게 살아왔는지를 생각하면, 그것이 자연스러운 표현일지도 모른다는 생각이 들었다.

DEM에서 마력처리를 받고 위저드로서의 재능을 꽃피웠지만, 그 대가로 평범한 삶을 빼앗기고 만 소녀…….

"……저기, 마나."

"예? 오라버니, 왜요?"

"아니, 저기…… 말이야. 다음에 나와 같이 쇼핑하러 안 갈래? 옷이라든가—."

"…….."

시도가 은근슬쩍 그런 말을 건네자, 리드미컬하게 도마를 두드리고 있던 식칼이 움직임을 멈췄다.

그리고 잠시 침묵이 이어진 후, 마나가 낮은 목소리로 말했다.

"『—싫어? 그래도 계속할 거야. 이건 너한테 주는 벌이니까 말이야』."

"쿨럭……?!"

마나가 느닷없이 그렇게 말하자, 시도는 너무 놀란 나머지 사래가 들렸다.

"……오라버니? 우리 둘 다 꿈속에서의 일은 그냥 잊는 게 어떨까요?"

"……으, 응. 그 편이 좋을지도 모르겠어."

오빠와 동생은 서로를 향해 쓴웃음을 짓더니, 아무 일도 없었다는 듯이 다시 식사 준비를 시작했다.

◇

　"—그건, 그렇고, 신기한 일도 다 있군요."

　"예. 동감이랍니다."

　칠흑처럼 어두운 그림자 속. 어딘가에서 들려오는 분신들의 목소리에 쿠루미의 눈썹 끝이 희미하게 떨렸다.

　"뭐가, 신기하다는 거죠?"

　"우후후, 시치미 떼지 마세요."

　"리얼라이저를 사용해 정령 분들에게서 영력을 빼앗으려고 했던 『저』에 대해 말하는 거예요."

　"평소 같으면 명령에 따르지 않는 개체를 그 자리에서 즉시 처분했을 거잖아요."

　"흥—."

　분신들이 재미있어 하며 그렇게 말하자, 쿠루미는 코웃음을 쳤다.

　리얼라이저를 사용한 분신은 그림자 안에 격리되기는 했지만, 아직 살아있었다. 그 점만 본다면, 쿠루미가 물러졌다고 여겨져도 이상할 것이 없었다.

　하지만 쿠루미는 팔짱을 끼며 눈을 내리깔았다.

"제멋대로 행동한 점은 문제지만, 일단 저희의 목적을 위한 행동이었다는 동기를 가지고 있으니까요. 충분히 반성한다면, 다시 전열에 가담시키는 편이 효율적이겠죠."

게다가, 하고 쿠루미는 말을 덧붙였다.

"—리얼라이저를 능숙하게 다루는 개체를 죽여 버리는 건 여러모로 아까우니까요."

쿠루미가 그렇게 말하자, 분신들은 생각에 잠긴 것처럼 몇 초 동안 침묵한 후, 곧 웃음을 흘렸다.

"—아아, 이해했어요."

"『저』도, 리얼라이저로 시도 씨의 꿈을 보고 싶은 거죠?"

"뭐……."

분신들이 그런 말도 안 되는 추측을 입에 담자, 쿠루미는 눈을 치켜뜨며 발끈했다.

"제가 언제 그런 말을 했죠……? 저는 그저 병력이 줄어드는 걸 피하려는 것뿐이에요!"

"어머나~."

"그렇게 시치미 떼지 않아도 된답니다."

"대체 어떤 꿈이 보고 싶죠?"

분신들은 쿠루미의 반론에 귀도 기울이지 않으며, 자기들끼리 와자지껄하게 떠들기 시작했다.

"아아, 저는 토카 양처럼 판타지 꿈을 꾸고 싶어요."

"어머나, 무쿠로 양처럼 유곽이라는 이름의 새장에서 시도 씨에게 구조되는 것도 나쁘지 않을 것 같군요."

"저는 시도 씨가 주인님이고 제가 메이드인 꿈을 보고 싶어요. 아, 약간 변형시켜서, 제가 시도 씨를 집사로 삼는 것도……."

"『저』는 어떤 꿈을 꾸고 싶나요?"

"……"

어둠 속에 있는 분신들의 시선이 쿠루미에게 몰렸다. …… 좋지 않은 흐름이다. 대충 얼버무리며 넘어가려고 해도, 제대로 대답을 할 때까지 물고 늘어질 게 뻔했다. 결국 쿠루미는 체념 섞인 한숨을 내쉬었다.

"……글쎄요. 저는—."

쿠루미는 어쩔 수 없이 자기가 꾸고 싶은 꿈의 시추에이션을 이야기했다.

그러자, 분신들은 재현된 연대에 따라 다른 반응을 보였다.

"어머, 어머."

"아하……."

"그렇군요."

즐거워하는 듯한, 흥미로워하는 듯한— 혹은 안타까워하는 듯한 반응을 보이는 이도 있었다.

쿠루미는 작게 한숨을 내쉬더니, 분신들로부터 돌아섰다.

"……어디까지나, 꿈에 대한 이야기랍니다."

그 말은 분신들에게 한 말이라기보다, 자기 자신을 향해 한 말처럼 느껴졌지만— 분신 중 그 누구도 그 점을 지적하지 않았다.

## ■작가 후기

 오래간만입니다. 타치바나·설마 2018년에 자기 작품이 슬레이어즈 본편과 함께 서점에 전시되는 날이 올 줄은 생각도 못했다·코우시입니다. 끼얏호~.

 그런 기념비적인 책이라서 그런 걸까요. 표지의 오리가미가 정장을 입고 있습니다. 노블한 분위기가 정말 멋지군요. 강아지귀 학교 수영복 메이드가 오리가미의 턱시도라 할 수 있죠.

 자, 단편집도 벌써 8권에 접어들었습니다. 이번에는 평소와 좀 다른 느낌의 이야기로 꾸며봤습니다.

 이 책의 모든 이야기는 『IF』, 즉 『만약』의 세계를 다루고 있는 단편이 메인이며, 신작 단편으로 그 모든 이야기를 하나로 묶는 느낌으로 구성했습니다. 지금까지와는 다른 형태입니다만, 어떠셨는지요. 마음에 드셨기를 빕니다.

 그럼, 『앙코르』 정례행사인 각화 해설을 시작할까 합니다. 스포일러가 포함되어 있으니, 아직 본편을 잃지 않으신 독자께서는 주의 부탁드립니다.

## ○나츠미 더블

IF 단편집 제1탄. 만약의 세계를 그리는 콘셉트이기는 하지만, 처음부터 막나갔다간 독자 여러분이 받아들이기 힘들지도 모른다는 생각이 들었습니다. 그래서 처음에는 비교적 친숙하게 느껴질 학교 편을 배치했습니다. 정령들 전원이 다니는 학교에, 시도가 교육실습을 하러 가게 되죠.

기왕 IF를 그릴 거면 시추에이션만이 아니라 평소라면 할 수 없는 것을 해보자는 생각이 들어서, 나츠미(大)와 나츠미(小)를 동시에 출연시켜봤습니다. 나츠미(小)가 언니인 게 포인트죠. 정말 귀엽습니다. 귀엽지 않은 부분이 귀여워요(모순).

드래곤매거진 수록 때는 삽화가 수영복 장면뿐이었지만, 실은 후줄근한 체육복 차림의 나츠미 선생님 디자인은 그 당시부터 존재했습니다. 이번에 삽화로 추가되어 정말 기쁩니다.

## ○토카 브레이브

처음에는 오리가미 편이나 니아 편을 쓸까 했습니다만, 마침 이 작품이 실리는 드래곤매거진의 표지가 토카였기 때문에, 토카가 전설의 검을 뽑는 이야기를 써봤습니다. 사실 토카는 18권보다 먼저 나온 이 단편에서 반전 토카와 대면

했죠.

 적과 아군이 대치하고 있는 삽화가 마음에 듭니다. 복장을 보면 파티 멤버들의 역할을 알 수 있기 때문에 다양한 망상을 할 수 있죠. 오리가미를 비롯한 기사들이 갑옷을 입은 비주얼도 보고 싶었어요. 요시노 뒤에 숨어 있는 나츠미가 참 매력적이라서 그런지, 얼굴도 비추지 않은 미쿠 왕비가 매우 인상에 남은 듯한 느낌이 듭니다.

## ○코토리 에디터

 프락시너스 매거진(통칭 『프매』)을 무사히 간행하라! 〈라타토스크〉가 편집부이며, 정령들에게서 원고를 받아오는 이야기입니다. 이것만으로도 충분히 특이한 시추에이션입니다만, 이야기의 구성이 절묘하게 맞아 들어간 듯한 느낌이 듭니다. 우연히도 드래곤매거진의 30주년 기념호에 이 이야기가 실렸기 때문에 여러모로 의미심장했죠. 드래곤매거진은 이렇게 아슬아슬하게 책을 내지 않아요! 안…… 내죠? 그렇죠?

 정령들의 펜네임을 짜는 것도 꽤 재미있었습니다. 가장 마음에 든 건 『시라이 히요코』 선생님과 『나츠코』 선생님입니다.

## ○무쿠로 게이샤

오이란 복장을 한 무쿠로를…… 보고 싶지 않아? 라는 콘셉트 하나만으로 이 단편을 쓰기로 결정했습니다. 삽화 속의 무쿠로 타유를 본 순간, 저의 직감이 옳았다는 확신을 가졌죠. 뒤편에 있는 요시노와 나츠미가 귀였습니다.

무쿠로는 물론이고, 기루의 주인인 니아와 시도의 악우인 미쿠도 캐릭터성과 설정이 완벽하게 맞물린 느낌이 듭니다. 마지막을 장식한 무쿠로의 사랑 고백은 기녀 에피소드을 쓴다면 절대 빼먹을 수 없다는 생각이 들었습니다.

## ○시오리 스피릿

이번 권에서는 전체적으로 특이한 단편이 많았습니다만, 그중에서도 특히 이질적인 이야기가 바로 이 단편입니다. 자신의 다른 측면과 대면한다는 점을 보면 『나츠미 더블』이나 『토카 브레이브』와 같은 콘셉트라 할 수 있습니다만, 대체이 위화감은 뭘까요.

시오리가 지닌 〈실키〉는 요리만이 아니라 청소, 빨래, 생선 손질 등, 폭넓은 용도에서 효과가 발휘되는 무시무시한 천사입니다.

만약 반전체가 있다면, 게을러 터져서 자기 방을 마구 어지럽히기나 하는 정령일지도 모르겠군요. 빨래도 안 하고, 요리 실력도 꽝이죠. ……어? 니아네요?

## ○개막은 어둠 속에서 / 그 막을 내리는 건
<sup>비기닝 오브 나이트메어</sup>      <sup>엔드 오브 나이트메어</sup>

이번 권의 신작 단편입니다. 이 책의 처음과 끝을 담당하고 있죠.

이 일련의 IF스토리는 이 녀석 짓이었어! 라는 이야기입니다. 『나츠미 더블』을 쓰기 전에 플롯을 짜뒀던 지라, 실제로 쓸 때는 잘 생각이 나지 않아서 고생했습니다.

쿠루미에게 CR-유닛을 입히고 싶어! 라는 건 처음부터 정해뒀던 겁니다만, 그 반동으로 마나가 고스로리가 되는 사태는 이 단편 집필 도중에 발생했습니다. 쿠루미가 유닛을 장비한다면, 숙적인 마나가 고스로리가 되어야 공평할 테니까요!

이것으로 유닛 장비 경험이 있는 정령은 오리가미 말고도 한 명 더 늘어났군요. 정령들에게 각각 전용기가 있다면 재미있을 것 같네요. 파이팅, 〈라타토스크〉.

각화 해설은 이것으로 끝입니다.

애니메이션 신 시리즈는 현재 제작 중입니다. 발표하고 싶은 정보가 꽤 있습니다만, 이 책의 발매일이 후지미 판타지아 이벤트 전날이라 이야기를 못하는군요. 정말 아쉽습니다. 곧 발표될 테니, 기대해주시길!

그리고 판타지아 문고 30주년 기념 LINE스탬프에 『데이트 어 라이브』의 스탬프도 포함되어 있으니, 꼭 체크해주십시오!

자, 이번에도 많은 분들께서 힘써주신 덕분에 이 책이 발간될 수 있었습니다.

매번 멋진 일러스트를 그려주시는 츠나코 씨, 담당 편집자님, 디자이너이신 쿠사노 씨, 편집, 영업, 유통, 판매에 관여해주신 모든 분들, 그리고 이 책을 구매해 주신 여러분께 진심으로 감사드립니다.

그럼, 다시 뵐 수 있기를 진심으로 고대하고 있겠습니다.

2018년 9월 타치바나 코우시

DATE A LIVE
ENCORE 8

안녕하십니까. 근로청년 번역가 이승원입니다.

『데이트 어 라이브 앙코르 8』을 구매해주셔서 진심으로 감사드립니다.

설 이후에 처음으로 번역한 작품이 데어라 앙코르 8권이 군요.

독자 여러분, 새해 복 많이 받으십시오!

앞으로도 잘 부탁드립니다!

그러고 보니 2019년 1분기에는 데어라 애니메이션 3기가 방영되고 있습니다. 오랜만에 살아 움직이는 정령들을 보니, 정말 감동적입니다. 아쉬운 면도 분명 있습니다만, 개인적으로 이 3기 파트의 스토리를 정말 좋아하기 때문에 역자뿐만 아니라 한 사람의 팬으로서도 정말 기쁩니다. 게다가 데어라 게임도 신작 발매가 확정됐죠! 2019년을 열심히 살아야 할 이유가 늘어났습니다.^^

독자 여러분도 목표로 하신 바를 전부 이루는 한 해가 되기를 진심으로 빕니다!

그럼 『데이트 어 라이브 앙코르 8』에 대해 이야기를 좀 해볼까 합니다.

스포일러가 포함되어 있을 수도 있으니 본편을 안 읽으신 분은 유의해주시길!

이번 권은 『IF』 스토리! 예, 데어라의 세계관에서 완전히 벗어나 펼쳐지는 이야기입니다.

그 안에서 나츠미는 자매가 되고, 토카는 전설의 검을 뽑으며, 코토리는 편집장 겸 작가가 되는 데다, 무쿠로는 아름다운 기녀가 될 뿐만 아니라, 시도와 시오리가 공존하죠.

그런 말도 안 되는 이야기가 연이어 펼쳐집니다만…… 그래도 이 단편들은 어디까지나 데어라 본편과 연동되고 있습니다. 결국 이 모든 일은 시도와 정령들을 곤경에 빠뜨리려 하는 흑막이 벌인 일이었던 거죠. 그 흑막이란…… 데어라의 독자 여러분이라면 충분히 상상이 되실 테죠, AHAHA.

데어라라는 틀 안에서 데어라의 새로운 면모를 선보인, 재미있는 단편집이었습니다.

그리고 이번 권의 삽화는 정말…… 하나하나가 전부 너무 매력적이었어요.ㅠㅠ

그럼 이만 줄이겠습니다.

L노벨 편집부 여러분, 항상 재미있는 작품을 맡겨주셔서 감사합니다. 앞으로도 기대에 부응할 수 있도록 최선을 다하겠습니다.

훠궈를 같이 먹으러 간 악우들이여. 호기롭게 먹은 건 좋은데, 홍탕에 양념을 너무 투하한 거 아냐? 다음날에 화장실에서 너무 힘들었단 말이야…….

마지막으로 언제나 제게 버팀목이 되어주시는 어머니와『데이트 어 라이브』를 읽어주신 모든 분들께 진심으로 감사드립니다.

처절했던 결전 이후의 이야기가 펼쳐질『데이트 어 라이브 20』역자 후기 코너에서 다시 뵙겠습니다!

2019년 2월 중순
역자 이승원 올림

# 데이트 어 라이브 앙코르 8

1판 1쇄 발행 2019년 3월 10일
1판 2쇄 발행 2019년 6월 28일

**지은이_** Koushi Tachibana
**일러스트_** Tsunako
**옮긴이_** 이승원

**발행인_** 신현호
**편집국장_** 김은주
**편집진행_** 최은진 · 김기준 · 김승신 · 원현선 · 권세라
**편집디자인_** 양우연
**국제업무_** 정아라 · 전은지
**관리 · 영업_** 김민원 · 조인희

**펴낸곳_** (주)디앤씨미디어
**등록_** 2002년 4월 25일 제20-260호
**주소_** 서울시 구로구 디지털로 26길 111 JnK디지털타워 503호
**전화_** 02-333-2513(대표)
**팩시밀리_** 02-333-2514
**이메일_** lnovelpiya@naver.com
**ㄴ노벨 공식 카페_** http://cafe.naver.com/lnovel11

DATE A LIVE ENCORE Vol. 8
© Koushi Tachibana, Tsunako 2018
First published in Japan in 2018 by KADOKAWA CORPORATION, Tokyo.
Korean translation rights arranged with KADOKAWA CORPORATION, Tokyo.

ISBN 979-11-278-4959-7 04830
ISBN 979-11-278-4271-0 (세트)

## 값 7,000원